古典文獻研究輯刊

十五編

曾永義 主編

第 13 冊

兩宋進故事研究
——以劉克莊爲例

廖安婷 著

國家圖書館出版品預行編目資料

兩宋進故事研究——以劉克莊為例／廖安婷 著 — 初版 —
新北市：花木蘭文化出版社，2017〔民106〕
目 2+192 面；19×26 公分
（古典文學研究輯刊 十五編；第 13 冊）
ISBN 978-986-404-905-9（精裝）
1.（宋）劉克莊 2. 宋代文學 3. 文學評論
820.8   106000830

ISBN-978-986-404-905-9

古典文學研究輯刊
十五編　第十三冊　　　　　　ISBN：978-986-404-905-9

兩宋進故事研究——以劉克莊為例

作　　者　廖安婷
主　　編　曾永義
總 編 輯　杜潔祥
副總編輯　楊嘉樂
編　　輯　許郁翎、王筑　美術編輯　陳逸婷
出　　版　花木蘭文化出版社
社　　長　高小娟
聯絡地址　235 新北市中和區中安街七二號十三樓
　　　　　電話：02-2923-1455／傳真：02-2923-1452
網　　址　http://www.huamulan.tw 信箱 hml 810518@gmail.com
印　　刷　普羅文化出版廣告事業
初　　版　2017 年 3 月
全書字數　169944 字
定　　價　十五編 18 冊（精裝）新台幣 32,000 元

兩宋進故事研究
——以劉克莊爲例

廖安婷　著

作者簡介

廖安婷，現為國立清華大學中國文學系博士生，研究興趣為南宋散文，此書為作者碩士學位論文的修訂版。

提　要

　　進故事為宋朝於史學發達、言事風氣興盛的文化背景下特有的一種經筵教材。依規定，此體於形式上分為故事引述與論說二部分，內容則須與「治道」結合。此體起初作為史學教育的文本，由於作者時藉著對歷史事件的的選擇及評判，或隱或顯地表達對當今朝政的意見，遂使此體發展為「以史論政」的特殊文本，成為「史論即政論」觀念於文章中的最佳體現。

　　劉克莊進故事作為其六十歲後三次入朝期間的作品，當中展現了宏博的史學知識與用事精切的寫作特色，一定程度地反映其於宋末元初以「文名」與「史學」享有的盛譽，而此部分成就在今人多以「江湖詩派」、「辛派詞人」等文學史發展框架的研究下實受到忽略。劉克莊於進故事中大量地指涉當時政事，透過其作品往往得見其對當時爭議事件的政治立場，部分議題甚至與其仕宦際遇密切相關。基於劉克莊進故事作品於質、量的豐富性與代表性，以及其向被視為晚宋文壇大家的身分，本文選擇劉克莊作為進故事個案，結合當朝政事與其進故事內容深入析論。

　　本論文第一章為緒論；第二章梳理進故事發展，包含其背景、政策施立、文本性質、取材與常見主題；第三章則挑選兩宋進故事中的代表作家，以歷時性的角度介紹進故事文本的基本樣貌與發展趨勢；第四、五章以劉克莊進故事為個案，結合理宗朝時政討論其內容與寫作手法，分析其可能的文章旨要與特色；第六章為結論。

　　透過本研究，一方面希望能建立兩宋進故事大致的發展脈絡，對當今經筵、史論、政論、史學、個別文人研究提供新的觀察角度；另一方面希望能補充劉克莊於今人研究中較缺乏的散文與在朝事蹟部分，並再次思考劉克莊於晚宋文學史中的成就與定位。

目

次

第一章 緒 論

第一節 研究動機

　　「史論」與「政論」向為論說體文學中的二大重要主題，〔註1〕歷來多有學者注意到二體的密切關聯性，提出二者「本為一體」，可「結合論之」。如陳寅恪（1890～1969）言：

> 史論者，治史者皆認為無關史學，而且有害者也。然史論之作者，
> 或有意，或無意，其發為言論之時，即已印入作者及其時代之環境
> 背景，實無異於今日新聞紙之社論時評。若善用之，皆有助於考史。
> 故蘇子瞻之史論，北宋之政論也；胡致堂之史論，南宋之政論也……
> 今日取諸人論史之文，與舊史互證，當日政治社會情勢，亦可藉此
> 增加瞭解。〔註2〕

其意以為史論能反映作者背景，從中能反映作者政治立場，故有助於考史。
而在政論中，論事者為求論說有充分證據支撐，則時常借用曾經發生的史事
作為論政依據。二者的關係即如孫立堯所言：

> 古人論政，每須詳明故事，引史以為立論的根據，也是儒門的一貫
> 傳統。因此，在政論之中，實有無數的史事為之作為支持；而史論

〔註 1〕 關於此二體的整合論述可參考鄭芳祥，《政論與史論演變研究──以北宋中至
　　　　南渡初期為例》，《古典文學研究輯刊》四編第 27 冊（臺北：花木蘭文化出版
　　　　社，2012）。

〔註 2〕 陳寅恪，〈馮友蘭中國哲學史上冊審查報告〉，《金明館叢稿二編》（北京：三
　　　　聯書局，2001），頁 280～281。

之中，一種隱約的方式來論時政的，同樣不可勝計。從這個意義上來說，二者本是一體。〔註3〕

這種史論與政論相互參雜的情形，於向以史學發達、言事風氣興盛著稱的宋朝尤爲盛行，〔註4〕如歐陽修（1007～1072）《新五代史·唐六臣傳論》「手論唐臣，心關時事」切論朋黨之禍、〔註5〕李綱（1083～1140）於議論國是、戰守的《十議》中屢引史事爲鑑，〔註6〕皆是上述論點於宋人創作中著名的例子。

「進故事」者，爲宋朝依「庶裨聖學」所頒佈的一項經筵政策，侍從官員需數日一輪「進故事關治體者」，〔註7〕「於前項政事條目內選擇一事爲題，先敘前代帝王施行得失，而證以祖宗故事事體所宜，斷以己意」，在進論形式、主題、方式上有其官方規範。〔註8〕進故事本爲與官員自身的史學知識密切相關的一項政策，其形式與作用類同於北宋時的策論與經筵進講，惟更加突出了需借鑑故事、史實的一面，由論述中可見進論官員對歷史事件的博通與識見。依規定，所進故事應與時政相關，是以透過官員對史事的選擇與評判，亦可見得對當時政事的主張。由形式與內容看來，此體近似史論，然有別於史論或僅針對事件本身抒發感慨或評論，進故事對當代政治的指涉更爲強烈，爲官方許可的「有爲而作」。孫立堯即以爲，進故事實爲「史論即政論」

〔註3〕 孫立堯，《宋代史論研究》（北京：中華書局，2009），第 1 章，〈史學通解〉，頁 18。

〔註4〕 可參考郭預衡先生的說法：「國難臨頭，幾乎人人言事從政。北宋初年以來的文人好發議論的傳統，這時得到了進一步發揚。……在一個時期裡，這類文章作者之多，超越了以往任何時代。例如在宗澤、李光、趙鼎、趙綱等人的文集中，主要都是言事論政之文。現存的宋文選本如《南宋文範》中，這類文章也占多數。這是空前的歷史現象，在一個時期裡，言事論政，是群眾性的，是前所未有的。」郭預衡，《中國散文史（中）》（上海：上海古籍出版社，2000），頁 395。

〔註5〕 孫琮評曰：「歐公手論唐臣，心關時事，故於朋黨之禍痛切言之。一起疾聲痛呼，直指朋黨之禍，非爲唐末而發，爲時事也。……本意是將朋黨論唐事之失，今卻是將唐事證朋黨之禍，非留心時政者，何能迫切言之若是。」轉引自高海夫主編，《唐宋八大家文鈔校注集評·廬陵文鈔》（西安：三秦出版社，1998），卷 44，〈《五代史·唐六臣傳》論二〉，頁 2069。

〔註6〕 詳參〔宋〕李綱，《十議》，收入曾棗莊、劉琳主編，《全宋文》冊 169（上海：上海辭書出版社，2006），卷 3698，頁 295～307。《全宋文》於本文中屢次引用，爲避繁冗，後文省略編者名。

〔註7〕 〔元〕脫脫等，《宋史》，卷 26，〈高宗本紀三〉，頁 481。

〔註8〕 〔宋〕李心傳撰，徐規點校，《建炎以來朝野雜記》（北京：中華書局，2000），甲集卷 6，〈慶元緊要政目五十事〉，頁 144。

之說於文章中最好的體現。〔註9〕那麼，進故事政策如何於宋朝發展？具體內容為何？官員如何透過選擇、論評史事達成「庶裨聖學」、「規戒、有補時政」的論旨？此即本文希望能進一步分析之處。

　　選擇劉克莊（號後村，1187～1269）作為兩宋進故事的代表來論述，主要是基於其進故事作品於質、量上的豐富性與其身為晚宋文壇大家的身分。一般文學史著作多將劉克莊視為宋末江湖詩派領袖與辛派詞人，對其作品評價與文壇地位則意見紛紜，褒貶不一。如劉大杰（1904～1977）《中國文學發展史》雖承認後村部分作品為佳作，然視其為江湖詩派一員，認為江湖詩人屢以詩文干謁公卿，人品不高。〔註10〕葉慶炳（1927～1993）《中國文學史》明言劉克莊為「江湖詩派之領袖」，詞則與當時辛派詞人不分伯仲，指出其「文與詞均較優，詩乃其較弱一環」。〔註11〕游國恩（1899～1978）等主編的《中國文學史》多持正面意見，認為劉克莊乃南宋後期「成就最高的辛派詞人，也是繼承陸游愛國主義傳統的重要詩人」，指出其詩作「喜用本朝故事，表示詩人對當代政治情勢的關心」等特點。〔註12〕袁行霈《中國文學史》則認為劉克莊詩歌風格呈現多種淵源，突出其抨擊時弊的樂府詩作，並指出其有「粗濫滑熟」等弊病，同時肯定劉克莊四六的成就。〔註13〕上述所論大抵可視為今人對劉克莊及其創作的既定印象。

　　然而必須注意的是，當我們以「江湖詩派」、「辛派詞人」、「愛國」等稱號標舉後村時，已是透過一個既定框架去審視劉克莊與其作品，而這樣的評判實不能反映其整體的創作情形。例如，當我們以「江湖詩派領袖」稱之時，其評價常已帶有貶意，因江湖詩派常與江湖謁客連結，道德人品的評價往往較低。若以江湖詩派的特色如對後村作一比對，則可發現劉克莊實際上不太符合一般的江湖詩人形象。〔註14〕而當我們著重後村學習陸游（1125～1210）

〔註9〕　孫立堯，《宋代史論研究》，〈附論：經筵進讀、進故事〉，頁290。

〔註10〕　劉大杰，《中國文學發展史》（臺北：華正書局，2008），第20章，〈宋代的詩〉，頁731。

〔註11〕　葉慶炳，《中國文學史》（臺北：臺灣學生書局，1987），第42講，〈宋詩〉，頁152～153。

〔註12〕　游國恩等主編，《中國文學史》（香港：三聯書店，1986），第8章，〈南宋後期文學〉，頁131～132。

〔註13〕　袁行霈主編，《中國文學史》（臺北：五南圖書，2002），第11章，〈南宋的散文與四六〉，頁234；第12章，〈南宋後期和遼金的詩歌〉，頁241～242。

〔註14〕　張宏生《江湖詩派研究》作為少見的江湖詩的專著，該書資料豐富，極具參考價值。張氏曾以五條標準定義江湖詩人：社會地位較低、主要活動時間

愛國詩作，並以此作為其詩作特色的同時，常忽略了後村於當朝亦有主和之論。〔註15〕另，後村於品評有長才，諸多選集、叢書廣泛引用《後村詩話》、序跋文與其詩作的相關內容，其對宋代各大家的品評及引申而出的詩學觀念亦為後村研究的另一焦點。然而，若以上述資料及相關研究成果與劉克莊的作品及當代評價合而觀之，可以發現今人對於劉克莊的研究顯然有所偏頗。上述觀點雖一定程度地體現劉克莊部分文學創作的特色，然多半是以後設性地視角來發論，是將劉克莊置於兩宋，甚至整體文學發展史的脈絡下評價其文學特色，實不能完全反映劉克莊在世活動至宋末元初間於文壇所扮演的角色與成就。

劉克莊著作豐富，今傳有《後村先生大全集》一百九十六卷，除末三卷為墓誌銘、行狀等資料外，含各體詩作近四千五百首，共四十八卷；詞作二百一十七首，共五卷；文章則囊括賦、油幕箋奏、奏議、內外制、玉牒初草、周禮講義、進故事、記、序、題跋、啓、書、祝文、祭文、神道碑、墓誌銘、行狀、疏、詩話等體裁共一百四十卷，各體均備，作品數量與卷帙豐富程度均為南宋少有。當中又以散文與四六佔最大篇幅，卷數遠過於其詩詞。察南宋各家評論，後村實以其詩文享譽文壇，〈行狀〉云：

> 其能擅一世盛名，自少至老，使言詩者宗焉，言文者宗焉，言四六者宗焉……公負問世之才，問學所積，源流三世。公探索涵泳，又深造而自得之。無書不讀，發為詩文。持論尚氣節，下筆關倫教。一篇一詠，脫稿爭傳。……諸作皆高，律詩尤精，為李唐諸子所不

在嘉定二年（1209）以後、作品為所有或大部分江湖詩集所收、與陳起有唱酬、歷史上具有比較一致的看法者。書中亦將四靈納入江湖詩派中，著重論述「江湖謁客」的社會背景，認為此派詩作風格多樣，成員不定。張氏雖以劉後村作為該派領袖，然筆者以為後村經歷未必符合上述條件。後村早年學詩由四靈入手，後即有意識脫離四靈，盡焚舊稿；而後村交遊廣闊，雖與江湖士友往來，然與方大琮、方信孺、林希逸等莆田士紳交誼更為密切；《江湖集》曾收《南嶽稿》然此稿僅為早期作品，稱不上多數；而後村身分為莆田鄉紳，賜第後官品晉升，有一定社會地位。而其中言江湖詩人「懷古詠史的作品比較少，亦與劉克莊創作情形有所出入。參張宏生，《江湖詩派研究》（北京：中華書局，1995）；張瑞君，〈評《江湖詩派研究》〉，《文學評論》，1（1996），頁 155～158；侯體健，〈劉克莊的鄉紳身份與其文學總體風貌的形成〉，《中山大學學報》（社會科學版），51.3（2011），頁 20～28。

〔註15〕 參〔宋〕劉克莊著，辛更儒校注，《劉克莊集箋校》（北京：中華書局，2011），卷 86，〈進故事・辛亥閏月初一日〉，頁 3712。本書劉克莊作品皆引自此，後文簡稱《劉克莊集》。

及。至於駢語，雖祖半山、曲阜，而隱顯融化，鍵奧機沉。表制之
外，詰啓尤妙，自成一家。他人或相仿傚，神氣索然矣。〔註16〕

洪天錫（1202～1267）亦稱「江湖士友爲四六及五七言，往往祖後村氏」，〔註17〕當代名士葉適（1150～1223）、眞德秀（1178～1235）等人多有佳評，時人更有「斯文海內聲名闊」、「四海眞儒仰後村」、「其文字今世鮮比而通古今熟典故」等語，〔註18〕盛譽如此。理宗淳祐六年（1246），劉克莊以「文名久著，史學尤精」之故受宸翰賜同進士出身，除祕書少監，與尤焴（1190～1272）同任史事。〔註19〕進故事作爲此後三次入朝期間的創作，內容上多呈現其長於史學、忠於論政一面，而此亦是今人研究中向來缺乏關注的部分。那麼，劉克莊的進故事內容、旨要及作法爲何？此體如何反映其史學長才與政治性格？進故事創作於劉克莊生平中是否有其特殊意涵？置於兩宋進故事的發展脈絡下有何意義？此即爲筆者在後文論述劉克莊作品的關注要點。

　　綜上所述，本文設定的研究目標有二：其一是本於「進故事」此體而發，希望透過對其政策制度、作者、內容的分析，能提供此體於兩宋大概的發展脈絡，釐清此體性質與內涵，思考此體如何展現「史論即政論」的創作特色。其二是本於劉克莊而發，希望透過研究劉克莊進故事，補充今人研究中向來較缺乏的散文與在朝事蹟部分，進一步思考劉克莊進故事創作於其生平與兩宋進故事發展所扮演的角色爲何。

第二節　研究文獻回顧

　　總的而言，進故事與劉克莊相較於宋代其他文體與作家，今人研究成果

〔註16〕〔宋〕林希逸，〈宋修史侍讀尚書龍圖閣學士正議大夫致仕莆田縣開國伯食邑九百戶贈銀青光陸大夫後村先生行狀〉，收入〔宋〕劉克莊，《劉克莊集》，卷194，頁7549、7562、7563。後省稱〈行狀〉。

〔註17〕〔宋〕洪天錫，〈後村墓誌銘〉，收入〔宋〕劉克莊，《劉克莊集》，卷195，頁7574。

〔註18〕葉適評後村詩「是當建大將旗鼓者」；眞德秀曾以「學貫古今，文追騷雅」薦之於朝，二人之說見同前註，卷194，〈行狀〉，頁7562、7549。〔宋〕宋慶之，〈碧鷄艸堂呈劉後村〉，收入北京大學古文獻研究所編，《全宋詩》第68冊（北京：北京大學出版社，1993），卷3592，頁42909；〔宋〕吳龍翰，〈見劉後村先生〉，收入《全宋詩》第68冊，卷3587，頁42874；〔宋〕方大琮，〈與李丞相宗勉書三〉，收入《全宋文》冊321，卷7374，頁217。

〔註19〕〔宋〕林希逸，〈行狀〉，收入〔宋〕劉克莊，《劉克莊集》，卷194，頁7553。

並不豐碩，少數研究劉克莊的文章亦多集中在其詩詞，較少論及散文相關創作。本節擬分爲二部分，分別就「進故事」與「劉克莊」主題梳理相關的研究成果。

一、進故事相關研究文獻

今人研究中少見專以「進故事」此體作爲研究對象者，其研究散見於相關議題的研究成果中。以下可略分進故事發展背景、制度與篇章內容三部分整述之。

（一）進故事發展背景

邢義田〈從「如故事」和「便宜從事」看漢代行政中的經常與權變〉一文主要分析漢代「如故事」與「便宜從事」二種行政方法，其中前者與本文相關性較高，該文雖未涉及漢後相關制度發展，不過由其所述可以了解「故事」與施政的關係，爲宋時的進故事政策提供發展背景。據邢氏所言，漢代「故事」稱述甚廣，舉凡帝系、禮、輿服、文學、職官、選舉等方面，均可見施政者參用故事決策的情形。故事與律令相輔相成，構成了漢代的施政依據。然隨著演變，故事數量愈益龐大，如何解釋、選用故事的爭論亦愈來愈多，有時甚至涉及政治鬥爭。邢氏即指出，「引故事爲據即往往流於形式，而主政者既定的意圖才是眞正決策的關鍵」。此文舉述漢代朝政中以故事作爲施政依據的各種情形，顯示此一觀念發展甚早。而由文末對於漢代故事的分類輯錄亦可見得，此時的「故事」與爾後宋代的「進故事」的「故事」內涵有所不同，前者可謂無所不包，後者則主要是指典籍與史事，較少涉及行政慣例與禮制，漢代故事的範圍實較廣泛。〔註20〕

鄧小南《祖宗之法——北宋前期政治述略》一書是以宋代治國基本方略——「祖宗之法」爲中心，試圖分析此精神的發展背景與其在北宋政治上的體現。鄧小南認爲，宋朝祖宗家法的實質乃「事爲之防，曲爲之制」的「防弊之政」，是太宗在突然即位後，爲求朝政安定所提出的基本國是精神；眞宗朝時以「務行故事」作爲制約帝王的有效說詞，逐漸發展爲當時政治信念、規範的建設依據；仁宗親政後，明確提出「祖宗法不可壞」的說詞，以祖宗家法作爲施政原則的觀念確立，使帝王的正家之法與國家的根本性法度混

〔註20〕邢義田，〈從「如故事」和「便宜從事」看漢代行政中的經常與權變〉，《秦漢史論稿》（臺北：東大圖書，1987），頁 323～409。

融，形成一由「齊家」到「平天下」內外連貫的理想結構。鄧氏並指出，「進故事」政策與「聖政」、「寶訓」類書籍編纂，即是在此精神下所產生。〔註21〕其雖未進一步論述進故事內容，然點出了進故事政策發展背後的重要精神，值得關注。

（二）進故事制度

朱瑞熙的〈宋朝經筵制度〉為少數論及進故事制度本身的研究成果。此文以宋朝經筵制度為考察對象，分別以經筵官的設置和管理機構、經筵官的人選和委任、經筵開講的時間和場所、講讀的方式和方法、講讀的內容和講義等教材的編寫、經筵官的待遇、經筵制度的歷史作用共七主題論述宋朝經筵制度內涵。朱氏將「進故事」納入「經筵故事類教材」的主題下討論，其篇幅不長，內容簡要梳理此政策頒行時間，指出進故事的書寫格式與「講義」相同，內容可能涉及政治議題等事。於「經筵制度的歷史作用」主題中，朱氏另指出經筵官的職責原只是替皇帝講解經史和政書，「並沒有議論當朝政事的任務，更不需要替皇帝出謀獻策」。然以皇帝的角度而言，經筵官實際為其朝政、民間信息渠道之一，其希望遇到朝政問題時能徵詢飽學之士的建議；以官員的角度而言，有機會向皇帝表述自己的學術、政治思想，則是至高榮幸之事。故經筵官實際擔任了皇帝的「私人顧問」，官員於經筵中的議論、君臣對答可能左右皇帝施政方向，經筵實為一重要的論政場合。〔註22〕

朱瑞熙文中對進故事的論述雖不長，且並未涉及進故事實際篇章內容，然該文簡明地提示此體制度施行情況，為少數論及進故事制度的文章。其對經筵官職責的理解雖是基於講讀而發，然筆者以為，進故事既為經筵教育一環，其中亦可能包含經筵官作為皇帝顧問的論政行為。事實上，這樣的例證於進故事中屢見不鮮，劉克莊的進故事篇章時見此類作法。

（三）進故事文本

孫立堯《宋代史論研究》書中所收入的〈附論：經筵進讀、進故事〉，為目前首見以「進故事」作為主要討論文本的研究，其亦為相關研究中唯一涉及進故事文本內容者。孫氏基於對兩宋史論文章的觀察，指出經筵講讀與進

〔註21〕上文所述內容主要見於書中第三、四、五章。鄧小南，《祖宗之法——北宋前期政治述略》（北京：三聯書局，2006）。

〔註22〕朱瑞熙，《疁城集》（上海：華東師範大學出版社，2001），〈宋朝經筵制度〉，頁 267～309。

故事內容皆涉及大量史事，爲宋代重要的史論形式。而進故事在內容上全以史爲論題，多以近代、當代事爲題材，依事對相關的政治或社會時務提出勸諫，實爲「史論即政論」觀念的最好體現。孫氏於文中簡要介紹文彥博、范祖禹、張綱、廖剛、周必大等人的進故事篇章內容，指出此體大約於北宋末年、南渡之際發展成熟，官員論事必選一與時事相近的史事來討論，當中所發明的多是尋常儒理，內容平正，少見奇論。南宋以後引述北宋故事的篇章增多，顯示宋人對祖宗之法與當代史的重視；而政論的篇幅亦逐漸超越史論，進故事實成爲有志官員進諫時政的文本，若結合奏議比較則用意更加明顯。

孫立堯此文由進故事文章內容出發，藉由對內文的直接分析，爲此體研究提供了大致的綱要脈絡，並指出進故事兼具史論與政論的特殊性質，爲先前研究中少見的切入觀點。孫氏啓發了筆者的立論觀點，然其著重在內容上的引介，較少詳述制度、作法、作者、政治等相關背景，然筆者認爲這些背景實與進故事內容論旨與所產生的政治效應有密切關係。可以說，進故事研究尚處於開端，本文即試圖在前人學術基礎上對進故事研究略盡微薄之力，補充上述待發展的相關議題。

二、劉克莊進故事相關研究文獻

綜覽百年來的劉克莊專題研究，已累積近二百篇，雖取得一定成果，然不少領域尚有待深化開發之處。侯體健《劉克莊的文學世界——晚宋文學生態的一種考察》一書中曾蒐羅 2009 年前的劉克莊研究資料列表整理，表中共186 筆的資料中以詩、詞爲研究主題者即佔了 135 則，前輩學者如王述堯、王明見、周炫等人亦曾整理過相關的研究回顧，〔註 23〕可以看出今人對劉克莊的研究實有文體上的偏頗，而與本文選題相關的散文、後村仕宦等於今人研究中則少見有相關資料。進故事爲一在規範下創作的經筵文書，而當中內容關乎史論與政論，故與劉克莊史學見識及政治立場相關。由於今人研究中未見單獨就劉克莊進故事爲題論述者，故此處權將劉克莊研究成果中與進故事相關的部分挑出，分作「散文」、「史學」、「事蹟」等主題於下文統整梳理之。

〔註23〕參王述堯，〈劉克莊研究綜述〉，《古典文學知識》，4（2004），頁 70～79；周炫，〈近百年來劉克莊散文研究述評〉，《廣東農工商職業技術學院學報》，28.1（2012），頁 72～76；侯體健，《劉克莊的文學世界——晚宋文學生態的一種考察》（上海：復旦大學出版社，2013），〈緒論〉、〈附錄一〉，頁 1～42、269～278。

（一）散文

　　相較於詩、詞，劉克莊的散文於今人研究中較不受注意，相關研究少。諸多研究雖徵引後村文章，然主要將其視爲論述主題的佐證資料，未論及文章本身。文學史著作除袁行霈《中國文學史》與程千帆、吳新雷《兩宋文學史》外，均未提及後村散文。其中袁著已見於上文，《兩宋文學史》中將劉克莊與林希逸（1193～1271）視爲道學派散文的旁支，認爲劉克莊記體文有情韻，有別於眞德秀，二人在編選《文章正宗》的意見分歧亦顯示「道學之儒與文學之士的觀念差距」，指出其「工於騈體，早期頗好雕琢，後來則趨向雅淡自然」，「對騈體有研究，曾提出深刻見解」等。〔註24〕

　　部分騈文專著亦時提及後村創作，如江菊松《宋四六文研究》即將後村視爲南宋騈文代表作家之一，以爲其儷體風格與楊萬里（1127～1206）相近，「瘦淡自然，有清新獨到之處」，雖有「好用本朝故事，遂致庸廓淺露，古意漸失」等缺點，然從《宋四六選》輯其文多至三十餘首，「要皆未失舊格」。〔註25〕于景祥則承前說，另提出其多用長句寫作增加文章靈活之勢等特色，以爲後村騈文在當時窮力追求纖麗、刻意雕鏤的風氣之下是不多見的。〔註26〕

　　二十一世紀以來，部分專論宋代散文的專著亦注意到後村文，如朱迎平《宋文論稿》於〈南宋散文四十家評述〉中即列〈劉克莊〉一節，討論其記體與序跋文；〔註27〕馬茂軍《宋代散文史論》則將劉克莊列入「江湖文派」中，認爲後村是「南宋學者小品的集大成者」；〔註28〕施懿超《宋四六論稿》

〔註24〕程千帆、吳新雷，《兩宋文學史》（高雄：麗文文化，1993），第10章，〈南宋後期的詩文〉，頁494；第11章，〈宋四六〉，頁552。

〔註25〕江菊松，《宋四六文研究》（臺北：華正書局，1977），頁96～97。

〔註26〕于景祥，《中國騈文通史》（長春：吉林人民出版社，2002），頁709～710。對後村騈文的討論上可見張作棟與袁虹的〈論劉克莊的騈文理論與創作〉一文，當中提出後村騈文創作理論如用典數量應適中並融化、立意必出新等說，並認爲由後村序跋文對宋代四六家的評論亦可見得當代四六創作趨向。其餘有關後村騈文寫作特色的討論，多未脫江、于之說，故於此處一併說明。張作棟、袁虹，〈論劉克莊的騈文理論與創作〉，《河池學院學報》，32.6（2012），頁29～35。

〔註27〕朱迎平，《宋文論稿》（上海：上海財經大學出版社，2003），下編，〈南宋散文四十家評述〉，〈劉克莊〉，頁282～287。

〔註28〕馬茂軍，《宋代散文史論》（北京：中華書局，2008），第4章，〈南宋散文研究〉，頁256。

則對文獻做了考訂。〔註29〕大抵而言,上述通論性著作均點出後村散文於文學史脈絡下的位置,並對其各體文章做了概括性的評價,雖所論尚淺,仍爲後村散文研究值得重視的開端。

今研究後村的專書中,未見以散文爲主題者,單篇論文的成果亦不豐,僅不到十篇,分別討論其賦作、記體文與序跋文。張忠綱〈說劉克莊詰貓賦〉指出後村賦好用典、語言生動、幽默挪揄中帶辛辣諷刺等特質,並認爲此賦「看似遊戲筆墨,實則有感而發」,認爲其中對貓的責難即暗指江湖詩禍時「二凶」李知孝、梁成大等人諂媚權相史彌遠,專事陷害的鄙行。〔註30〕劉培〈身閑冷看世人忙——論劉克莊的辭賦創作〉一文則提出後村賦有「自我解嘲,曠達自適」、「小題大作,以文爲戲」、「諷世刺時,抒懷明理」三項特質。亦提出劉克莊對賦有「繼承屈騷」、「含蓄蘊藉」等創作主張,然作品未必合於理論。劉氏結合南宋俳諧賦的創作情形討論後村數篇賦作,以爲其是將群醜瑣事作爲笑料欣賞,更注意它的詼諧調侃功能,當中亦有如〈蟲賦〉等筆鋒老辣、冷嘲熱諷的罵世之作。〔註31〕上述二文注意到後村賦篇以詼諧筆法寫作的一貫特色,然若我們依循程章燦的繫年,後村三篇賦作或作於同年,那麼其中可能就多了練習、仿效前人類似作品的動機,而不見得如張氏所言有如此強烈的指涉性。

王明建〈劉克莊美政「記」體文及其文學史意義〉以後村八十一篇記體文作爲考察文本,認爲其最鮮明的特色在於「多寫與人民切身利益直接或間接相關的美政工程」,有其審美性與深刻性,當中對官員多有稱讚,並提出一系列美政理想。〔註32〕然而,王氏認爲後村記體文使《詩經》以後的美政文學由衰微轉向成熟,此說不免過譽,忽略了記體文學歷代的傳承與演變。

序跋文的部分可參游坤峰《劉克莊序跋文研究》,該文爲劉克莊研究中少有的以散文爲研究主體的學位論文。游氏指出後村序跋文強調「知人論世」的品評方法,故當中包含了大量的人物背景與事蹟敘述;寫作手法則繼承北

〔註29〕 施懿超,《宋四六論稿》(上海:上海古籍出版社,2005),下編,〈宋四六文獻研究〉,頁 192~193。

〔註30〕 張忠綱,〈說劉克莊《詰貓賦》〉,《文史知識》,9(1995),頁 29~33。

〔註31〕 劉培,〈身閑冷看世人忙——論劉克莊的詞賦創作〉,《山東青年政治學院學報》,6(2012),頁 125~129。

〔註32〕 王明建,〈劉克莊美政「記」體文及其文學史意義〉,《文學遺產》,2(2007),頁 124~126。

宋以來「重議論」、「嚴謹考辨」、「藉事抒感」等特色，時有較鋒利的率直批評。其亦自序跋文的考察得出劉克莊的文學與書畫藝術觀，認爲當中反映了後村個人的文學經驗，同時亦有對南宋文學的批評與反思，總體來說調和了南北宋的文學觀點，並呈現了南宋的書畫藝術觀與其考辨經驗。〔註33〕此外，周炫的〈論劉克莊書畫題跋的藝術價值〉亦以序跋文爲研究對象，然所論旨要偏重於藝術觀，與後村散文本身較無關聯，此處從簡不贅。〔註34〕

要之，當前對後村散文的研究無論質量皆明顯不足，所論主題多集中在少數文體，少見深入之作。其中，學者雖指出時政或爲後村散文的常見主題，然論證不夠充分，且眞正與時政密切相關奏議、札子、進故事等作品皆未見提及。相較於後村集中散文所佔的卷帙之繁與宋末元初所享有的盛譽，後村散文研究於今日尚有較大的開展空間。

（二）史學

關於劉克莊的史學內涵，目前雖未出現較深入的討論，然於部分專著中已有學者由不同層面注意到其史官身分與著作中對歷史的關注。

向以鮮《超越江湖的詩人——後村研究》中於〈非儒非佛亦非仙〉一章分別從「本體論」、「倫理觀」、「宗教觀」、「修養論」、「教育論」、「史學觀」、「對理學的認識」七方面，試圖梳理後村的思想與其相關創作。其將史學與其他六項相提並論，可看出作者肯定史學於後村思想中的重要性。向氏以爲後村史學與其家學有關，並據後村詩文所呈統整其史學觀，包含「治史的目的在於有益於世」、「歷史公論根於人心」、「治史須以《春秋》爲法」、「治史須下功夫」、「史才與文才可以協調」五項主題，提出其史學觀可能承繼眞德秀與朱熹。向氏亦提出後村〈詠史〉詩有反映「南宋偏安一隅、半壁河山，而統治者卻宴然相安」的情形，並曾作多篇與史事相關的詩作，如〈詠史五言〉、〈記漢唐事六言〉、〈南唐〉、〈雜詠〉二百首等；〈進故事〉「運用歷史典故、事件來向理宗闡明自己的政治見解、對時政的看法」，可視爲治史有益於世的實踐。〔註35〕向氏的研究提供了幾條線索，其整理數篇劉克莊討論史著、

〔註33〕游坤峰，《劉克莊序跋文研究》（臺北：臺北市立教育大學中國語文學系碩士論文，2011）。

〔註34〕周炫，〈論劉克莊書畫題跋的藝術價值〉，《名作欣賞》，20（2012），頁167～169。

〔註35〕向以鮮，《超越江湖的詩人——後村研究》，〈下篇：描述與闡釋〉，第1章，〈非儒非佛亦非仙〉，頁157～161；第2章，〈超越江湖的詩人〉，頁204～212。

史事的文章，如〈方汝一班史贊後跋〉、〈方蒙仲〈通鑑表微〉跋〉、〈方實孫經史跋〉、〈鍾肇史論跋〉等，由後村論史多在題跋，可推得後村對當朝史著關注甚勤，且其史學於交遊圈中受到認可。然而，由於序跋文大抵是因事而發，以後村集中所言看來，其或未有一套較有系統的史學理論，若直接將序跋文所論等同於後村史學觀，可能有其問題，尚須結合其作文背景觀之，才能得到較周全的解釋。而文中所提篇章未能深入分析，甚為可惜。

王宇《劉克莊與南宋學術》從交遊的考究分析劉克莊史學與散文的內涵。王氏試圖重建劉克莊的學術淵源，由後村自述、師友、地緣等關係考究鄭厚、鄭樵等人對克莊史學與文學的影響。其認為劉克莊以文風「暢達辯博」、詩歌「發乎情性」、「兼容並蓄」承繼鄭厚；鄭樵的「稽古之勤，記誦之富」、為學之實與其史著，則可能是後村成就史學的「原始動力」與「奠定基礎」。〔註36〕該著勾勒出後村可能接觸的學習與創作環境，為後村研究中少有的切入點。然而交遊能否表示確切的學術淵源與其影響深淺，恐怕是有疑問的。如王氏認為「劉克莊整飭清新的詩風大概多得自艾軒；而辨博宏肆的文風則主要來源於鄭厚」，〔註37〕然陸游、楊萬里亦有清新之作，且更常於著作中提及，宏肆文風亦不僅為鄭厚獨有，大抵一個人的學術與創作並非僅有單一淵源，也並非幼學影響最深。此書雖提供了後村學術的可能來源，然而有交遊是否即能直接連結到受影響？諸如此類疑問皆須更有力的佐證。

侯體健《劉克莊的文學世界》認為後村史學應從詩文創作談起，當中亦確實能見其「淵博的歷史知識、敏銳的歷史感覺和獨到的歷史見解」。〔註38〕侯氏大膽猜測，〈雜詠〉二百首即為其史學盛名主要來源，認為後村「試圖在簡短的二十字中，以凝練語言和高度概括力寫出自己對歷史人物獨到的評價，具有強烈的史論表達意識，是要『寓論於詩』」，跳脫傳統詠史詩的定式，具有異乎尋常的史學品質。侯氏並結合《詩話》中的「意新」觀念，認為此作「是對詩歌語言包蘊能力的一種拓展與測試，也是對自我史斷能力的全面審視與檢驗。」而所以能達成此種類似「玩魔方」的創作，後村博洽的史才

〔註36〕參王宇，《劉克莊與南宋學術》（北京：中華書局，2003），第 2 章，〈鄭氏學術：劉克莊的史學淵源和文學底蘊〉，頁 80～83。

〔註37〕同前註。

〔註38〕侯體健，《劉克莊的文學世界》，第 4 章，〈學術和創作：各有其域與多層互動〉，第 2 節，〈史詩與史實：詩文的詠史用典與史學〉，頁 219。

與精敏的史識即爲重要原因。〔註39〕此外，後村作品的一貫特色——充滿故實的使事用典，可視爲後村閎洽史才之呈現。侯氏以爲後村的多樣用典是來自其史學知識的豐富，分別以典故之廣、僻、密、切考察，以爲從中可看出後村史學修養與用典的切的微妙關係。〔註40〕

　　關於後村史學於著作中的體現，組詩〈雜詠〉二百首是常被關注的作品，不少以後村詩爲主題的專著與論文皆有所討論，其中所論較詳者除上述侯著外，尚有張小麗與趙望秦、張煥玲的著作。張小麗的《宋代詠史詩研究》指出詠史組詩在南宋至宋元之際獲得了蓬勃發展，當中以後村〈雜詠〉二百首作爲其中的代表作品之一。張小麗首先由詩作題材點出此組詩「雖題爲雜詠，實爲詠歷史人物的詠史詩篇」，認爲當中「體現了劉克莊對歷史人物及歷史事件的深刻洞察力與卓越史識」，是繼承了司馬遷以來的「以人爲本位來記載歷史」，「有意識的將其運用到詠史詩的創作之中」。並指出後村創作手法上常用白描、佈局先述史事後加以評論、對仗工致等特色。同時，張小麗亦提出此組詩的藝術缺憾，如當中部分詩篇僅爲「歷史事實的簡單描述」，未賦予詩人寄託及歷史批判，詩人的態度與立場顯得模糊；有些作品是「爲詠史而詠史」，顯得史實冗塞，情感不足；一味求量，不乏率易粗糙之作；分類不夠嚴謹等問題。〔註41〕趙望秦與張煥玲的《中國詠史詩通論》將劉克莊列於晚宋詠史詩人的代表之一，認爲後村精通史學，熟悉史傳體例，故在「有益於世教民彝」的創作宗旨下，將歷史人物分類後吟詠。該書認爲後村此組詩「創作意圖明顯」，其以十首爲一組，由身分、性別、年齡、人品、學派等原則分作十婦、十卜、十憸、十儒、十隱等類，分別對應正史中的〈列女傳〉、〈日者傳〉、〈佞幸傳〉、〈儒林傳〉、〈逸民傳〉諸傳，爲此前較少被提出的論點。〔註42〕

　　上述三文對劉克莊詠史組詩〈雜詠〉二百首皆做了較深入的分析，有其參考價值。不過筆者認爲，倘將此前胡曾等人的史傳型詠史組詩納入考量，並參照劉克莊屢次提及的詩歌「鍛鍊」作法與其他以「雜詠」爲題的多組詩作，後村〈雜詠〉二百首除上述創作動機外，亦應包含對詩體的練習、遊戲、

〔註39〕論述與引文參同前註，頁218～225。

〔註40〕同前註，頁225～231。

〔註41〕引文與論述參張小麗，《宋代詠史詩研究》（北京：光明日報出版社，2009），第6章，〈宋代詠史組詩研究〉，頁294～304。

〔註42〕趙望秦、張煥玲，《古代詠史詩通論》（北京：中國社會科學出版社，2010），頁148～150。

實驗性質，未必僅就傳統諷諭、情志等出發點創作。侯文所謂「獨到的評價」部分實來自化用史事、他人文章的呈現，並非獨創；張文則多從傳統詠史詩的角度批評；趙文之說雖新，然分類作詩本爲以「雜詠」爲題詩作的常見作法，論證稍嫌不足，三文皆存尚待深入研究之處。然而不可否認的，劉克莊能在當代創作數量如此龐大的史傳型詠史詩，顯示了其具有豐厚的史學知識及作詩技巧，對於歷來較少人討論的後村史學研究應有補充作用。

　　大抵而言，對於劉克莊史學的觀察多集中在詩作，論及散文的研究並不多。周炫〈論劉克莊的史學思想〉一文亦注意到進故事與劉克莊史學的關係，其認爲進故事爲劉克莊史學中「治史應有益於世」的展現，指出劉克莊於此文體中借史事闡明一己政治見解與對時政的看法，爲今日少數於文中論及劉克莊進故事的文章。然而，周氏對於進故事的理解僅本於字面而發，忽略了進故事自有內容、形式上的要求，劉克莊進故事中的取材與論政實未脫離進故事制度規範。其後文雖試圖整述劉克莊進故事中對「古今治亂、國家興亡的經驗教訓」與時政的關聯，然其僅是照字面列表，未能開展詳細論說，對劉克莊進故事與史學的論述實相當粗淺。〔註 43〕

（三）事蹟

　　劉克莊的生平事蹟與在朝政事梳理爲解讀進故事創作時不可或缺的背景知識，以下分作年譜、單篇論文、海外研究三類依序整理。

　　1934 年張荃的〈劉後村先生年譜〉爲目前最早編寫的後村年譜，此後直至 1990 年間陸續又有咸賢子、李國庭、劉大治等人爲後村編寫年譜。〔註 44〕1993 年程章燦的《劉克莊年譜》出版，作爲後出轉精之作，該書除由史書、後村與友人作品等來源詳加考察行跡外，亦將大多數的作品編年，遇有疑義或生僻之處則以按語抒解於下，爲目前最通行的劉克莊年譜。

　　孫克寬〈劉後村的家世與交遊〉、〈晚宋政爭中的劉後村〉、〈晚宋詩人劉克莊補傳初稿〉等文，亦爲研究後村生平少有的深入之作，其中點出後村生平與晚宋朝政的緊密關聯，如江湖詩案與濟王案的關係、權相史彌遠、鄭清

〔註 43〕周炫，〈論劉克莊的史學思想〉，《飛天》，14（2012），頁 66～71。

〔註 44〕咸賢子，《劉後村年譜及其詞研究》（臺北：國立政治大學中國文學研究所碩士論文，1983）；李國庭，〈劉克莊年譜簡編〉，《福建圖書館學刊》，1（1991），頁 51～59＋46；劉大治，〈劉克莊年譜〉，收入《文獻史料研究叢刊》第三輯（福州：地圖出版社，1991），頁 67～164。

之、史嵩之、賈似道與後村的關係等，皆於後村事蹟、著作有所反映。孫氏以為後村所以中年以小官身分涉入數件大案，屢次起復的原因，與其父劉彌正的政治立場及朝中勢力交替相關，其研究成果至今仍為後村研究者借重。對於後村事跡與交遊的考證尚可參李國庭〈劉克莊生平三考〉、向以鮮〈劉克莊交游考〉、王宇〈《劉克莊年譜》考辨〉等文。〔註45〕

　　後村與權相賈似道的關係向為其事蹟研究中較受關注的議題。劉克莊晚年與賈似道關係密切，有不少往來、祝賀之作，加上後村於七十四歲高齡再次出仕等舉動，皆被視為諂賈、媚賈的晚節汙點。〔註46〕後村是否有意為復仕媚賈，今日已無從查證，然不少後村研究者皆於文中為其辨誣。如程章燦引述張鈞衡語，認為後村在朝時賈似道尚未達到權力高峰，後村居處偏地，亦不知賈似道乞和內情；〔註47〕李國庭等人則以為賈似道誤國謀略被揭，是在後村卒後，認為後村晚年出仕是因理宗的器重，其並無動機刻意巴結；〔註48〕王述堯則認為上述說法皆很難使人信服，認為根本問題在於應肯定賈似道做為晚宋權臣實是有功有過的，則後村汙點即可不洗而自去；〔註49〕然侯體健又指出賈似道大抵仍是過大於功，王述堯言將賈似道入奸臣傳乃「中國歷史上最大的冤案」實語過其實；〔註50〕劉婷婷則指出後村賀啟確有過於抬尊賈似道之實，所以有這樣的作為可能源自其長年執著進取的性格，亦是受到時風的影響，且後村這樣的賀賈之作在當時並不少見，惟後村聲名較大且作品保留較為完整，故招致此評，〔註51〕筆者較贊同侯氏與劉氏的說法。

〔註45〕李國庭，〈劉克莊生平三考〉，《福建論壇》，4（1991），頁64～69；向以鮮，《超越江湖的詩人——後村研究》，上篇，第1章，〈某家故為儒〉，頁1～19；第2章，〈人在江湖〉，頁20～119。

〔註46〕方回與王士禎皆對此有批評，其中王說影響較大，王氏言後村賀啟是「諛詞讕語，連章累牘，豈真以似道為伊周武鄉之比哉？」後《四庫全書總目提要‧後村集提要》亦承此說，言後村「晚節不終，年八十而失身於賈似道」。〔清〕永瑢等編纂，《景印文淵閣四庫全書》第1180冊（臺北：臺灣商務印書館，1983），〈後村集提要〉，頁1180。

〔註47〕程章燦，《劉克莊年譜》（貴陽：貴州人民出版社，1993），頁318。

〔註48〕李國庭，〈劉克莊生平三考〉，頁67～68。

〔註49〕王述堯，《劉克莊與南宋後期文學研究》，〈附錄三‧略論賈似道與劉克莊的關係〉，頁304～307。

〔註50〕侯體健，《劉克莊的文學世界》，〈緒言〉，頁4。

〔註51〕劉婷婷，《宋季士風與文學》（北京：中華書局，2010），第2章，〈宋季士風與文學〉，頁88～102。

又，學界對劉克莊涉身其中的江湖詩禍亦多有關注，然對此事發生時間則有不同意見。由於《鶴林玉露》、《齊東野語》、《瀛奎律髓》所載時間不一，今多以爲是在寶慶元年或三年，詳可參李越深、程章燦、張宏生與侯體健之說。〔註52〕

除上述兩岸學界的研究成果外，海外漢學學者亦有以劉克莊爲研究課題者，其中又以日本爲多，觀點多結合地域文化、歷史背景等視角討論。〔註53〕如 Patricia Ebrey "The Women in Liu Kezhuang's Family" 一文，透過對後村家族女性成員及姻親的考察，使劉氏福建莆田的士紳身分得到彰顯；〔註54〕中砂明德〈劉後村和南宋士人社會〉以劉克莊生平爲軸，串起南宋發生的各個重要事件，並論及地域、時政與後村於其中所扮演的腳色；〔註55〕小林義廣〈南宋時期における福建中部の地域社會と士人：劉克莊の日常的活動と行動範囲を中心に〉則由後村行事、活動區域考察其地方菁英身分，〔註56〕上述三文多傾向將劉克莊視爲某種南宋士人的代表。

值得注意的是，除海外漢學對劉克莊事蹟有較不同的切入點外，其餘論及劉克莊生平的單篇論文多著重在分析其與朝中權臣的關係，少就劉克莊涉及的時政與政治事件討論。劉克莊作爲南宋末年的代表文學家之一，其生平事蹟並未受到特別重視，而此亦爲南宋文學自中興四大家後，個別文人研究所面臨的普遍問題。

綜上所述，無論是進故事或劉克莊論題的相關研究於質量來說均非常有限。進故事作爲同時兼具「史論」與「政論」性質，且於宋朝具一定創作量與政治影響力的文體，此前未獲得太多注意；而劉克莊作爲晚宋代表文學家之一，其研究成果多集中在詩、詞，涉及散文、朝廷政事的相關內容則少見

〔註52〕 李越深，〈江湖詩案始末考略〉，《浙江大學學報》，2.1（1987），頁111～115；程章燦，《劉克莊年譜》，頁99～102；張宏生，《江湖詩派研究》，〈附錄三·江湖詩禍考〉，頁359～361；侯體健，《劉克莊的文學世界》，〈緒言〉，頁2～3。

〔註53〕 大陸亦有研究注意到後村於福建地方的士紳身分，參張劍、呂肖奐、周揚波著，《宋代家族與文學研究》（北京：中國社會科學出版社，2009）。

〔註54〕 〔美〕Patricia Ebrey, "The Women in Liu Kezhuang's Family," *Modern China*, 10 (1983), pp. 415-440.

〔註55〕 〔日〕中砂明德，〈劉後村と南宋士人社會〉，《東方學報》，66（1994），頁63～158。

〔註56〕 〔日〕小林義廣，〈南宋時期における福建中部の地域社會と士人：劉克莊の日常的活動と行動範囲を中心に〉，《東海史學》，36（2001），頁1～26。

論述。本文即結合此二主題，以《兩宋進故事研究——以劉克莊爲例》爲題，希望能對此部分研究略盡補充之效。

第三節　研究範圍與章節安排

本文論題爲《兩宋進故事研究——以劉克莊爲例》，以下對研究範圍與章節安排作一說明。

一、研究範圍

首先就研究範圍而言，本文所設定的研究文本爲兩宋所有進故事文本，當中又以劉克莊爲主要研究對象。在進故事文本的判定上，筆者主要遵循以下三項原則：一、由篇名判定。此類文本於篇名上歧異甚多，並不皆以「進故事」爲題。早期如文彥博、陳瓘篇名作「進故事奏」；南宋後多以「故事」、「進故事」爲題；部分作者則以「（進）故事」字眼結合「進論時間」、「故事出處」、「概括故事內容」、「全文論旨」作爲篇名，如廖剛〈元年十一月二十六日進故事〉、胡寅〈左氏傳故事〉、洪遵〈進魏徵對唐太宗陳鮑叔牙祝齊桓公壽事〉、許應龍〈進故事論名實〉等皆爲例證，是以由篇名可初步篩選出此類篇章。二、由作者曾任官職判定。進故事政策中對進論官員的資歷有限制，其規定雖隨政策施行有所調整，然大抵而言進論官員必須具備經筵官、侍從官身分才具有進論資格。三、倘符合上述二條件，可再由內文形式進一步確認。蓋進故事作爲經筵文書，形式上受到規範，有其定式。以南宋後發展定型的進故事來看，此類文本於結構上至少須具備「引述故事」、與「臣聞」、「臣謂」、「臣按」等語開啓的論說二要素才符合進故事的規範。然由於此形式與部分論體文、策論、奏議有相仿之處，是以不能單就此條件判斷，須結合前二條件才能較明確的區分出進故事文章，文末附錄一〈《全宋文》所收兩宋進故事篇章列表〉即是據上述標準篩選的結果。

而本文選擇劉克莊作爲進故事個案分析主要基於以下原因：

其一，由作品數量來考量，劉克莊爲今存進故事中篇章相對多數者。綜觀兩宋進故事作者今可查者共 65 人，作品篇數超過 10 篇以上者依序爲周必大 23 篇、范祖禹 22 篇、洪咨夔 21 篇、張綱 19 篇、孫夢觀 18 篇、廖剛 16 篇、劉克莊 15 篇、高斯得 14 篇、韓元吉 13 篇、文彥博 11 篇、胡寅 10 篇，

計 11 人。〔註57〕劉克莊名列第七,其進故事作品就數量來說具有一定代表性。

其二,以作者創作的時間段來考量,劉克莊進故事作於理宗淳祐、景定年間,進故事的政策、內容、作法於當時發展已屆完善,是以此處將劉克莊視爲進故事於晚宋發展定型後的代表。

其三,以作者身分、事蹟來考量,劉克莊堪稱晚宋的代表文學家。其於宋末元初以「章表奏議」、「文名」稱頌於世,可知其散文創作,尤其政府文書應能代表當時崇尚的傾向。透過研究劉克莊進故事,能補充今人研究中對劉克莊散文創作的不足之處,且一定程度地反映南宋文壇、士風所尙。

其四,以劉克莊的進故事內容來看,其忠實承繼此體「先敘前代帝王施行得失,而證以祖宗故事,然後論今日事體所宜,斷以己意」的要求,於題材、作法上又能見得其個人特色與創發。劉克莊的進故事篇章於進故事發展脈絡上實有其一席之地。

綜合以上四點,本文選擇劉克莊進故事作爲兩宋進故事研究的代表文本於下文分析之。

本文所引述的兩宋進故事文本除劉克莊外,皆出自曾棗莊、劉琳主編,由上海辭書出版社出版的《全宋文》。劉克莊作爲本文重點論述對象,全文多處論及其進故事與相關著作,此處選用由辛更儒箋校、中華書局 2011 年出版的《劉克莊集箋校》。該書採用翁同書校語的清抄本爲底本,以《四部叢刊》爲主要校本。此書資料豐富,不僅參考諸多版本作了詳實的校正,補上數篇作品,並對後村向稱用典廣僻密切的詞語、人物、制度、地理風俗等作了箋註,極富參考價值。

二、章節安排

章節安排上,第一章爲「緒論」,提出本文的研究動機並回顧相關文獻,說明研究範圍與章節安排。第二章爲「兩宋經筵進故事發展」,於第一節中先梳理進故事發展背景,試圖說明何以進「故事」之因;第二節主要針對進故事制度的發展作整述,並釐清此體性質;第三節中分述兩宋進故事的取材與常見主題,以期對進故事此體有基本了解。第三章爲「兩宋進故事代表作家

〔註57〕 上述資料詳參文末附錄一〈《全宋文》所收兩宋進故事篇章列表〉及附錄二〈進故事未收錄於《全宋文》的作者列表〉。本書由於所論材料涉及人物眾多,此節起除重要人物外,不另列生卒年。部分人物視各章節論述重點不同,調整生卒年標示位置,特此說明。

與作品」，分作二節分別論述北宋與南宋的代表進故事作家及作品，試圖由歷時性的文本討論歸納出進故事發展傾向。第四章爲「劉克莊進故事篇章析論（一）」，以劉克莊四次入朝時間爲綱要，於第一節中略述其端平首次入朝經歷，第二節則述淳祐六年二次入朝事蹟，由此章開始進入劉克莊進故事篇章分析。第五章爲「劉克莊進故事篇章析論（二）」，第一節論述其淳祐十一年第三次入朝的進故事作品。由於其景定元年第四次入朝的時間較長、進故事寫作量較豐富，故於第二、三節分兩部分析論，前者集中討論「災異」主題文章，後者對「兵事」主題展開論述。第六章爲「結論」，總結本篇論文，提示本文論點與研究價值所在，並提出研究展望。

第二章　兩宋進故事發展

　　本章主要討論兩宋經筵進故事於發展背景、政策施立上的概要，並嘗試
對其常見取材與內容作一整述。以下分爲三節析論：第一節集中討論歷來如
何定義此「故事」內容，其於朝政上的作用爲何？何以宋朝特別重視「故事」？
著重在釐清何以進「故事」的原因與背景。第二節主要討論宋朝進故事政策
的施立，先追溯進故事政策的設置過程與其目的，再藉由多方比較確立此體
性質。第三節則對進故事的取材與常見內容主題做簡要整理，期能初步建立
進故事此體輪廓。

第一節　故事的定義、故事於朝政上的作用

　　「故事」者，從字面來看係指過往之事，在「進故事」的政策之下，又
特指與國家典章、制度、政治相關的往昔事件或慣例。鄧小南《祖宗之法：
北宋前期政治述略》中對「故事」一詞有清楚的規範：

> 一般說來，「故事」指朝廷的往事前例，包括成型的典章制度和以往
> 的行事慣例。就其性質而言，可以是成文或不成文的，可以是制度
> 性的，也可以是非制度性的。在傳統帝制時代，朝廷行政的運作方
> 式往往具有強烈的歷史依賴性，時有隨宜權變，但基本上又須持經
> 守常。因而「故事」通常受到特殊的重視。〔註1〕

以故事做爲施政依據，爲歷代朝政中常見的情形。早於《詩經》中即有「不

〔註1〕鄧小南，《祖宗之法：北宋前期政治述略》，第 1 章，〈家法與國法的混溶〉，
　　　頁 26～27。

愆不忘，率由舊章」語，〔註2〕孟子據此有「遵先王之法，過者未之有也」之論。〔註3〕歷代史書多有遵循「舊章」、「故事」施政定制的記載。那麼，故事實際的引據及施用情形，與君臣對故事的態度為何？以下筆者粗略歸納出較常見的故事使用實例，以期能在進入宋朝「進故事」政策前，先對「故事」於歷代政治中所扮演的角色有基本了解。

1. 建武元年，光武即位于鄗，為壇營於鄗之陽，祭告天地，采用元始中郊祭故事。〔註4〕

2. 〔薛〕宣為相，府辭訟例，不滿萬錢，不為移書，後皆遵用薛侯故事。〔註5〕

3. 故事，史官不過三員，或止兩員，今四人並命，論者非之。〔註6〕

4. 六月丙子，敕：「……如是刑獄，亦先令法官詳議，然後申刑部參覆。如郎官、御史有能駁難，或據經史故事，議論精當，即擢授遷改以獎之。如言涉浮華，都無經據，不在申聞。」〔註7〕

在故事的援引中，禮制向來占有極大的分量，舉凡封禪、祭祀等場合均可見得，如上述例 1 即是。故事的範圍很廣，舉凡國家施政、法律禮制、官府判案等，皆得見遵循故事決策的情形。有時，故事亦指行政上的慣例作法，如例 2 薛宣例子即是。儘管故事並非律令，沒有強制性質，然一般人仍期待制度、施政能沿用故事，如例 3 中由於官員任命較以往為多，即招來「非之」的評價。例 4 中的刑獄斷案亦為另一大量使用故事作為決策參據的場合。從中得以看出故事對於斷案者有一定的信服力，是以當官吏欲提出意見時，需「據經史故事」議論之，而後句所謂「浮華」、「都無經據」則為故事的解釋權留下模糊空間，可知故事雖作為重要參考準則，然仍需視上級對引故事議論的內容滿意與否，才有其他後續行動。

〔註2〕屈萬里，《詩經釋義》（臺北：中國文化大學出版部，1970），〈大雅·生民之什·假樂〉，頁 348。

〔註3〕〔宋〕朱熹，《四書章句集注》（臺北：鵝湖月刊社，1984），《孟子集注》，卷 7，〈離婁章句上〉，頁 275。

〔註4〕〔南朝宋〕范曄撰，〔唐〕李賢等注，《後漢書》（北京：中華書局，1965），卷 7，〈祭祀志〉，頁 3157。

〔註5〕〔漢〕班固，《漢書》（北京：中華書局，1962），卷 83，〈薛宣傳〉，頁 3393。

〔註6〕〔後晉〕劉昫等，《舊唐書》（北京：中華書局，1975），卷 17 下，〈文宗本紀〉，頁 546。

〔註7〕同前註，卷 18 上，〈武宗本紀〉，頁 604。

故事既與政事息息相關，於歷代正史記載中時可見得君臣讀故事、史籍
等發感慨自我警惕、勉勵的情形：

　　5. 〔魏〕相明易經，有師法，好觀漢故事及便宜章奏，以爲古今異
　　制，方今務在奉行故事而已。〔註8〕

　　6. 宰臣於延英殿論政事畢，因言及國朝故事，上曰：「朕覽玄宗實
　　錄，見開元初事天下不得不理，玄宗初即位，親見不理之由，遂銳
　　意爲政，有姚崇、宋璟、蘇頲等輔弼左右。履政奉公，聖賢即合，
　　魚水相得，緣何而不至於理？及天寶末年，玄宗怠倦爲政務於不急
　　之事，有李林甫、陳希烈、楊國忠等姦敗，傾陷專權，徇私楊氏一
　　門，競爲禍本，又何因而不至於亂前事？是今日之龜鑑，朕當自惕
　　勵，卿等各以此爲誡庶幾免於此也。〔註9〕

上述舉例可約略代表多數君臣對於故事的態度。例5中的魏相（？～59 B.C.）
爲漢宣帝時的宰相，時逢「歲不登」、「西羌未平」國勢紛亂，其奏所提出的
解決方法則以爲當時施政在「務行故事」而已。〔註10〕這種以先前帝王爲楷
模的記載於史書中處處可見，且不同朝代、不同時代有其不同的選用取向，
以唐朝爲例，「貞觀故事」即是常被提出討論的題材。不過，「務行故事」亦
有其缺陷，陸贄（754～805）即曾指出當朝「循故事而不擇可否之患」可能
引發問題。〔註11〕例6的情形則是以故事作爲反面教材，例中唐憲宗以先祖
玄宗爲例，以爲當引以爲戒。這種以故事爲戒鑒、爲楷模的情況，又體現在
歷代對於聖政、寶訓等帝王政事的編修，如唐朝《貞觀政要》的編寫即爲一
例。吳兢（670～749）於自序中即言其編纂旨要爲「綴集所聞，參詳舊史，
撮其旨要，舉其宏綱，詞兼質文，義在懲勸」，使國家能「擇善而從」，〔註12〕
經筵進講時亦時見以此類纂輯先王聖政的作品爲教材。再參數則引據故事論
政的文章：

　　7. 禮部尚書王珪奏言：「三品以上遇親王於塗，皆降乘，違法申敬，

〔註8〕 〔漢〕班固，《漢書》，卷74，〈魏相傳〉，頁3137。
〔註9〕 〔唐〕李絳撰，〔唐〕蔣偕編，《李相國論事集》，《景印文淵閣四庫全書》第
　　　446冊（臺北：臺灣商務印書館，1983），卷6，〈上言開元天寶事〉，頁248。
〔註10〕 〔漢〕班固，《漢書》，卷74，〈魏相傳〉，頁3137～3138。
〔註11〕 〔唐〕陸贄撰，王素點校，《陸贄集》（北京：中華書局，2006），卷21，〈論
　　　朝官闕員及刺史等改轉倫序狀〉，頁711。
〔註12〕 〔唐〕吳兢，《貞觀政要》（上海：上海古籍出版社，1978），〈序〉，頁1。

有乖儀準。」太宗曰：「卿輩皆自崇貴，卑我兒子乎？」徵進曰：「自古迄茲，親王班次三公之下。今三品皆曰天子列卿及八座之長，爲王降乘，非王所宜當也。求諸故事，則無可憑；行之於今，又乖國憲。」……「自周以降，立嫡必長，所以絕庶孽之窺覦，塞禍亂之源本，有國者之所深愼。」於是遂可珪奏。〔註13〕

8. 元和三年，學士李絳上言曰：「古先哲王以天下爲大器，知一人不可以獨理，四海不可以無本，故立皇太子以副己，設百官以分職，然後人心大定，宗社永寧，有國家者不易之道也。陛下嗣膺大寶四年於茲矣，而儲闈未立，典策不行……非所謂承宗廟社稷也。且漢魏故事國朝舊制懸諸日月著爲憲章……以卿忠誠累有陳請，援引祖宗制度、經典憲章，事重禮崇，瞿然增惕，宜依所請。遂下制所司擇日備禮冊命，即惠昭太子也。〔註14〕

例7中唐太宗原不同意王珪（570～639）之請，以爲是「卑我兒子」，魏徵（580～643）以「求諸故事，則無可憑」作爲依據說服太宗，而後太宗果「遂可珪奏」；例8中的事件更爲重大，立儲本爲關乎國本的大事。李絳（764～830）此處的立論根據爲前朝與當朝故事，憲宗亦「依所請」而策立太子。這類以故事做爲立論基礎，影響皇帝廢立之例，尚可參唐昭宗之事。時唐昭宗「頗以禽酒肆志，喜怒不常……上獵苑中，醉甚，是夜，手殺黃門、侍女數人」，隔日「內門不開」。左右軍中尉劉季述即以禁兵千人破關而入，問知其故後，出與宰臣謀曰：「主上所爲如此，非社稷之主也。廢昏立明，具有故事，國家大計，非逆亂也。」〔註15〕是以故事如此，認爲「廢昏」爲正途，而並非逆亂，合理化自己破關而入、大逆不道之舉。由上述二例可見得故事於奏議中的憑據情形，小事如降乘，大事如廢帝，皆可援引故事爲據，且確實具備一定的說服力。

引據故事爲政事下決策的情形甚爲普遍，故事除增加臣子論證的信服力外，有時也不免成爲朝廷權力鬥爭時的工具之一。如漢朝王莽（45 B.C.～23）即爲一例：

〔註13〕〔後晉〕劉昫等，《舊唐書》，卷71，頁2558。

〔註14〕〔唐〕李絳，《李相國論事集》，《景印文淵閣四庫全書》第446冊，卷1，〈請立皇太子狀〉，頁212。

〔註15〕〔後晉〕劉昫等，《舊唐書》，卷20上，〈昭宗本紀〉，頁770。

9. 元始元年正月，莽白太后下詔，以白雉薦宗廟。羣臣因奏言太后「委任大司馬莽定策安宗廟。故大司馬霍光有安宗廟之功，益封三萬戶，疇其爵邑，比蕭相國。莽宜如光故事。」太后問公卿曰：「誠以大司馬有大功當著之邪？將以骨肉故欲異之也？」於是羣臣乃盛陳：「莽功德致周成白雉之瑞，千載同符。聖王之法，臣有大功則生有美號，故周公及身在而託號於周。莽有定國安漢家之大功，宜賜號曰安漢公，益戶，疇爵邑，上應古制，下準行事，以順天心。」太后詔尚書具其事。〔註16〕

10. 平帝崩，無子，莽徵宣帝玄孫選最少者廣戚侯子劉嬰，年二歲，託以卜相爲最吉。乃風公卿奏請立嬰爲孺子，令宰衡安漢公莽踐祚居攝，如周公傅成王故事。太后不以爲可，力不能禁，於是莽遂爲攝皇帝，改元稱制焉。〔註17〕

王莽向來以博學儒生的形象示人，例 9 中王莽於計劃攝政之初，即與同黨不斷宣稱其舉動是如「周公」、「霍光」故事，無論封賞、行事皆以此爲標彰。例 10 中，其援引歷代視之爲輔政有功的典型大臣——周公，作爲行事上的依據，或是有意塑造自己的形象，將己比擬做周公，使自己的攝政的行爲合理化，更具信服力。因攝政此事在周公的經營之下，對朝政而言可說是有利無害，且周公的確僅是「攝政」而非「奪權」，這正是王莽極力想避免的批評。

由《漢書・王莽傳》中我們得以清楚地看到王莽一路爲自己奪政鋪路的過程，先是與太后共議立嗣、立己女爲后、攝政，時人多以霍光（？～68 B.C.）、蕭何（257 B.C.～193 B.C.）、周公故事比之，後以符命引據《尚書》、《左傳》等周公、孔子所定之法，上奏立己爲「假（攝）皇帝」，終逐步成爲「眞皇帝」，「順符命，去漢號焉」。〔註18〕不難看出，在王莽奪權即位的過程中，所謂「符命」、「如周公故事」云云皆只是一種手段，符命可以被製造出來，而故事則自有其解釋空間，儘管王莽與周公、蕭何、霍光等功臣動機、情況不盡相同，其仍能擷取當中適用故事做引申、解釋，端看如何運用而已。可以說，故事確實具有其在政事上的信服力，是以諸多政事、政爭皆見得臣子引據故事爲己之立場辯護，不過有些時候，故事實是因應某些政治目的而被選擇出來加

〔註16〕〔漢〕班固，《漢書》，卷 99 上，〈王莽傳〉，頁 4046。
〔註17〕同前註，卷 98，〈元后傳〉，頁 4031。
〔註18〕同前註，卷 99，〈王莽傳〉，頁 4039～4194。

以解釋,使達到論者原欲追求的政治效果罷了。引據故事的論述是否能被接納,很大一部分取決於掌權者的態度。如上述例9,太后實際上相當了解王莽欲奪政的企圖,然「不以爲可,力不能禁」,無論引述故事與實情相符與否,王莽仍然在權力與同黨官僚支持之下,登上帝位。

　　大致了解漢、唐以來對於故事的重視及運用,亦不難理解精通故事與否實際成爲選官任職上一個特殊的才能,時能見得官員推舉此類人才,而這類人才亦特別爲上位者重視。如:

> 11. 處士嚴悊,右左庶子損之之孫,國子司業士元之子。舊名保嗣,……某嘗典汝州,與語甚熟,<u>歷代史及國朝故事</u>悉能該通,操心甚危,觀跡相副,未逢知己……伏以桂州辟之於前,某薦之於後。
>
> 〔註19〕
>
> 12. 中宗即位,敬暉、桓彥範等知國政,以若思多識<u>故事</u>,所有改革大事及疑議,多訪於若思。〔註20〕

上述二例中,劉禹錫(772～842)以「歷代史及國朝故事」悉能該通,薦用處士嚴悊,而中宗亦以「多識故事」用孫若思(生卒年不詳),遇改革大事等疑義多訪之,參詢意見,能看出「通故事」此項資質爲任官時頗受重視的資格之一。

　　有宋一代,承襲前朝施政,亦時以「故事」作爲決策依據。較爲特別的是,其在援引「故事」的選擇上,除了引述前代故事外,本朝故事亦受重視,且比重逐漸偏高,此一現象又以南宋朝政較爲明顯。究其原因,應是與宋朝崇尚「祖宗之法」的施政原則相關,自太祖、太宗以「事爲之防,曲爲之制」作爲鞏固政權的基礎後,眞宗概括其精神與法度,於制度與施政上逐漸形成以「祖宗之法」做爲決策依據的政事處理方式,諸如王旦謂「祖宗之法具在,務行故事,甚所變改」、英宗遇臣下有奏「必問朝廷故事與古制所宜」、欽宗「庶事並遵用祖宗舊制」、孝宗與臣下討論宰執配位時言「有紹興典故,可參照無疑」等均爲例證。〔註21〕《宋史》中關於此類援引前朝或當朝故事作爲決策依據的記載甚多,此處無法一一詳述,不過我們或能從北宋較爲人熟知的「濮議」與「廢郭后」二事略見「故事」於決策上的作用。

〔註19〕　〔唐〕劉禹錫著,瞿蛻園箋證,《劉禹錫集箋證》(上海:上海古籍出版社,1989),卷17,〈薦處士嚴悊〉,頁445。

〔註20〕　〔後晉〕劉昫等,《舊唐書》,卷190上,〈孫若思傳〉,頁4984。

〔註21〕　〔元〕脫脫等,《宋史》,卷101,〈吉禮四·明堂〉,頁2478。

　　英宗治平二年（1065），皇帝詔議崇奉濮王典禮，英宗以濮王之後入繼大統，臺諫與中書即爲了濮王名號當稱「皇伯」或「皇考」爭論不休。司馬光（1019～1086）以爲「秦、漢以來，帝王自旁支入承大統者，或推尊其父母以爲帝后，皆見非於當時，取譏後世，臣等不敢以爲聖朝法」；王珪亦以爲應「如楚王、涇王故事」稱「皇伯」。另一方面，歐陽修等人則引據《儀禮・喪服・大記》與「漢宣、光二帝故事」，以爲當稱「皇考」。在雙方皆援引故事爲據，互相攻訐的情況下，亦出現同一故事解釋大不相同的情形。而皇帝儘管看似較爲支持「皇考」之說，在處置此議時仍降詔要求應循「典故」、「禮經」判斷。此事最終以太后手書言「再閱前史，乃知自有故事」，可令皇帝稱親，尊濮安懿王爲皇，譙國、襄國、仙游並稱后作結。〔註22〕固然，即如前述王莽之例所說，除了檯面上對於故事的引據解釋外，這當中亦包含君臣主觀偏好的因素，導致最終的結論爲「皇考」而非「皇伯」。但不可否認的是，故事確實於此場爭議中扮演重要角色，從爭論到定案皆是以故事作爲論證依據。而此議一定後，在後世即成爲一「家法」、「故事」。南宋孝宗爲高宗族兄之子，與英宗身分類似，在建廟立祠時即「如濮王故事」處置，〔註23〕較順遂、平和地解決此事。

　　類似上述事例，引據故事展開爭論的尚有仁宗時的「郭后之廢」，亦曾引發過兩派爭論。時郭后與尚美人爭寵，因故誤批帝頸，帝與內侍謀廢后，而呂夷簡（979～1044）有憾於后，遂引「漢、唐故事」支持廢后立場，然孔道輔（985～1039）對以「人臣當道君以堯、舜，豈得引漢、唐失德爲法耶！」〔註24〕顯見在故事選擇上，本帶有人臣君主主觀的立場在其中。又，哲宗時復有孟后廢復之爭，史浩（1106～1194）即引據仁宗廢郭后時，同斥郭后與美人，立新后避嫌「以示公」之故事，勸阻皇帝不應立劉妃爲后。〔註25〕由上述二例可以約略見得朝廷中遇爭議時，君臣引據故事做爲己方立場論證的情形。而在後世遇到類似事件時，先前皇帝的用事決策亦往往成爲論證依據，

〔註22〕〔明〕陳邦瞻，《宋史紀事本末》（北京：中華書局，1977），卷36，頁311～322。

〔註23〕據載「紹熙元年，始即湖州秀園立廟，奉神主，建祠臨安府，以藏神貌，如濮王故事。仍班諱。」〔元〕脫脫等，《宋史》，卷244，〈宗室列傳・秦王德芳〉，頁8687。

〔註24〕同前註，卷297，〈孔道輔傳〉，頁9884～9885。

〔註25〕同前註，卷345，〈鄒浩傳〉，頁10956～10957。

體現了施政上尊用故事舊典的一面。

「故事」既為政治措施重要的參考依據，歷代皆能見得對於故事的修纂與編輯，如《隋書‧經籍志‧史部》中〈舊事篇〉、《舊唐書‧經籍志》中「列代故事」類、《新唐書‧藝文志》「故事類」即為例證。〔註26〕而宋朝由於尊崇「祖宗之法」之故，更加強了對本朝史的蒐集編纂，如南宋尤袤《遂初堂書目》中分有「故事類」與「本朝故事類」即為一例，而從馬端臨《文獻通考》與《宋史‧經籍志》所收「故事」類收錄的書目與數量，亦能見得宋人對故事的重視。〔註27〕在此背景下，宋朝皇帝作為理論上朝政的最終決策者，其對於前代與本朝故事的學習與判斷則至為重要，此又具體反映在宋朝經筵對於帝王史事的教育上。而本文所欲討論的「進故事」，即為宋朝經筵中與史學教育緊密相關的政策之一。

本節首先定義「故事」為何，試圖找出故事與政務的關係，旨在為進故事政策的發展背景提出說明。綜上所述，故事為歷代朝政中重要的參照依據，小至行政程序，大至立儲、廢帝皆可見得引據故事來議論、決策的情形。歷代對於故事的重視，具體反映在選拔人才、編纂故事典籍等事項上。由於故事具有解釋空間，遇處理爭議性較大的政務時，掌權者的主觀喜好可能凌駕於引據故事論政合理與否之上，是以故事雖於政務上具有一定信服力，然有時亦可能成為政治角力的工具之一。自宋朝明立「祖宗家法」為國家施政原則後，故事更受重視，南宋後本朝故事特別受到關注，部分北宋事件的處理方式成為「祖宗故事」，時見南宋官員引述。進故事的核心觀念即是在歷代重視故事、宋代重視祖宗家法等背景中逐漸發展，直至兩宋經筵制度成熟後，於當中具體成形，成為經筵中與史學、政務密切相關的政策。

〔註26〕〔唐〕魏徵、令狐德棻，《隋書》（北京：中華書局，1973），卷33，〈經籍志‧史部‧舊事篇〉，頁966～967；〔後晉〕劉昫等，《舊唐書》，卷46，〈經籍上‧乙部史錄‧故事類〉，頁1998～2000；〔宋〕歐陽修、宋祁，《新唐書》（北京：中華書局，1975），卷58，〈藝文志‧故事類〉，頁1473～1476。

〔註27〕〔宋〕尤袤，《遂初堂書目》（上海：商務印書館，1935），〈故事類〉、〈本朝故事類〉，頁7、9～10；〔元〕馬端臨，《文獻通考》（北京：中華書局，1986），卷201，〈經籍考二十八‧史‧故事〉，頁1679～1685；〔元〕脫脫等，《宋史》，卷203，〈藝文志二‧故事〉，頁5101～5108。

第二節　兩宋進故事的政策施立與其性質

一、進故事的政策演變

　　本文所謂「進故事」者，字面上即「進呈故事」之義，此處特指經筵制度中由經筵、侍從等官員，以輪值方式於非進講日進呈故事的一項政策，官員需依規定擇選「關乎政體」的史事，加以解釋、評論，上呈皇帝以供觀覽，其後繳進講筵所編彙成冊。以其規定與內容看來，是與經筵中的史學教育緊密相關的一環，而此政策的形成則與前節所述兩宋朝政廣泛引用故事爲據相關。在此背景下，進呈故事供皇帝參閱時有所聞，然在北宋前期尚未常規化，往往是皇帝遇事下詔編修，或是官員撰述成單書後奏進，與「進故事」政策下在規定的時間、官員、形式、目的下以單篇自成首尾的進呈有所不同。此政策於兩宋間經過了一些沿革，南宋吳泳（生卒年不詳）在其進故事文章中曾對此體來歷與旨要有過論述，從中可見得宋人對於此項措施的立場：

> 臣聞道不稽諸先王，不足以爲善道；政不考諸往訓，不足以爲善政。前事不忘，後事之師，雖聖帝明王有不能易也。堯、舜，聰明之君也，首曰「若稽古」；湯，齊聖之君也，而曰「率厥典」；《書》至高宗始言學，而其綱領不過曰「監于先王成憲」；《詩》至成王始言極治，而其功效不過曰「率由舊章」。道問學而知故實，蓋有自來矣。漢魏相奏漢興以來詔書二十三事，論者以爲得體；唐憲宗詔李絳等搜次君臣成敗五十事，識者謂之知言。然而漢雜伯，唐多亂，未足以爲法也。懿我朝以百代爲元龜，以列祖爲寶鑒，前朝事近於治道者，詔儒臣日進五條，慶曆故事也；本朝事關治體者，輪侍從日進一兩事，建炎故事也；王弗進楚令尹定國是之議，洪适進仁宗朝久任監司之說，乾道間故事也。家法之美，方策具在，群工之奏，開卷了然。善者可師，而不善者可鑒也。然而臣之進故事也，不徒進也，必貴於可行；君之閱故事也，不苟知也，必期於允蹈，若行之不力，蹈之不堅，則雖日進百餘，月獻萬言，但其具文而已。〔註28〕

從上述引文可以看出，「進故事」的旨要是爲了「善政」，能知故實，得善者師之、不善者鑒之，是此政策最主要的用意。吳文亦提供了此政策的可能來

〔註28〕〔宋〕吳泳，〈孝宗施行王弗等所進故事〉，收入《全宋文》冊316，卷7253，頁329。

歷，指出自三代以來，於漢、唐均見得類似舉措。文末則點出所進故事不一定能獲得重視的問題，強調「施行」亦是提示了進故事本身的內容不僅是單純史事而已，所進多與時務相關，君王需知而後施用於朝政，才能達到進故事的作用。

　　據吳泳所言，宋朝於慶曆年間已有類似「進故事」的記載，實際的施行方式見《續資治通鑑長編》更爲清楚：

> 乙酉，詔兩制檢閱《唐書》紀傳中君臣事迹近於治道者，錄一兩條上之，從翰林學士蘇紳之言也。紳言唐憲宗故事，嘗令近臣具前代得失之迹繪圖以備觀覽。諫官張方平亦言，唐室治亂，於今最近，請取其可行於今有益時致者，日錄一二條上進，茲亦賈誼晁錯借秦諭漢之意也。〔註29〕

吳文中的「儒臣」應即上文中的「兩制」，所言「前朝事近於治道者」的範圍則爲「唐書紀傳」。而這樣的範圍限定實是有意爲之，張方平（1007～1091）於其〈請節錄唐書紀傳進御奏〉中即言「當今之世而君必談堯、舜，臣必稱禹、稷，是迂儒拘生之論，非適時濟用者也」，故奏以「最近」且「治亂得失詳矣」的唐朝故事爲檢閱對象，所取法者亦是漢時賈、晁、唐憲宗等的舊事。〔註30〕不過，參考《玉海》等類書與相關記載，〔註31〕大多以爲進故事政策的施立始自較晚的哲宗元祐年間。〔註32〕造成兩者差異的原因，可能是由於

〔註29〕　〔宋〕李燾撰，上海師大古籍所、華東師大古籍所點校，《續資治通鑑長編》（北京：中華書局，2004），卷133，慶曆元年八月乙酉，頁3161～3162。

〔註30〕　〔宋〕張方平，〈請節錄唐書紀傳進御奏〉，收入《全宋文》冊37，卷792，頁147。

〔註31〕　本文對於經筵與進故事政策的論述主要參考《太平治蹟總類》、《玉海》、《古今源流至論》、《新編翰苑新書》、《古今合璧事類備要》、《五禮通考》等類書與相關史籍的記載，爲避繁冗，各書參考頁數權列於此：〔宋〕彭百川，《太平治蹟統類》，《叢書集成續編・史地類》第275冊（臺北：新文豐出版社，1988），卷27，〈祖宗聖學〉，頁521～529；〔宋〕王應麟，《玉海》（揚州：廣陵書社，2003），卷26，〈帝學〉，頁513～531；〔宋〕林駧，《古今源流至論續集》，《景印文淵閣四庫全書》第942冊（臺北：臺灣商務印書館，1983），卷9，〈經筵〉，頁490～493；〔宋〕不著撰人，《新編翰苑新書前集》，《北京圖書館古籍珍本叢刊》第74冊（北京：書目文獻出版社，1988），卷11，〈經筵〉，頁102～109；〔宋〕謝維新編，《古今合璧事類備要》（臺北：新興出版社，1971），卷23，〈經筵門〉，頁699～707；〔清〕秦蕙田，《五禮通考》，《景印文淵閣四庫全書》第139冊（臺北：臺灣商務印書館，1983），卷172，〈學禮・經筵日講〉，頁145～159。史籍頁數多不連續，隨文註出。

〔註32〕　〔宋〕王應麟，《玉海》，卷26，〈帝學・經筵進故事〉，頁518。

慶曆時的進故事尚未制度化，推測上述詔令用意僅是依臣子上奏之請，臨時設置，無論進呈時間與人員皆與後來的進故事政策有所不同。汪應辰（1117～1176）《石林燕語》即指出，慶曆進故事雖被近臣以爲「有補」，然「其後久廢」，〔註33〕是以於哲宗元祐間，蘇頌（1020～1101）復有詔令官員進故事之請，此亦爲史籍、類書通認的進故事政策正式頒佈的時間。

　　元祐二年（1087）十一月壬申，哲宗依蘇頌所請設立進故事政策，初時並未規定文章形式，然蘇頌「每進可爲規戒，有補時事者，必述己意，反覆言之」，〔註34〕「於逐事後論其得失大旨」，後同列遂以爲例。〔註35〕蘇頌原奏如下：

> 臣聞前事不忘，後事之師也。在昔聖帝明王，莫不以稽考古道，爲有國之先務，故能享御永世，垂無疆之休。……臣竊謂國朝號令風采，超邁百王，原其典章文物，刑名法制，大抵沿襲唐舊，其間或有損益，亦不相遠。然唐之事迹，紛紜無統，史官所記，善惡咸備。善者可以爲規蠖，惡者可以爲商鑒。往在慶曆之初，仁宗皇帝因臣僚上言請留意近代典故，遂詔儒臣檢討唐朝故事，日進五條，曾末期歲，省閱殆遍。嘗聞德音宣諭，以爲有助聽斷。……〔陛下〕治理之間，多用仁宗故事，外則邇英講讀經史，內則臣僚進獻封事，古今得失之迹，忠賢治安之策，固已溢黈聰而積淵慮矣。……荀卿曰：「道不過三代，道過三代謂之盪。」言其遠而難信也。本朝去唐，正同三代，其事近而易考，所宜宸宸之留聽也。臣欲望聖慈特舉慶曆故事，詔史官學士采錄新舊《唐書》中列帝所行之事，與夫群臣獻替之言，每日上奏數事，清燕之間，特賜覽觀。〔註36〕

觀蘇頌之意，大概與前述張方平、其父蘇紳之動機相同，皆是願皇帝覽故事思時政，將昔日可法之事用於時務。而選取唐事，則是因「其事近而易考」，與往昔論政輒遠溯三代事有所區隔。而此處提及「治理之間，多用仁宗故事」，可知其取法對象正是前段所提及的仁宗慶曆故事。參照此奏，蘇頌原意

〔註33〕〔宋〕葉夢得，《石林燕語》（北京：中華書局，1984），卷1，頁11。

〔註34〕〔宋〕李燾，《續資治通鑑長編》，卷407，元祐二年十一月壬申，頁9902～9903。

〔註35〕〔宋〕蘇頌，〈上哲宗乞詔儒臣討論唐故事以備聖覽〉，收入〔宋〕趙汝愚編，北京大學中國中古史研究中心校點整理，《宋朝諸臣奏議》（上海：上海古籍出版社，1999），卷6，〈君道門·帝學中〉，頁55。

〔註36〕同前註。

是將此事交付給「史官、學士」來作業，選取祖宗行事與官員獻言，希望能「每日上奏數事」，以備觀覽。而哲宗後來的詔令，則是將施行對象由史官、學士換作本來於經筵中負責講史的「侍讀官」，錯開講讀日，命其於「不開講日」進故事二條以入。〔註37〕蘇頌並得旨將這些漢唐故事「分門編修，成冊進覽」，至四年（1089）三月甲戌書成，皇帝詔以《邇英要覽》爲名。自元祐二年此令一下，進故事遂成爲經筵常制，進故事官員與時間則隨經筵開閉、輪替有所變動。

　　南宋建炎元年（1127），高宗於南京即位，南宋初期朝政混亂，以皇帝爲中心，輔以宰相、執政、侍從、臺諫等構成的中央決策系統被破壞殆盡。由於情勢不穩定，地點、形式不允許，雖數次見高宗重新經營中央決策系統，然未能完整復原，經筵制度亦未如常運行。〔註38〕直至建炎四年八月復見有關進故事的記載：

> 甲戌〔按：四日〕，詔日輪侍從官一員，具前代本朝關治體者一兩事進入，用參知政事謝克家請也。既而〔按：十八日〕，吏部侍郎兼直學士院綦崇禮言：「祖宗以來，選命儒臣以奉講讀。若令從官一例獻其所聞，既非舊典，且有越職之嫌，望但令講讀官三五日一進。」乃命學士與兩省官如前詔。後詔在此月戊子。〔註39〕

謝克家（？～1134）原奏今已不存，然參考《中興小紀》所載可知其用意仍在「庶裨聖學」，〔註40〕《玉海·經筵進故事》更列出其時間點（如上〔〕所示），後於九月三日時，下詔「令講筵置曆」，〔註41〕要求官員應依時進故事。較先前不同的是，進故事的官員除了原先侍讀官外，再添上學士與兩省，進呈時間同樣「遇開講權免」，〔註42〕命侍從進故事自此始。〔註43〕不過，規定雖如

〔註37〕〔宋〕李燾，《續資治通鑑長編》，卷407，元祐二年十一月壬申，頁9902。

〔註38〕關於高宗朝中央決策系統的運作，本文參考朱瑞熙先生的說法，詳見朱瑞熙，《疁城集》，〈宋高宗朝的中央決策系統及其運行機制〉，頁249～266。

〔註39〕〔宋〕李心傳，《建炎以來繫年要錄》（北京：中華書局，1988），卷36，建炎四年八月甲戌，頁687。

〔註40〕此書又稱《宋中興紀事本末》。〔宋〕熊克，《中興小紀》（臺北：文海出版社，1968），卷9，頁244。

〔註41〕〔宋〕王應麟，《玉海》，卷26，〈帝學·經筵進故事〉，頁518。

〔註42〕苗書梅等點校，王雲海審訂，《宋會要輯稿·崇儒》（開封：河南大學出版社，2000），〈經筵〉，頁380。

〔註43〕〔宋〕徐自明撰，王瑞來校補，《宋宰輔編年錄校補》（北京：中華書局，1986），卷14，頁956。

是，實際施行的情況則可能遇到阻礙。主要原因是南宋初期戰事紛亂，無暇顧及經筵進講、呈進講義、故事之制，如建炎四年逢高宗將親征，且「講筵所人吏未到」，〔註44〕經筵不能如期開講，右司諫趙霈即有「講讀官權罷供進講義，侍從官權罷供進故事」之請，望能「俟過防秋無警報日」再復行之。〔註45〕後紹興四年（1134）、六年亦見因戰事權罷進故事的詔令。〔註46〕此時國勢未定，負責進故事庶務的講筵所設置尚不完善，時常隨情勢遷移，其所掌書籍亦僅能暫時「管押於穩便州縣安頓，其請給、船夫等，令所在應副，仍仰常切差人防護，無令散失」，〔註47〕管理機構尚且如此，政策執行之困頓可想而知。大抵而言高宗時的經筵進故事變動仍較大，然政策已定，此後直至度宗皆有進故事篇章傳世。

　　寧宗時，進一步規範了進故事的論說主題。慶元五年（1199），右諫議大夫陳自強上緊要政事條目三十門，請以此作為進故事的論題，見《建炎以來朝野雜記‧慶元緊要政目五十事》的記載：

慶元五年十月，右諫議大夫陳自強勉之上《緊要政事條目》三十門，人才、財用、軍旅、風俗、諫諍、蓄積、法禁、薦舉、學校、爵祿、教化、科舉、命令、賞罰、獄訟、稅賦、農田、邊備、禮制、祭祀、銓選、任官、監司、守令、奉天、奉祖宗、任相、馭夷狄、荒政、馬政。請令侍從、兩省、講讀官進故事日，於前項政事條目內選擇一事為題，先敘前代帝王施行得失，而證以祖宗故事，然後論今日事體所宜，斷以己意。俟其進入，編為一書。如一旬而講一事，則一歲之間便有三、四十事，不過二年，朝廷之大政講究畢矣。疏奏，從之。已而學士高文虎炳如又以二十事上之。如前請。稽古、勤政、威斷、恤刑、惠民、久任、文章、考課、選吏、救弊、宗廟、奉親、宗室、兵制、曆法、錢幣、漕運、茶鹽、常平、義倉。〔註48〕

此為首次見得對進故事形式作法的規範，後來的理宗、度宗進故事亦未脫此一定式。此處所列舉的五十事，以兩宋進故事篇章觀之，可知部分政目即為

〔註44〕苗書梅等點校，《宋會要輯稿‧崇儒》，〈經筵〉頁379。
〔註45〕〔宋〕李心傳，《建炎以來繫年要錄》，卷81，紹興四年十月壬午，頁1325。
〔註46〕苗書梅等點校，《宋會要輯稿‧崇儒》，〈經筵〉，頁382、383。
〔註47〕同前註，頁382。
〔註48〕〔宋〕李心傳，《建炎以來朝野雜記》，甲集卷6，〈慶元緊要政目五十事〉，頁144。

進故事中常見的論說主題，此詔是爲其做了明文規定。而徵引故事的範疇則相當廣泛，經史子集皆見收錄，所述多集中在歷代的賢君名臣事蹟，作者依個人立場、論旨對取材又有不同取捨與偏好，詳下文。

二、進故事的施行方式與性質

由上所述，可以見得進故事引述的文本與經筵進講有所重疊，且二者所論皆「動關政體」，〔註49〕用意在使君王博覽、以古鑑今。筆者以爲，二者最大的分別在其施行方式：講讀爲直接面對皇帝闡述文本，講讀文本由皇帝據經筵官所呈而選定，〔註50〕每次講讀的內容大多有連續性，〔註51〕以「終篇」爲其目標，時見講讀「徹章」後封賞的記載；〔註52〕而進故事則是以單篇進呈，引述故事由進論官員自行選擇，內容多爲節錄經史要籍、人物的片斷事跡、對話、作品等，而非完整的史事、經書章句，內容上較無連續性，且不見得有機會當面向皇帝表述自己想法。這點歧異從今日講讀、經筵日記的記載與進故事篇章的內容比對可以很清楚地看出。先見經筵講讀的記載，以眞德秀〈講筵進讀手記·十二月十三日〉爲例：

> 十二月十三日，進讀《大學》卷子，論《秦誓》「一個臣云云」，因引蘇軾説，前一人似房玄齡，後一人似李林甫。上喜曰：「此兩句説得好。」讀畢賜茶，上問曰：「曾見丞相箚子否？」奏云：「臣未之見，不知論何事？」上曰：「論虜使朝見事」。奏云：「臣雖未見箚子，昨向李埴詣相府見丞相，言見將韃使朝見禮節委左司鄭寅斟酌，省去可省者，用其可用者，其區處似已穩當。」又奏：「朝見用何禮？」上曰：「臨軒。」……上曰：「近方檢得乾道某年引見蕭鷗巴例。」奏云：「既有故事，尤善。」〔註53〕

〔註49〕〔宋〕范祖禹，《帝學》，《景印文淵閣四庫全書》第 696 冊（臺北：臺灣商務印書館，1983），卷 6，頁 764。

〔註50〕據《宋會要輯稿》：「舊例，初御經筵，講讀經史先具奏，請點定。」苗書梅等點校，《宋會要輯稿·崇儒》，〈經筵〉，頁 378。

〔註51〕有時亦見「分篇進講」、「擇諸篇至要切者進講」，原則上在進講前皆有規劃。同前註，頁 391、393。

〔註52〕《宋會要輯稿》中此類記載甚多，僅以數則爲例。同前註，頁 385、387、388、389、394、395。

〔註53〕〔宋〕眞德秀，〈講筵進讀手記·十六日〉，收入《全宋文》冊 314，卷 7186，頁 15～16。

再參稍晚徐元杰（1196～1246）的〈十一日進講日記〉：

> 晚講，……上曰：「外道諸郡多得雨，聞淮間亦得雨，敵人亦漸退，
> 果否？」奏云：「近聞淮甸得雨，敵人以是欲避。但繼今明詔邊臣嚴
> 飭備禦，防其叵測。」上曰：「須嚴備禦。」……上又問：「黃放白
> 催，所在州縣尚如此？」奏云：「此其欺誕成風，誠如聖訓。然其責
> 在監司郡守。況祖宗自有已成之法……如此，則遇日陛下責實之政
> 行矣。」上曰極是。中間讀《通鑑》至桓溫、蘇峻等處，上忽歎曰：
> 「此曹無忌憚，敢相習為逆如此！」奏云：「陛下亦知其致此乎？」
> 上曰：「何如？」奏云：「只是失在於不防其漸。《坤》卦履霜堅冰至
> 之謂也。」上曰：「每事不可不防其漸，是是。」奏曰：「聖意有覺，
> 常宜防之。」上曰：「是是是。」〔註54〕

由真德秀與徐元杰所記可以見得，經筵上除依指定內容講讀外，講讀官亦會
以「口奏」形式隨文釋義、闡發其中道理，進而隨事諫之。皇帝聽講時亦會
就講讀內容提出疑問、感想，與講讀官討論。而在經筵中亦時見皇帝向講讀
官徵詢近日時政施措，講讀官則以所聞消息為帝言之，有時亦就朝議提出己
見，其職責已不僅為講讀經史內容而已。經筵官某種程度而言可謂皇帝的耳
目之官，其議論實為「皇帝的一個重要信息渠道」。〔註55〕講讀中的釋義、說
理、論政等內容於進故事中亦可見得，然施行方法與側重則不同，先見真德
秀另一篇〈講筵進讀手記〉的記載：

> 二十六日進讀「止至善」傳……又讀所進故事，至論「虜人多詐」
> 處，曰：「言辭之甘，藏鋒刃於飴蜜也；禮貌之尊，設機阱於康莊也；
> 斂兵遠去，鷙鳥將擊之形也；委地弗爭，芳餌致魚之術也。」既略
> 說其義，又再讀過，曰：「願陛下毋忘此語。」上曰：「此說極是。」
> 賜茶畢，上問：「虜人議和，未可輕信？」奏曰：「臣適嘗言之矣。」
> 李侍御奏：「臣得楊恢書，在襄陽聞虜首元不曉和字，只是要人投拜，
> 而其臣下乃將投拜之語改為講和。其說頗詳。」上然之。奏云：「朝
> 見一節如何？」上曰：「且候使人到來商量，待從吉後引見。」李奏：

〔註54〕〔宋〕徐元杰，〈十一日進講日記〉，收入《全宋文》冊336，卷7756，頁313
　　　　～315。

〔註55〕此語出自白鋼主編，朱瑞熙著，《中國政治制度通史‧宋代卷》（北京：人民
　　　　出版社，1996），第3章第2節，〈決策的依據和信息傳遞渠道〉，頁154。

「虜兵已取蔡了，忽然都去；攻息方急，亦忽然都去，其情叵測。」

奏云：「此臣所謂鷙鳥將擊之形也。」遂退。〔註56〕

文中「所進故事」，即眞德秀於端平二年（1235）十一月二十四日奏進的進故事，該文引述《國語》吳越故事論「犬戎多詐」。〔註57〕與上文對參，可知在講讀時眞德秀重述了前日進故事的內容，以呈進、講讀時間來看，這裡的施行方式頗類似於「講義」一類文本，是在講讀前數日先奏進，再於經筵上說解。而據其與理宗問答可知，此則進故事應是刻意選擇與近日政事相關的故事論評說解，經筵中看似就教材而發的評論實是針對「虜人議和」的時政而發，而理宗顯然亦能了解其用意。不過，並非所有進故事皆如眞德秀此文有當面向皇帝進說的機會，見下文：

> 晚講，進讀《通鑑綱目》。……奏云：「……<u>臣前日常進故事，取仁祖皇祐二年詔，以禁內降爲請，不審曾徹天視否？</u>」上曰：「朕見了，此意甚好。但內間有例則行，無例則不行。」奏云：「此例可行若不可行，則仁祖何爲專降詔？陛下天資學力，可爲仁祖，惟在取法爾。」
> 上曰：「當法仁祖。」奏云：「須是眞實取法。」上曰善。〔註58〕

此文出自徐元杰的〈七月十三日進講日記〉，有別於眞德秀上文，依標示字句語意可以看出，日前徐元杰所進故事並非當面進呈，無法知曉故事進後是否確實經過皇帝閱覽，是以在數日後爲皇帝講讀時再提及此事，其亦不似眞德秀有針對進故事再次說解的機會，文中僅是大略提及所議重點。蓋此文中所涉的進故事篇章乃其〈甲辰六月二十五日上進故事〉，該文先引述仁宗皇祐二年（1050）詔，後論說如下：

> 臣聞人主之命令至不可輕也，輕則主威褻而民聽惑。始之所忽者若甚微，而末流之患有不可勝禦者，是不可不察也。……嗚呼！亮之一表，所以與《伊訓》、《說命》相爲表裡也歟！然則有天下者，其必考周之盛而監夫唐之衰，重周典唐官禁之制，而參之以官府一體之言，則賢臣必親，小人必遠，<u>外廷不爲內廷之所移</u>。如是，則仁

〔註56〕〔宋〕眞德秀，〈講筵進讀手記‧二十六日〉，收入《全宋文》冊314，卷7186，頁8～9。部分文字經筆者調整以正體字呈現。

〔註57〕〔宋〕眞德秀，〈故事六〉，收入《全宋文》冊316，卷7176，頁273～274。

〔註58〕〔宋〕徐元杰，〈七月十三日進講日記〉，收入《全宋文》冊336，卷7756，頁315。

祖之宏規懿範，只在陛下一心術持敬之頃而已，臣不勝拳拳。〔註59〕
可見得當中亦包含了經筵講讀時的說理、論政等要素，然由於進論方式有別，其形式則更類似於單篇論說的形式。而此文中主旨——願皇帝能法仁祖使「外廷不爲內廷之所移」，在文中看來似爲隨事對皇帝的勸諫，然若結合〈進講日記〉所載，則知進論官員實有欲皇帝將所論付諸實行的動機，望皇帝能「眞實取法」，而不僅是寬泛論說而已。

　　吾人或可再就進故事與相關經筵著作的比較，進一步了解進故事發展可能受到的影響。首先，見講義類著作與進故事的比較。講義、口義一類文章，爲講讀官在經筵上講解古代經史時，事先就講讀內容寫好的解釋文章，依規定需在特定時間進呈，最早爲神宗元豐元年（1078）時命崇政殿說書陸佃在講讀前一日供進。〔註60〕其形式「一般先列古代經史書名，後摘引該書的相關段落，再以『臣聞』或『臣謂』二字開頭，解釋這段文字的內容，結合當時實際加以闡發」。〔註61〕而進故事在形式上大致可分爲故事引述與論說二部分，故事出處多列於開篇，〔註62〕之後節錄或概括該則故事文字、大意，引述故事中少數如文彥博、眞德秀等另於文中以小字作註以解釋文詞或考察史事，其後再以「臣聞」、「臣謂」、「臣按」、「臣竊考」等語開啓論說。論說內容則彈性較大，常見情形爲先簡要評析故事內容，再結合治體、時政等主題議論。講義與進故事的引用文字與論說內容通常分段書寫，前者於該段落頂格書寫，後者文字則多採不頂格、稍低於前段引用文字、齊頭排列的書寫方式，〔註63〕此應爲經筵教材常見的編排，見以下書影。〔註64〕

〔註59〕同前註，卷7755，〈甲辰六月二十五日上進故事〉，頁299～300。
〔註60〕朱瑞熙，《嘐城集》，〈宋朝經筵制度〉，頁293。
〔註61〕同前註。
〔註62〕同時亦可見得以小字附註於引用故事之後，或不特別標記出處的情形。
〔註63〕部分作者的進故事篇章則採相反的編排形式——引述文字段不頂格、稍低於後段頂格編排的論說段文字，如韓元吉、吳泳作品於《四庫全書》中的收錄均爲此類編排方式。
〔註64〕下頁二圖出自〔宋〕周必大，《文忠集》，《景印文淵閣四庫全書》第1148冊（臺北：臺灣商務印書館，1983），卷154，頁677；卷156，頁697。

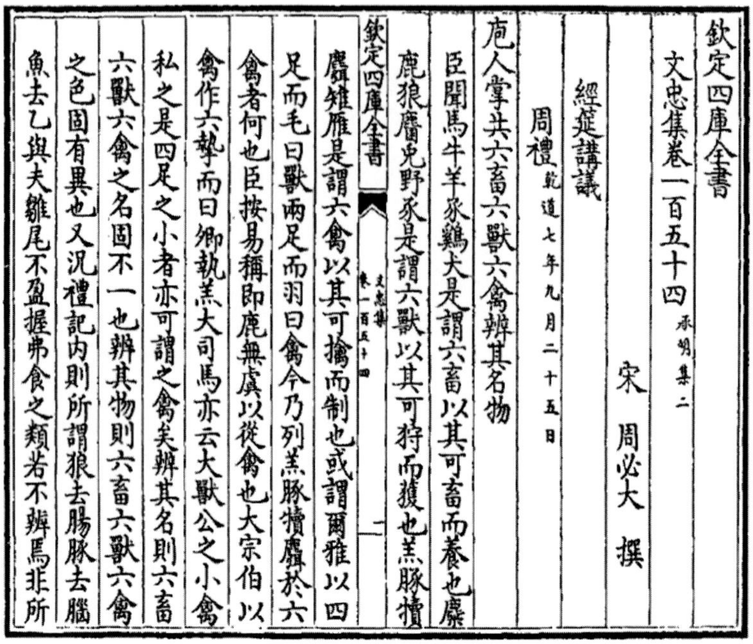

欽定四庫全書
文忠集卷一百五十四　承明集二
經筵講議
宋　周必大　撰
周禮　乾道七年九月二十五日

庖人掌共六畜六獸六禽辨其名物
臣聞馬牛豕雞犬是謂六畜以其可畜而養也麋
鹿狼麕兔野豕是謂六獸以其可狩而獲也麋豚麕
麋雉雁是謂六禽以其可擒而制也或謂爾雅以四
足而毛曰獸兩足而羽曰禽今乃列麋豚犢麕於六
禽者何也臣按易稱即鹿無虞以從禽也大宗伯以
禽作六摯而曰卿執羔大司馬亦云大獸公之小禽
私之是四足之小者亦可謂之禽美辨其名則六畜
六獸六禽之名固不一也辨其物則六畜六獸六禽
之色固有異也又況禮記內則所謂狼去腸豚去腦
魚去乙與夫雉兔不盈握弗食之類若不辨馬非所

欽定四庫全書　卷一百五十四　二

圖一：周必大〈經筵講議〔義〕〉書影

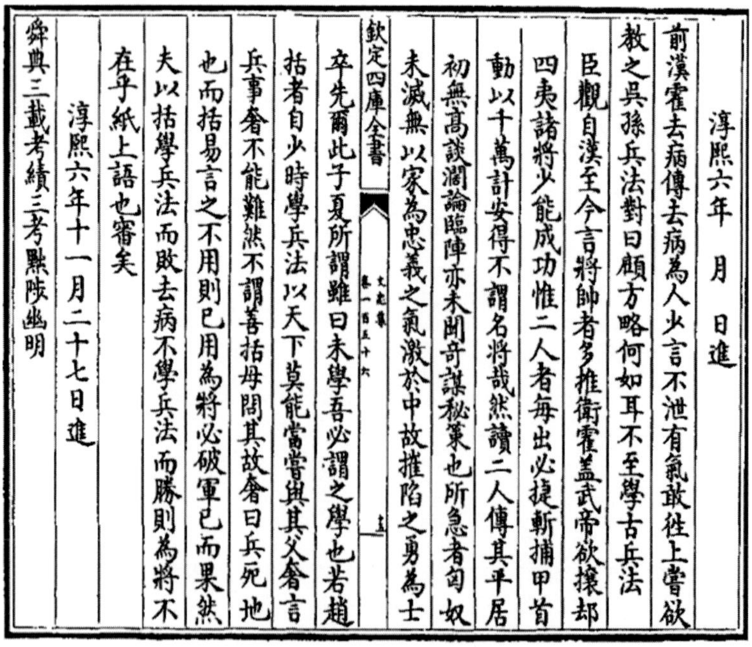

淳熙六年　月　日進

前漢霍去病傳去病爲人少言不泄有氣敢往上嘗欲
教之吳孫兵法對曰顧方略何如耳不至學古兵法
臣觀自漢至今言將帥者多推衛霍蓋武帝欲擾部
四夷諸將少能成功惟二人者每出必捷斬捕甲首
動以十萬計安得不謂名將哉然讀二人傳其平居
初無高談闊論臨陣亦未聞奇謀祕策也所急者爲
未滅無以家爲忠義之氣激於中故摧陷之勇爲士
卒先爾此子夏所謂雖曰未學吾必謂之學也若趙
括者自少時學兵法以天下莫能當嘗與其父奢言
兵事奢不能難然不謂善括母問其故奢曰兵死地
也而括易言之不用則已用爲將必破軍已而果然
夫以括學兵法而敗去病不學兵法而勝則爲將不
在乎紙上語也審矣
淳熙六年十一月二十七日進
舜典三載考績三考黜陟幽明

欽定四庫全書　卷一百五十六　一

圖二：周必大〈經筵故事〉書影

　　於內容上，經比對周必大、眞德秀、劉克莊等同時著有講義與進故事的作者文章，可知二者確有區別。大抵而言，講義著重於說解經義、闡發道理，進故事則重於評議、結合道理論及時務，二者偏重不同。再與寶訓、聖政類著作比較。聖政類著作爲宋人受吳兢《貞觀政要》的影響所編成的，吳兢以爲「太宗時政化良足可觀」，故「於是綴集所聞，參詳舊史，撮其指要，舉其宏綱」編成《貞觀政要》一書。〔註65〕聖政類著作亦是基於相同目的所編成，大抵聖政載事蹟、寶訓載對話，然當中亦有混雜。〔註66〕這類著作今多不傳，較難從各本統整其形式規範。然據《玉海》所記，其內容多是分門撰錄祖宗事跡，偶爾也見於篇末附加評論者，如石介所編的《三朝聖政錄》於「每篇末自爲贊以申諷諭」；〔註67〕另《皇宋中興兩朝聖政》則於篇末載有名臣留正的評語，〔註68〕然是否成爲定式，由於今存作品不多則難以斷定。以此觀之，聖政類著作與進故事的取材與形式皆有相似之處，不過作意略有區隔。聖政類著作所提供的是仿效的事蹟、範本，至於如何仿效，如何與當今事體結合，這部分的功能則由經筵講讀時的講讀官口奏、皇帝提問討論與進故事來擔負。要之，進故事爲宋朝創始的一項定期施行的特殊經筵制度，由於現存記載有限，無法確切推斷此文本形式與內容究竟是如何發展成形。然無論是經筵講義或是寶訓、聖政等經筵要籍，皆可發現其與進故事於形式、內容、作意上有其相似、重疊之處，然當中又可見各文體有不同偏重——講義重闡釋經義；聖政和寶訓重留存、記載事蹟；進故事則重在結合政體時務論說，而當中又以進故事政策的施行最晚，從中或能略窺進故事成形前可能受到的影響。

　　接著續談進故事的流傳與性質問題。原則上，進故事是爲皇帝寫作的文

〔註65〕　〔唐〕吳兢，《貞觀政要》，〈序〉，頁1。
〔註66〕　關於聖政與寶訓的編修詳見王德毅，〈宋代聖政和寶訓之研究〉，《中國書目季刊》，20.3（1986），頁13～24。
〔註67〕　〔宋〕王應麟，《玉海》，卷49，〈藝文・政要寶訓・三朝聖政錄〉，頁928。
〔註68〕　趙鐵寒於該書〈題端〉曾對此書成書與體例有過簡介，據所言，陳振孫曾記有「高宗聖政五十卷」、「孝宗聖政五十卷」，「此二帙書，書坊節抄，以便舉子應用之儲者也」，可知所見以非全書。而清朝阮元所見者題爲《增入名儒講義中興兩朝聖政》，更非直齋所見原書。而書中所載留正之評論，趙氏則以爲是採之《中興龜鑑》、《大事記》等書。不過，書中出自《龜鑑》之評論，多以「龜鑑曰」標示，而留正評論則是以「臣留正等曰」標示，究竟此評論是原書所有或是出自他書，似乎有待更多證據來判斷。〔宋〕不著撰者，《皇宋中興兩朝聖政》（臺北：文海出版社，1965）。

本，讀者應只有皇帝一人。然而在《宋史》、《全宋文》中可以見得，進故事除了上呈講筵所做留存外，不少文集中亦保存進故事篇章傳於後世，〔註69〕部分史傳亦會將進故事作為傳主的重要著作、事蹟記載下來，如《宋史》記載：

> 公許沖澹寡欲，晚年惟一僮侍，食無重味，一裘至十數年不易。家無羨儲，敬愛親戚備至。蜀有兵難，族姻奔東南者多依公許以居。所著有塵缶文集、內外制、奏議、奏常擬諡、掖垣繳奏、金革講義、進故事行世。〔註70〕
>
> 又因進故事：如儲人才、凝國論，如力圖自治之策，如下罪己之詔，如分別襄、黃二帥是非，如究見黃陂叛卒利害，如分任諸帥區處降附。〔註71〕

上述二則引文分別出自〈程公許傳〉與〈魏了翁傳〉，其中程公許進故事今已不存，然據史傳所載，其進故事「行世」，可知其確實曾流傳，且此類作品與文集中的文學創作性質應有所區隔，故同與「內外制、奏議、奏常擬諡、掖垣繳奏、金革講義」等作品另外提出。而在〈魏了翁傳〉中，進故事與歷官、入對、奏議等事蹟內容並列，由引述文字來看，顯然是將進故事視為魏了翁在朝重要事蹟之一。這類記載於行狀、碑誌文中亦相當常見，〔註72〕透過對這些史傳、碑誌資料中相關記載的整理，能幫助我們搜尋部分進故事作品今已不傳的作者事蹟。〔註73〕進故事於史傳、碑誌文中屢見記載的原因，可能是由於此體體裁特殊，不僅可看作一篇史論著作，亦可被視為作者表明自己政治立場、彰顯自己身分的一種文本。儘管今日流傳的進故事文本有限，然仍可就諸多旁證見得進故事一體於宋時應受到一定的重視與流傳，後世如《歷代名臣奏議》、《右編》、《右編補》等書對於進故事的收編亦為一證。〔註74〕

〔註69〕詳見附錄一。

〔註70〕〔元〕脫脫等，《宋史》，卷415，〈程公許傳〉，頁12459。

〔註71〕同前註，卷437，〈魏了翁傳〉，頁12969。

〔註72〕如韓元吉〈中書舍人兼侍講直學士院崔公墓誌銘〉、樓鑰〈文華閣待制楊公行狀〉、〈寶謨閣待制贈通議大夫陳公神道碑〉、林希逸〈工部侍郎寶章閣待制林公行狀〉等皆為此例。見《全宋文》冊216，卷4804，頁312；冊265，卷5983，頁229；卷5989，頁318；冊336，卷7740，頁54。

〔註73〕詳見附錄二。

〔註74〕此類總集多以「君道」、「治道」等類目排列，篇章散見各卷。參〔明〕黃淮，《歷代名臣奏議》（上海：上海古籍出版社，1989）；〔明〕唐順之，《荊川先

又，透過文集對進故事的分類，亦可從中觀察此體性質。以下筆者就今《四庫全書》中各文集對進故事的收錄作一列表，以較清楚的了解進故事於各文集中的分卷情形：

表一：《景印文淵閣四庫全書》中各文集對進故事的收錄情形：〔註75〕

作者	文集名	出處	收入卷數、卷名或收錄文體〔註76〕	未獨立成卷時文集內其餘相關分卷〔註77〕
文彥博	《潞公文集》	冊 1100	卷 28 奏議	卷 9 論； 卷 10 表啓； 卷 13 雜文； 卷 14～30 奏議； 卷 31 尚書孝經解； 卷 32～40 狀箚
范祖禹	《范太史集》	冊 1100	卷 27 進故事	—〔按：獨立成卷者以一表示，下同〕
程俱	《北山集》	冊 1130	卷 28 內制、進故事	卷 13～14 論； 卷 15～17 雜著； 卷 20 表； 卷 29 進講； 卷 35～40 狀箚
張嵲	《紫微集》	冊 1131	卷 25 論、奏狀〔註78〕	卷 11 詔、制； 卷 12～20 制；

生右編》，《續修四庫全書》第 460 冊（上海：上海古籍出版社，1995）；〔明〕姚文蔚，《右編補》，《續修四庫全書》第 460 冊。

〔註75〕 上表資料採用 1983 年由臺灣商務印書館出版的《景印文淵閣四庫全書》，爲避繁冗，出處冊數一併列於表中。若比對上表與附錄一可發現二者內容有所不同，此是由於部分進故事文本原即未收錄於《四庫全書》中，這又與文集流傳、《四庫全書》纂錄經過相關，此處未能一一詳述。其中，陳瓘與洪遵文集未見收錄於《四庫全書》中；汪應辰《文定集》、衛涇《後樂集》、許應龍《東澗集》於《四庫全書》中雖見載錄，然文集中本未包含其進故事篇章；劉克莊《後村先生大全集》二百卷中雖收錄其進故事文章，然《四庫全書》所收乃五十卷本的《後村集》，故當中未見進故事篇章。基於以上原因，上述作者不列入上表。

〔註76〕 部分未見明確卷名者，則列上該卷主要收錄文體。

〔註77〕 「相關分卷」係指當進故事於文集中未獨立成卷時，可能被劃分收錄的卷別，主要根據前欄「進故事收入卷數、卷名或收錄文體」涵蓋的文體而來，遇該卷未有明確卷名時則以該卷主要收錄文體代之。

〔註78〕 該卷收錄多種文體。

				卷 21 口宣、策問、策、表； 卷 22 表； 卷 23 表、奏箚； 卷 24 奏箚； 卷 26 奏狀；啓
張綱	《華陽集》	冊 1131	卷 20～23 進故事	—
劉一止	《苕溪集》	冊 1132	卷 15 故事	—
胡銓	《澹菴文集》	冊 1137	卷 2 奏疏、表	卷 1 制策
胡寅	《斐然集》	冊 1137	卷 23 左氏傳故事	—
陳淵	《默堂集》	冊 1139	卷 14 論、經筵進故事等〔註79〕	卷 12 表、箚子、奏狀； 卷 13 箚子、奏狀；
張孝祥	《于湖集》	冊 1140	卷 17 奏議	卷 16～18 奏議； 卷 19 內制； 卷 20 表
史浩	《鄮峰眞隱漫錄》	冊 1141	卷 11 進呈故事	—
廖剛	《高峰文集》	冊 1142	卷 6 進故事	—
周必大	《文忠集》	冊 1148	卷 155～156 經筵故事	—
陳傅良	《止齋集》	冊 1150	卷 28 講義故事廟議附	卷 10 內制； 卷 19～27 奏狀箚子； 卷 30～31 表； 卷 43 策問； 卷 44 雜著
王十朋	《梅溪集》	冊 1151	《梅溪後集》卷 27 雜文	《梅溪集奏議》卷 1～4； 《梅溪集》卷 12 論； 《梅溪前集》卷 13～15 策問；〔註80〕 《梅溪前集》卷 19 雜著； 《梅溪後集》卷 21 表狀
樓鑰	《攻媿集》	冊 1152	卷 50 進故事	—
袁說友	《東塘集》	冊 1154	卷 11 講義	卷 8 進論；卷 9 奏疏； 卷 10 箚子；卷 12～13 狀； 卷 14～15 表
彭龜年	《止堂集》	冊 1155	卷 8 經解、講義	卷 1～6 奏疏；卷 7 狀； 卷 9 策問

〔註79〕該卷收錄多種文體。
〔註80〕卷 13 卷名作「問策」。

洪适	《盤洲文集》	冊 1158	卷 64 經筵故事、策題、昏書	卷 11～18 內制； 卷 35～40 表； 卷 41～50 章奏； 卷 51 申省狀、書；
葉適	《水心集》〔註 81〕	冊 1164	卷 29 雜著	卷 1 奏箚；卷 2 狀表； 卷 3～5 奏議
韓元吉	《南澗甲乙稿》	冊 1165	卷 11 進故事	—
程珌	《洺水集》	冊 1171	卷 4 議	卷 1 制誥；卷 2 奏疏； 卷 3 表箋；卷 5 策問； 卷 6 講義
魏了翁	《鶴山集》	冊 1172	卷 22 進故事	—
眞德秀	《西山文集》	冊 1174	卷 5 奏狀、故事 卷 14 奏箚、進故事〔註 82〕	卷 2～4 奏箚； 卷 6～12 奏申； 卷 13 奏箚； 卷 15 奏申； 卷 16 表牋； 卷 18 經筵講義； 卷 19～23 翰林詞草； 卷 32 講義、策、策問
洪咨夔	《平齋集》	冊 1175	卷 7～8 故事	—
袁甫	《蒙齋集》	冊 1175	卷 1 經筵講義、經筵進講故事	卷 2～7 奏疏；卷 8～9 制； 卷 10 表、狀、書啓
吳泳	《鶴林集》	冊 1176	卷 15 進御故實	—
徐鹿卿	《清正存稿》	冊 1178	卷 2 奏箚	卷 1 奏箚；卷 3 表； 卷 4 講章
方大琮	《鐵菴集》	冊 1178	卷 4 進故事	—
徐元杰	《楳埜集》	冊 1181	卷 2 進講日記、經筵故事	卷 1 經筵講義、進講故事； 卷 3 箚子；卷 6 狀；卷 7 制
孫夢觀	《雪窗集》	冊 1181	卷 2 故事	—
高斯得	《恥堂存稿》	冊 1182	卷 2 經筵故事	—

　　由上表可看出，大體而言，宋人文集收錄進故事者，大部分會將其獨立成卷，以「進故事」、「經筵（進）故事」、「故事」爲卷名，如周必大、洪咨夔、眞德秀等皆爲此例，而在卷數上則多與「經筵講義」比鄰排列，應是以

〔註81〕《四庫全書》所收錄的《水心集》爲《水心前集》，共二十九卷。葉適另有《水心別集》，當中含議、論等文體，亦可能與進故事性質相關。
〔註82〕《西山文集》卷 1～12 爲《對越甲稿》，卷 13 後爲《對越乙稿》，眞德秀進故事分別收入二卷。

二者同屬經筵文本之故。然部分文集對此體的歸類卻出現歧異，諸如文彥博《潞公集》列於「奏議」類；陳淵《默堂集》列於「箚子」卷；張嵲《紫微集》列於「論」卷；程珌《洺水集》附於「議」卷；張孝祥《于湖集》列於「奏議」卷；徐鹿卿《清正存稿》列於「奏箚」卷……等。〔註83〕

　　上表所示各種未獨立成卷的情況，究其因，可能是由於篇章數不足，故編者傾向將其與他體文章合卷；當中亦有如文彥博雖篇數足以獨立成卷，然當時名號未定故不以「進故事」爲卷名；或是如徐鹿卿進故事雖已達一定篇章數，卻未獨立成卷而與奏箚編入同卷等情形。此處筆者欲進一步探究的是，在進故事未獨立成卷的情況下，此體何以被分別歸類於「奏議」、「箚子」、「論」、「議」等不同類別？如程珌集將其附於「議」卷，不似他人將此體列於集中「奏疏」、「講義」卷；張嵲集將其歸於「論」，而不列入「奏箚」卷；而徐鹿卿集將其歸於「奏箚」卷，然集中亦有與進故事更接近的「講章」卷；更甚者如葉適，則直接將其置於「雜著」卷，而不列入「奏箚」、「奏議」卷等，〔註84〕可以發現進故事似乎未有一明確定位，不同編者對同一文體的歸類常出現歧異。固然，如今已無法確知編者是基於何種標準爲其分卷立名，上述問題亦可能與各文集收編過程相關，然筆者認爲，這種分卷的歧異實際反映了進故事文本融合了多種不同文類的要素，其據史評論的部分可能近於「論」，論及時政的部分可能近於「奏議」；繳進方法與語言風格又類似「箚子」，導致不同編者將其編入不同卷別下。而由其最常被歸入「奏議」、「奏箚」此點，輔以多被收入後世奏議類總集此點看來，可知進故事應爲與論政緊密相關的一種文體，實際上宋寧宗即曾言：「所進故事，便與輪對札子一同，若有益於治道者，當付出行之。」〔註85〕顯見此特點深爲當朝君臣注重。亦由

〔註83〕 詳參〔宋〕文彥博，《潞公集》，《景印文淵閣四庫全書》第 1100 冊（臺灣：臺灣商務印書館，1983），卷 28，頁 738～743；〔宋〕陳淵，《默堂集》，《景印文淵閣四庫全書》第 1139 冊，卷 14，頁 405～406；〔宋〕張嵲，《紫微集》，《景印文淵閣四庫全書》第 1131 冊，卷 25，頁 559～561；〔宋〕程珌，《洺水集》，《景印文淵閣四庫全書》第 1171 冊，卷 4，頁 262～268；〔宋〕張孝祥，《于湖集》，《景印文淵閣四庫全書》第 1140 冊，卷 17，頁 628～629；〔宋〕徐鹿卿，《清正存稿》，《景印文淵閣四庫全書》第 1178 冊，卷 2，頁 851～859。

〔註84〕 〔宋〕葉適著，劉公存、王孝魚、李哲夫點校，《葉適集》（北京：中華書局，2010 二版），卷 29，頁 592～594。

〔註85〕 〔宋〕劉克莊，《劉克莊集》，卷 82，〈玉牒初草〉，頁 3631。

於進故事文本常牽涉當朝政事，其流傳往往造成某些政治波瀾，見《宋會要輯稿》的記載：

> 〔紹興二十六年〕七月二十四日，左太中大夫、守御史中丞湯鵬舉言：「方今於祁寒隆暑，暫罷講筵，許近臣進故事，是欲令禁從少竭愚忠、裨補國論，當選人以備乙夜之觀。近來講筵所胥吏，輒違舊制，取索副本，稱講筵要用，自紹興十三年爲始，臣竊疑之。是必懷姦之人自爲朋黨，惟恐臣下獻忠，違背其意，故令吏取索。今後臣下奏陳故事，不許講筵所取索副本，只就令通進司進入，庶幾臣下得以輸忠。」從之。〔註86〕

可知，就連照規定繳進的講筵所，皆有官吏爲了謀取政治利益索取副本，爲權臣監視進故事內容，進故事中論及的時政，在當時往往有著清楚的指涉事件。可以推測，懷姦之人透過監看進故事的篇章內容，實際採取了一些政治手段，是以湯鵬舉有此言。然至紹興二十九年（1159），講筵所復以「只令通進司投進，遂使《邇英記注》有闕編錄」爲由，又恢復此「寫副本同進卷實封赴講筵所」之制。〔註87〕之後亦見由於進故事流傳所引發的政治問題，如南宋劉汝一以進故事「因論京房指謂石顯，元帝亦自知之而不能用，蓋不能以公議勝私欲耳」指涉孝宗與曾覿、龍大淵即是一例。〔註88〕下文所欲討論的劉克莊文本，亦可見得其因進故事而有仕途受阻等遭遇，可知進故事不惟具備經筵教育的功能而已，當中實同時具備「史論」與「政論」的性質。

　　本節首先考察進故事的政策本身。今存資料顯示，早於慶曆年間以見得進故事政策的雛形，然直至元祐二年才成爲定制。南宋經戰亂後重建中央系統，至建炎四年再見詔行此政策，並於慶元年間對進故事文本內容作了明文規定，此後直至度宗時皆見施行此制。其次，藉進故事與其餘經筵文書的比較及流傳作此體性質的分辨。大抵而言，進故事與其餘經筵文書最大的不同處在於其施行方式，進故事未必具有當面向皇帝講述的機會，是以其必須囊括解釋與論說，使讀者能透過其引述故事與論說了解作者欲提出的政務意見。由進故事此體於各文集、類書中的歸類歧異，則能看出進故事性質的複

〔註86〕苗書梅等點校，《宋會要輯稿・崇儒》，〈經筵〉，頁388～389。
〔註87〕同前註，頁390。
〔註88〕〔宋〕李心傳，《建炎以來朝野雜記》，乙集卷6，〈臺諫給舍論龍曾事始末〉，頁604。

—45—

雜性，參之相關記載可知進故事的流傳實際造成某些政治動盪，是知此體實同時具備史論與政論的特徵，此亦爲其特色之一。

第三節　兩宋進故事取材與常見內容主題

　　進故事做爲經筵中史學教育的一環，其文本結構、形式與同爲經筵文書的講義相類，皆受到規範。以宋朝發展定型後的進故事文本來觀察，其內容至少可分爲三部分，第一部分爲故事引述；第二部分爲針對前述故事的闡釋與論評；第三部分爲結合前述故事對今日事體的議論，其中二、三部分在文本中並非截然二分，可能有重疊之處。前節亦曾提及，有別於經筵講讀的教授文本經由皇帝點定，每次講讀範圍有其連續性，進故事文本中的故事引述則爲進論官員自行選定，是以從官員對故事的取材選擇往往得見其篇章旨要及其對相關事件的政治立場。在進入個別作者的進故事文本分析前，本節擬對兩宋進故事的取材與內容上常見主題做概括性的整理，以期能較全面地了解進故事內容樣貌，並對後文分析提供一對參背景梗概。

一、引述故事取材

　　此處所謂「引述故事取材」指的是進故事論說開始前，作者選擇採用的故事文字，其篇幅不長，多半爲史事的引述或擷取，於進故事中具引言作用，後半論述源於此段文字，與全文論旨常有相應之處。經筆者整理，今存兩宋進故事取材出處確切可考者如表二：

表二：兩宋進故事取材出處〔註89〕

類別	取材出處
經部	《春秋左氏傳》15 則、《尚書》3 則、《禮記》1 則
史部	《漢書》33 則、《唐書》31 則、《資治通鑑》18 則、《三朝寶訓》13 則、《國史》8 則、《後漢書》5 則、《孝宗（皇帝）實錄》4 則、《唐鑑》4 則、《三朝名臣言行錄》3 則、《孝宗（皇帝）聖政》3 則、《長編》3 則、《五代史》2 則、《仁宗皇帝長編》2 則、《史記》2 則、《兩朝寶訓》2 則、《皇朝備要》2 則、《貞觀政要》2 則、《高宗（皇帝）聖政》2 則、《晉書》2 則、《三朝政要》、《仁宗君臣政要》、《五朝寶訓》、《五朝長編》、《吳志》、《長編》、《高宗日曆》、《高宗實錄》、石介《唐鑑》、《第七朝長編》、《國朝名臣言行錄》、《國語》、《繫年錄》各 1 則

〔註89〕此處資料爲筆者搜尋《全宋文》中所收進故事篇章而得，上表僅列入文中有明確標示故事出處的進故事資料，依引用次數多寡排序，詳參附錄一。

子部	司馬光《涑水紀聞》2 則、劉向《新序》2 則、揚雄《法言》、〈答遍英聖問序〉劉向《說苑》各 1 則
集部	《陸贄奏議》2 則、曾鞏〈救災議〉1 則、楊雄〈將作大匠箴〉1 則、陸贄〈論淮西事宜狀〉1 則、歐陽修奏疏 1 則

　　由表二整理可看出，進故事取材多來自史部典籍，除正史外，南宋以後聖政、寶訓、長編一類當朝修編的史籍亦見徵引，引用書目明顯較其他類別豐富；少數出自經、子部者，多取用書中對史事的記載、敘述；集部者則多為政事相關的奏議文章。以內容觀之，所取用故事大多為歷代君臣的互動言行記錄、皇帝詔令與大臣疏狀文字。據筆者統計，當中涉及各朝代人物與事件數如表三：

表三：兩宋進故事涉及人物次數與各朝總引用事件數統整表〔註90〕

朝代	涉及人物事蹟次數	故事數總計
三代｜秦	堯 7 則、舜 7 則、孔子 5 則、顏淵 4 則、齊威王 4 則、即墨大夫 3 則、阿大夫 3 則、楚莊王 3 則、魏文侯 3 則、子產 2 則、申公 2 則、石碏 2 則、共 2 則、老子 2 則、州吁 2 則、吳起 2 則、紂 2 則、桀 2 則、秦始皇 2 則、曹劌 2 則、管仲 2 則、齊桓公 2 則、魯定公 2 則、趙簡子 2 則、魏武侯 2 則、韓昭侯 2 則、鮌 2 則、穆王、伯岡、王若、商辛、商湯、稷契、皋陶、禹、周武王、吳公子光、吳王僚、太叔、翟璜、任座、李克、孫叔敖、子思、衛侯、苟變、孟子、戴不勝、魯莊公、東野畢、武姜、叔段、鄭莊公、祭仲、鄭公子呂、子封、魯隱公、臧僖伯、羽父、周任、師服、桓叔、晉甸侯、關伯比、季梁、熊率且比、屈瑕、鬬廉、龍逢、比干、鮑叔牙、寧戚、季康子、尹鐸、檀子、盼子、魏惠王、黔夫、種首、楚昭王、吳王夫差、越王句踐、大夫種、郭公、晉文公、秦二世、趙高各 1 則	42
兩漢	漢武帝 12 則、漢文帝 11 則、漢宣帝 8 則、漢高祖 7 則、賈誼 7 則、董仲舒 6 則、漢光武帝 5 則、鼂錯 3 則、衛青 3 則、魏相 3 則、霍去病 3 則、桑弘羊 3 則、汲黯 2 則、李尋 2 則、揚雄 2 則、卜式 2 則、石慶 2 則、霍光 2 則、金日磾 2 則、匈奴冒頓 2 則、李固 2 則、匡衡 2 則、漢章帝、漢成帝、任延、吳漢、岑彭、蕭何、公孫述、李育、蓋延、耿弇、郎顗、東方朔、王嘉、黃霸、竇嬰、田蚡、趙綰、申公、臧宮、馬武、杜欽、弘晏、谷永、項羽、范增、隗囂、馬援、楊僕、匈奴渾邪王、匈奴休屠王、蕭望之、左馮翊、韓延壽、酈食其、鄧禹、張敞、賈琮、張霸、劉太公、賈山、	67

〔註90〕　表三「涉及人物事蹟次數」欄的估算方式原則上以最大值計算，單一人物於
　　　　單篇進故事中不重複計數。假設篇章中 A 與 B 論及 C 事蹟，則 A、B、C 三
　　　　人各計一次，引用故事未涉及人物事蹟者不計；「故事數總計」欄則為各朝故
　　　　事引述次數的統計結果，不等於前欄人物統計數字加總。此處僅採計能明確
　　　　辨認引述事件時間者，由於部分進故事篇章或引用二則故事以上、或引述故
　　　　事已佚，故此欄數字加總可能與實際進故事篇數不符。

－47－

	鮑宣、漢順帝、韓信、李廣、廉頗、李牧、馮唐、枚生、主父偃、洪羊、公孫弘、兒寬、石建、韓安國、鄭當時、趙禹、張湯、司馬遷、司馬相如、東方朔、枚皋、嚴助、朱買臣、唐都、洛下閎、李延年、張騫、蘇武、周舉、左雄、黃瓊、桓焉、楊厚、崔爰、馬融、吳祐、蘇章、種暠、欒巴、龐參、虞翻、王龔、張皓、張綱、杜喬直、郎顗、張衡、梁冀、寇恂、賈復、趙周、王溫舒、倪寬、霍禹、霍山復、許伯、韋賢、趙充國、王無故、王武、漢元帝、貢禹、薛戶德、韋元成、呂太后、陳平、陸賈、周勃各 1 則	
三國、魏晉南北朝	孫權 3 則、殷浩 2 則、徐盛 2 則、魏文帝、魏世祖、魏明帝、晉高祖、晉少主、蘇逢吉、史弘肇、李崧之、梁武帝、侯景、張溫、謝安、桓石虔、桓石民、桓伊、晉元帝、蜀先主、諸葛亮、邢正、張昭、王猛、秦王堅、晉武帝、羊祜、王濬、吾彥、孫皓、石虎、蔡謨、王羲之、桓溫、孫綽各 1 則	9
隋唐五代	唐太宗 48 則、唐憲宗 14 則、魏徵 14 則、唐玄宗 13 則、唐德宗 8 則、房玄齡 8 則、李絳 7 則、陸贄 6 則、唐文宗 4 則、周世宗 4 則、樊愛能 4 則、何徽 4 則、杜如晦 4 則、隋煬帝 4 則、李德裕 4 則、隋文帝 3 則、褚遂良 3 則、王珪 3 則、姚崇 3 則、蕭瑀 3 則、宋璟 3 則、封德彝 3 則、杜黃裳 3 則、唐肅宗 2 則、唐武宗 2 則、唐代宗 2 則、劉崇 2 則、張九齡 2 則、李林甫 2 則、陳叔寶 2 則、許孟容 2 則、韓滉 2 則、黎幹 2 則、劉澡 2 則、唐高祖、唐宣宗、唐穆宗、鄭覃、張庭珪、袁楚客、宇文述、寇泚、張說、王丘、崔沔、崔耀卿、文德皇后、安祿山、魏知古、崔植、劉旻、令狐綯、馬周、盧懷慎、李道裕、張亮、賀若弼、長孫無忌、張玄素、劉泊、薛收、唐玄宗太子瑛、鄂王瑤、光王琚、牛仙客、韓休、張守珪、李昱、劉積、李宗閔、高力士、虞世基、孔穎達、虞世南、褚亮、祖孝孫、溫彥博、李大亮、司空裴寂、蔣鎮、趙計、竇申、鄭珣瑜、韋武、賈全、韋正、崔淙、王倉、李曾、荀曾、李緄、龐相壽、高甑生、李泌、杜正倫、高鍇、張永德、鄭覃、崔群、錢徽、韋洪景、白居易、李萬榮、後唐莊宗、劉士寧、裴度、劉晏、柳宗元、王叔文、韋執誼、王瑗之姬、王瑗、崔祐甫、元載、王緄、卓英倩、常袞、李錡、裴均、蕭巖、楊素、黃龍平各 1 則	104
兩宋	宋仁宗 24 則、宋太宗 15 則、宋孝宗 12 則、宋高宗 11 則、宋太祖 10 則、宋眞宗 10 則、司馬光 9 則、歐陽修 6 則、文彥博 5 則、富弼 4 則、宋英宗 3 則、宋神宗 3 則、李昉 3 則、錢若水 3 則、韓琦 3 則、韓維 3 則、呂蒙正 3 則、丁度 2 則、范仲淹 2 則、余靖 2 則、張齊賢 2 則、王巖叟 2 則、杜衍 2 則、李漢超 2 則、范鎮 2 則、趙鼎 2 則、呂公著 2 則、宋哲宗、唐介、龐籍、石宗道、梁如圭、方偕、淳于佺、韓中正、王欽若、杜惇、陳夷行、王守忠、王安石、許元、薛居正、郭從義、王汧、呂端、蘇澄隱、王珪、魏庠、柴成務、向敏中、張詠、朱熹、程顥、韓絳、葛宗古、李德明、王克庸、滕宗諒、吳育、李沆、蘇現、趙雄、施師點、趙師揆、趙師垂、趙伯圭、楊畏、孫諤、盛陶、劉昌言、趙鎔、李燾、賈昌朝、呂夷簡、蘇軾、葉宏、郭剛、王旦、劉安世、郭進、賀惟忠、姚內斌、董遵誨、黃潛善、婁寅亮、李承進、范純仁、葉祖洽、呂惠卿、呂大防、李常、鮮于佺、趙挬、曾鞏、魏杞、丁謂、元昊、田況、周必大、留正、李惟清、陳俊卿、寇準、完顏亮、王獻、吳奎、富直柔、伯浩、張婉儀、憲聖慈烈皇后、伯玖、張浚、湯思退、秦檜、慕崇禮、黃龜年、張俊、岳飛、趙普、孟忠厚、魏良臣各 1 則	115

　　據表三統計，歷朝故事的取材以兩宋 115 則爲最多，其次爲隋唐五代 104 則、漢朝 67 則故事，各朝代引述的故事各有偏重：以宋朝而言，最常被引述的爲仁宗朝故事、其次爲太宗朝與孝宗故事；以唐朝而言，引述最多者爲太宗朝故事，其次爲憲宗朝故事；漢朝則以武帝朝的故事引述爲最多。大抵而言，北宋多徵引漢、唐史事，南宋後隨時間遷移，徵引北宋、當朝的故事漸增，反映了宋朝經筵對當朝史及祖宗家法的重視。

　　由表三亦可看出，作者頻繁引述部分人物故事，如漢朝多用漢武帝、文帝故事；唐朝多用唐太宗、玄宗、憲宗、魏徵、李絳、陸贄故事；兩宋則集中在宋仁宗、宋孝宗、司馬光、歐陽修等君臣事蹟。對參文末附錄一可知，進故事引述故事的取材多爲歷朝聖君、賢臣的正面、值得效法的言行舉止，這些人物在作者刻意選擇的故事中，常形成某種特定形象。如先秦的「齊威王」故事多載其「兼聽」、「明察」一面；「州吁」故事作爲少見的反面故事多著重述其「有寵而好兵」以致「眾叛親離」的形象；「漢武帝」故事多載其「知人」、「征戰」事蹟；「漢光武帝」故事多重其「中興明主」形象；「宋仁宗」故事多錄其「涵養人才」、「勤政」事件；「宋高宗」故事多見其談論災異、立儲等紀錄；「宋孝宗」故事多載其施政、救災事蹟；歷朝名臣故事則多記其勸諫皇帝的話語與君臣互動……等。進故事中取材所述，反映了進論當時對這些歷史人物、事件的價值評判，其中偏重取材的對象、主題則往往與進論時的朝廷所關切的政務相關。

二、進故事常見內容主題

　　進故事既爲經筵制度一環，本持該體預設應「有益聖學」的教育原則，自有其內容上的規範與限制。有別於形式相近的史論、策論，進故事針對史事的議論大多平正，不特意作翻案或其他出奇文字，文章語言平直樸素，其內容論旨不出說解史事、以古鑑今二者，意圖使帝王增廣見聞進而擷取可法故事運用於朝政中。儘管由進故事的取材、論說結合時政一定程度地能窺得作者的政治立場，不過整體而言，作者於文章中的角色與身分並不明顯。〔註91〕倘結合進故事取材與論說觀之，其常見的五類內容主題如下：

（一）君德治道
　　君德與治道爲進故事中最常見的主題，內容多著重闡發帝王應具備的德

────────────────────

〔註91〕下文提及之進故事作者生卒年可參附錄一，爲顧及版面簡潔，此處不贅。

行特質，試圖從歷朝經驗理出國家何以致盛、何以致衰的通則供今日參考。以君德而言，「儉」爲當中最常被議及的德行，論者多以爲節儉爲帝王盛德之先，皇帝應節物欲以助國用。常見的正面故事如文彥博、洪遵等以「漢文帝不興露臺」故事作爲模範，展開論說；〔註92〕反面故事則多舉歷代興土木、建宮殿事爲參，當中又以唐玄宗故事較常被提及。〔註93〕「納諫」亦爲常被提及的君德之一，論者多以唐太宗與魏徵、唐憲宗與李絳的君臣互動爲效法範本，〔註94〕以爲明主應具備納諫美德，輔以用賢則能致治。其他常見的德行如勤政、愛民等亦屢被提及。使國家興盛的要素除帝王美德外，論者亦嘗試對施政的基本方針提出意見，當中多主張治國當根於仁義、禮樂，〔註95〕強調以德化民的重要性，認爲今當以「法祖宗」、「立綱紀」等作爲治理國家的原則，〔註96〕願皇帝能考歷代興衰之理爲戒。

此類主題所論多爲綱領性的治國原則，未涉及具體的施政細節，其內容多是就「如何成爲一個好的皇帝」、「如何治理國家」展開，常爲泛泛而論的說理文字，未見較特別的觀點，然體現了經筵所擔負的帝王道德教育功能。這類主題在南宋中期以前的創作數量相當豐富，爲相當典型的進故事文章。

（二）用人取士

在進故事對於政務的討論中，用人取士爲當中常被論及且內容、觀點較豐富的一項主題。進論官員多認爲知人善任爲國君必備能力，倘能進賢退不肖則國家自然強盛。〔註97〕君主應以何態度、標準取士，則爲此類主題的議

〔註92〕 〔宋〕文彥博，〈進漢唐故事奏・一〉，收入《全宋文》冊30，卷649，頁264；〔宋〕洪遵，〈進漢文帝罷露臺役故事〉，收入《全宋文》冊219，卷4860，頁168。

〔註93〕 〔宋〕范祖禹，〈進故事〉，收入《全宋文》冊98，卷2146，頁276、277。

〔註94〕 如〔宋〕周必大，〈經筵故事・乾道七年五月二十五日進〉，收入《全宋文》冊231，卷5141，頁123～124；〔宋〕衛涇，〈進故事二〉，收入《全宋文》冊292，卷6638，頁37～38。

〔註95〕 如史浩論帝王之興「二帝三王不異此道……何道也？仁義而已矣。」〔宋〕史浩，〈進呈故事〉，收入《全宋文》冊200，卷4415，頁43～44。

〔註96〕 如張綱以魏相故事論「祖宗故事不可輕廢」。〔宋〕張綱，〈進故事一〉，收入《全宋文》冊168，卷3675，頁347～348。

〔註97〕 如廖剛「人主之職，惟在於用人」、張綱「自古以來，得是道〔按：知人〕者未始不治，而反此則亂亡隨之」等均作此論。〔宋〕廖剛，〈九月二十三日進故事〉，收入《全宋文》冊139，卷2998，頁138；〔宋〕張綱，〈進故事一〉，收入《全宋文》冊168，卷3675，頁350。

論重點。進論官員多以爲君主應具識見以辨君子小人，親近、任用賢者輔政，諸如袁說友、徐鹿卿等人的進故事皆見類似內容。〔註98〕除對爲臣者道德層面的要求外，如韓元吉、徐元杰等亦提出取士應務實，以爲今日士大夫有「虛名有餘而實用不足」之弊，〔註99〕願皇帝用人應求在其任責事項上能發揮實效，並引酈食其、杜如晦、房玄齡等故事爲證。〔註100〕部分官員則對取士、任官的途徑提出意見，如許應龍即借鑑慶曆、皇祐故事指出時有「奔競之弊」，認爲此弊不惟出自下，上位者當崇尚恬退，不待求即用之，「如此使人知公道明，勉其爲善以求自見。自知無益，則奔競之習不待革而止」；〔註101〕孫夢觀引眞宗皇帝語謂當時科舉雖不足以得士，然「士不得不由科舉以進」，由他途進取者實有「爭名競利」之嫌。〔註102〕

又，在取士、廣納賢才之後，皇帝應如何管理、任用人才方能達成績效，亦爲此類主題的另一重點論述，其中「久任」、「信賞罰」爲當中較常見的觀點。在「久任」相關的論述中，進論官員如史浩以姚崇故事謂皇帝用賢應「專任」，不應有「疑忌之嫌」；〔註103〕洪适以許元故事謂財計之臣「非久於其官則不能知首尾源流」，若不久任則無法改革弊病；〔註104〕周必大則特別指出將帥久任與否牽涉邊事安危，以李漢超故事論主將惟久任能舉其類，發揮禦邊功效之例等，皆指出用人久任的必要性。〔註105〕在關於用人當「信賞罰」的論述中，進論官員多強調皇帝應「明察」、「兼聽」，以「賞罰二柄」作爲馭臣之術，倘「賞當其功，罰當其罪」則不致亂罔民，〔註106〕論者甚多、事例豐

〔註98〕　〔宋〕袁說友，〈進講故事〉，收入《全宋文》冊274，卷6209，頁353～354；〔宋〕徐鹿卿，〈丁酉進故事箚子〉，收入《全宋文》冊333，卷7670，頁170～171。

〔註99〕　〔宋〕韓元吉，〈癸巳五月進故事〉，收入《全宋文》冊216，卷4794，頁133。

〔註100〕　〔宋〕徐元杰，〈三月二十日上進故事〉，收入《全宋文》冊336，卷7755，頁305～307。

〔註101〕　〔宋〕許應龍，〈進抑奔競故事〉收入，《全宋文》冊303，卷6928，頁343～344。

〔註102〕　〔宋〕孫夢觀，〈眞宗皇帝戒舉人它途進取〉，收入《全宋文》冊343，卷7914，頁35～37。

〔註103〕　〔宋〕史浩，〈進呈故事〉，收入《全宋文》冊200，卷4415，頁45～47。

〔註104〕　〔宋〕洪适，〈進仁宗皇帝久任許元故事〉，收入《全宋文》冊213，卷4740，頁342。

〔註105〕　〔宋〕周必大，〈經筵故事・淳熙二年十一月二十九日進〉，收入《全宋文》冊231，卷5141，頁131。

〔註106〕　〔宋〕程俱，〈進故事五〉，收入《全宋文》冊155，卷3338，頁304。

富，詳參文末附錄一。

　　除上述論題外，由用人衍伸而出的「朋黨」、「內降」問題亦屢被提及。然有別於前文談君德、治道時的泛論，這類議題往往與進論當時的政事結合，諸如廖剛論朋黨、劉克莊論內降等皆隱含對當時權臣的指涉，而不僅是說理文字而已。〔註107〕

（三）災異天變

　　由天變、災異的發生反省施政缺失，向爲歷代朝政中屢被論及的觀念，於兩宋進故事中亦爲常見主題之一，較之上述主題不同的是，此類主題的進故事常是因應當朝正遭逢的災事而做，有較特定的創作時機。於災異天變主題的進故事創作中，進論官員多由「天變示戒」的觀點出發，指出天災代有，然災害事出有因，可能與今日「王道之不能公正修明」有關。〔註108〕君臣當「畏天戒」，〔註109〕並思考今日時政有無缺失，倘能因災害所戒對王道、政務做出修正，則災害將轉爲福，反之若「諱災玩變」則將致害。〔註110〕由上述觀點出發，此類主題的進故事內容常論及當時政務，強調「應天以實不以文」，〔註111〕文中或詰問、或勸諫，意圖使皇帝反省、修正時政缺失，頗有藉機論事之意，如孫夢觀以李尋「王道公正修明，則百川理」之語，藉當日「水失故道」致災變事論朝廷近有「美官好爵，泛及近親」、「羨餘供貢，溢入秘藏」等弊，〔註112〕即爲代表。

　　除上述內容外，少數作者嘗試由天變所造成的實際災害情形發論，集中討論救災措施，如廖剛即以太宗故事論今遇災害當「散利」、「薄征」、「除盜賊」，逐漸恢復民生日常；〔註113〕劉克莊則引述曾鞏文章等故事於文中提出具

〔註107〕見後文第三章第二節與第五章第一節。

〔註108〕徐鹿卿原語：「百川之不得其理，則王道之不能公正修明從可知矣。」〔宋〕徐鹿卿，〈壬寅進故事箚子〉，收入《全宋文》冊333，卷7670，頁169。

〔註109〕〔宋〕洪咨夔，〈進神宗富弼君臣相戒故事〉，收入《全宋文》冊307，卷7007，頁162～163。

〔註110〕〔宋〕衛涇，〈進故事五〉，收入《全宋文》冊292，卷6638，頁41～42。

〔註111〕〔宋〕許應龍，〈進眞宗高宗故事論天變〉，收入《全宋文》冊303，卷6929，頁352。

〔註112〕〔宋〕孫夢觀，〈故事二・漢李尋言王道公正修明則百川理〉，收入《全宋文》冊343，卷7914，頁45。

〔註113〕〔宋〕廖剛，〈六年正月二十五日進故事〉，收入《全宋文》冊139，卷2998，頁134。

體的「補綬入粟」、「減免和糴租稅」等施行方法。〔註114〕此類文章多以孝宗作爲救災典範，爲天變主題中較特別的內容。

（四）財政民生

「八政之目，即以食貨爲先」，〔註115〕財政民生作爲立國基礎，亦是進故事中常被論述的主題之一。由於此主題內容與上文「儉德」、下文「軍費」有重疊之處，此處僅就二者以外的部分作簡略梳理。大體而言，這個主題可以分爲兩個部分來討論，其一集中在朝廷對財政、理財的基本觀念，其二集中在具體財政上的施措與衍生問題。前者多主張國用出自民力，故朝廷理財應顧及民生，如眞德秀謂朝廷「當究《大學》生財之義，務德以養民」、「自古迄今，未有人心失而財可恃者，亦未有不卹其民而可以豐財者」，〔註116〕廖剛、洪咨夔等人亦有類似說法。〔註117〕另，張綱、徐鹿卿等人則引太宗、賈誼故事，重申當「謹財用之蓄藏」的觀念，〔註118〕以爲當儲蓄以待不時之需。上述論點並不特別突出，爲歷來議及財政的通論。後者則多結合時政點出今日財政弊病，願皇帝能覺察並作出修正，如程珌以高宗「寬民納稅」故事對比「兩稅之重莫甚今日」、徐鹿卿由賈誼事議及「和糴」弊病等皆屬此類；〔註119〕劉克莊則嘗試對國用不足的問題提出解決方法，以爲可法寧宗故事簿錄奸臣家產設置「安邊所」，〔註120〕爲少數於進故事中提出具體措施者。上述這些議及弊病的文章雖多是就時政發論，然多半語帶保留，僅提出帝王應調查、改進的要點。然南宋後期，此類文章內容愈趨直白，甚至出現在文中直接點明涉案官員的例子，如高斯得以《漢書‧食貨志》語論當時有司開置米局、踴

〔註114〕〔宋〕劉克莊，《劉克莊集》，卷 87，〈進故事‧辛酉七月十五日〉，頁 3721～3723。

〔註115〕〔元〕脫脫等，《宋史》，卷 173，〈食貨志上〉，頁 4155。

〔註116〕〔宋〕眞德秀，〈故事二〉，收入《全宋文》，冊 313，卷 7176，頁 268。

〔註117〕如廖剛謂「聖王之用民財也，皆如民之膏血視之」；洪咨夔以春秋書法論「國用之而取諸民」之理。〔宋〕廖剛，〈十六日進故事〉，卷2998，頁 125；〔宋〕洪咨夔，〈進初稅畝故事〉，收入《全宋文》冊307，卷 7007，頁 151。

〔註118〕〔宋〕張綱，〈進故事四〉，收入《全宋文》冊 168，卷 3675，頁 374。徐鹿卿曾論當日財政言「今世事變方殷，積貯尤當加意。」〔宋〕徐鹿卿，〈己卯進故事箚子〉，收入《全宋文》冊 333，卷 7670，頁 168。

〔註119〕〔宋〕程珌，〈進故事六〉，收入《全宋文》冊 298，卷 6787，頁 22；〔宋〕徐鹿卿，〈己卯進故事箚子〉，收入《全宋文》冊 333，卷 6786，頁 168。

〔註120〕〔宋〕劉克莊，《劉克莊集》，卷 86，〈進故事‧辛酉正月二十八日〉，頁 3713～3715。

行弊政，使百姓「貨無所售，食無所得」，或貧困饑寒而死、或衝撞官府被戮，嘆其「進退皆死，何其不幸」一事，即於文中挑明所批評者爲「京尹吳益」，願皇帝申嚴之。〔註121〕此作法於進故事中並不普遍，從中可見南宋財政弊病造成的實際民生景況，一定程度地反映南宋後期的社會弊端。

（五）邊防兵事

或是由於兩宋特殊的外交處境，邊防兵事此一主題於進故事中時可見得。當中，對於用兵與否的議題多見討論，進論官員對此多持反對意見，如衛涇、方大琮等從民生角度出發，以爲戰亂將致餓莩流民，爲民父母者當借鑑舊事，不應用兵；〔註122〕程珌、徐鹿卿等則是就當前偏安形式發論，以爲今當審勢度宜、分建治理，使國家有休息之日，進而培養國力，時舉晉、吳等偏安政權作爲例證，認爲決策者當就大局考量，不應以意氣出兵。〔註123〕

又，對於將帥兵士的管理亦爲此類主題的討論焦點。論者多謂皇帝應有「馭將之術」，當選擇熟知邊事者，加賞久任之，如此方能得邊防實效，其中宋太祖用李漢超守齊州十七年使西北安定即爲常見故事。〔註124〕對於將帥的管理方式，論者則多強調軍隊綱紀的重要性，如洪遵、洪咨夔等舉用後周世宗斬樊愛能、何徽二遁逃將領故事，以爲「軍國之綱紀莫大於賞罰」，當效法世宗決斷。〔註125〕而在南宋軍事中常被議及的軍費、冗兵等問題亦時見討論，如許應龍舉司馬光等人論兵故事，以爲「用兵之道，不在乎多而在乎精」，精則不至於冗，不冗則不至於虛費；〔註126〕劉克莊則以孝宗故事建議當使將帥

〔註121〕〔宋〕高斯得，〈四月二十一日進故事〉，收入《全宋文》冊344，卷7950，頁202～203。

〔註122〕〔宋〕衛涇，〈進故事一〉，收入《全宋文》冊292，卷6638，頁36～37；〔宋〕方大琮，〈十二月上進故事〉，收入《全宋文》冊322，卷7397，頁190～192。

〔註123〕〔宋〕程珌，〈進故事二〉，收入《全宋文》冊298，卷6786，頁16～17；〔宋〕徐鹿卿，〈己亥進故事箚子〉，收入《全宋文》冊333，卷7670，頁173～174。

〔註124〕參〔宋〕周必大，〈經筵故事‧淳熙二年十一月二十九日進〉，收入《全宋文》冊231，卷5141，頁131；〔宋〕許應龍，〈進太祖故事論御邊〉，收入《全宋文》冊303，卷6929，頁353～354。

〔註125〕〔宋〕洪遵，〈進周世宗斬敗將樊愛能等故事〉，收入《全宋文》冊219，卷4860，頁166；〔宋〕洪咨夔，〈進周世宗斬樊愛能何徽故事〉，收入《全宋文》冊307，卷7007，頁161。

〔註126〕〔宋〕許應龍，〈進司馬光歐陽修范鎭論兵故事〉，收入《全宋文》冊303，

有效掌握軍中人事，不使頂冒脫漏，以討軍實、省兵餉，〔註127〕皆是站在上對下的管理角度為朝廷籌畫。較為不同者如程珌則站在兵卒角度發聲，其謂「國務莫大於備邊，備邊莫急於養兵」，倘「平時不恤其困苦，臨陣乃欲其授命，古今無是理」，指出今日兵卒困頓、饑寒的處境，建議朝廷應反思、積極解決此問題，並撫卹亡卒家室，使軍人不致寒心，能感恩力戰，有助於國家邊備。〔註128〕

　　有鑑於兩宋特殊的外患情勢，進故事中圍繞「夷狄」議題的論說亦為邊防兵事主題中的常見內容。論者常舉用歷代王朝與夷狄間的戰爭、外交作為故事，為帝王分析當中情勢，諸如韓元吉以唐太宗擒頡利以報高祖曾屈禮之辱故事，論帝王應「堅忍不顧，屬太宗之志以圖之」；真德秀以吳越故事論犬戎多詐，先議和後侵伐之事屢次發生……等皆為例證。讀者往往能發現這些事例與宋朝面臨的外患問題相似，韓元吉即言「國家今與敵和，豈亦是哉」；真德秀亦言及靖康、金滅故事以證己之顧慮其來有自，直指當日王楫議和一事可能有詐，當慎戒之。相較於前述論君德、用賢主題的泛論，此類論及外患、夷狄的取材與論說顯然更具針對性，實為在南宋特殊外交環境下的「有為而作」。

　　綜合上述對進故事取材與常見主題的整理，我們得以對進故事的內容有初步的了解。進故事秉持使皇帝能「博覽」、「以古鑑今」的基本創作原則，於各朝史事中多擇取足以為法的故事供皇帝參考。於內容主題上多圍繞治理國家必須具備的德行、常見政事範疇展開論說，於經筵中具有結合史學與政務的教育功能。從其取材與常見主題可以見得當代理想中的君王與政事典範，反映了宋朝對於諸多故事的評價。若再進一步比對，則能發現這些主題皆與北宋以來各政論文的內容相合，顯示進故事與奏議、策論等論政文章於內容上有其同質性。由於進論官員於取材、論說主題上有意識的選擇與經營，當中時可見得作者自身對於部分時事的關注與其政治立場，此亦為解析進故事的要點之一。

　　卷6928，頁348。

〔註127〕〔宋〕劉克莊，《劉克莊集》，卷 86，〈進故事・辛酉三月十八日〉，頁 3715～3716。

〔註128〕〔宋〕程珌，〈進故事五〉，收入《全宋文》冊298，卷6787，頁20～21。

小　結

　　本章旨在進入進故事篇章分析前，爲進故事提供一概要式的框架簡介。

　　第一節中先梳理故事定義與故事在朝政間的作用，意圖釐清進故事政策的成因與發展背景。所謂故事，即朝廷的往事前例，早於先秦即見施政中引述故事爲據的紀載，舉凡禮制、治國方針、法制、斷案、行政慣例皆有事例。故事作爲論政依據，雖具有一定的信服力，然由於故事有其詮釋空間，當中不乏參雜論者主觀立場發論的情形，時見政治角力的痕跡。宋朝由於對祖宗家法的特別重視，施政上常見引述故事爲據，隨著故事重要性的提升與經筵制度漸趨完整，進故事政策於北宋後期開始發展。

　　第二節著重整理兩宋進故事政策的發展情形並分辨其性質。元祐二年，蘇頌奏請「采錄《新舊唐書》中列帝所行之事」，每日上呈數事以備觀覽，哲宗詔由講讀官於不開講日奏進，遂成進故事定制。南宋建炎四年再次詔行此制，然由於國勢動盪，未能按時穩定施行。寧宗年間，首次見得對進故事內容作了明文規範，此後直至度宗皆持續遵行此制，未見廢黜。由於進呈方式的不同，進故事未必有直接面對皇帝講述的機會，相較於形式、取材、作意相似的講義或聖政、寶訓等經筵文書，進故事於內容、論說方式上又有不同偏重。大抵而言，講義重闡釋經義；聖政寶訓重留存、記載事蹟；進故事則重在結合政體時務論說，當中又以進故事政策最晚施行，從中或能略窺進故事成形前可能受到的影響。又，藉由觀察進故事於文集、類書中收入的分類，可發現不同編者對進故事的歸類常出現歧異。筆者認爲，此實際反映了進故事文本融合了多種不同文類的要素，其據史評論的部分可能近於「論」，論及時政的部分可能近於「奏議」；繳進方法與語言風格又類似「箚子」，導致不同編者將其編入不同卷別下。而由其最常被歸入「奏議」、「奏箚」，輔以多被收入後世奏議類總集二點看來，可知進故事應爲與論政緊密相關的一種文體，諸多資料亦顯示進故事實際引起部分政治紛爭，顯見進故事作用的範圍未必僅限於經筵，於當代實有流傳可能。

　　第三節旨在進入實際篇章分析前，爲兩宋進故事的取材與內容上常見主題做概括性的整理。故事引述於整篇進故事文章中實具有引言的功能，全文論說即是據引述故事引申而來，在部分隱有指涉的進故事文章中，常見作者對引述故事的刻意布置。有別於形式類似的經筵講義以經書爲講讀底本，進故事取材多出自史籍，摘取歷代君臣的正面事蹟，爲皇帝提供治理朝政上値

得學習、效法的範本。由當中偏重引述的部分歷史人物，可以見得當代對諸多史事的認識與評判。南宋後大幅度增加對當朝史事的引述，則反映了宋朝對當代史、祖宗家法的重視。又，進故事常見的五類主題──君德治道、用人取士、災異天變、財政民生、邊防兵事──實皆爲朝政上常被議及的政務事項，有別於奏議、箚子中直指時事、詳細就施政內容提出意見，進故事則多爲泛論，意在提供原則性的、可供遵循的施政原則、方向而已。倘結合發論背景來看，則能發現部分篇章自故事選材至論說實爲刻意經營的「有爲而作」，隱可見得當中指涉，此亦爲進故事創作的一大特色。那麼，進故事如何由初時「具前代得失之迹以備觀覽」的創作動機發展成南宋「史論即政論」的有爲而作，又是如何在規範下透過評論史事與論說達成此一目的？讀者應如何解讀進故事文本？此即本文所欲著力之處。

第三章　兩宋進故事代表作家與作品

　　今能見的進故事作品南宋遠多於北宋，於文集中大多以〈進故事〉、〈進故事奏〉、〈某年某月進故事〉、〈進某某故事〉、〈經筵故事〉等題名立篇。就筆者所見，今可考得的兩宋進故事作者共有 65 位，其中進故事作品仍見保留者有 39 位，其餘則由史傳、碑誌、行狀、序跋等對作者的事蹟、著作載錄所考得，〔註1〕可以想見實際的作者人數可能更多，惟作品今多不傳。早期進故事篇幅較短小，形式作法不一；南宋後隨著制度與文體發展成熟，形式較趨穩定。進故事本為一種被規範應「有益政體」的進論，做為經筵教育的一環，其用意不僅在於錄史事供帝王增廣見聞，更重要的在於其後的評論應能使帝王得以明辨是非曲直，得善者法之，不善者改之。這當中除有對帝王君德的教育外，亦時能見得對時政的進諫。藉由觀察群臣徵引的故事與評論，除能見得時政對於前代選擇性的接受與取法外，往往亦能見得當時的政治議題與上奏者的政治立場。以下選擇數位宋朝進故事代表作家及其作品，試就其內容、作法略論之，以期能更進一步了解此體內涵。

第一節　北宋時期進故事

　　北宋時期的進故事篇章今存者不多，《全宋文》中僅見文彥博、范祖禹、陳瓘數人，茲舉數篇論之。

〔註 1〕詳細資料可參附錄二。

一、文彥博進故事

　　文彥博（1006～1097）〈進漢唐故事奏〉共十一篇，題下記爲元祐二年所作，明言是依聖旨「令經筵官間日進漢唐故事各一件，以備御覽」，〔註2〕應即哲宗頒布進故事施令後不久的作品。其篇幅不長，所述多爲歷代君王良善君德，如謂漢文帝以德化民、唐太宗以銅爲鏡失魏徵等事，〔註3〕是有使君王見此自省、取法之意。形式上並非每篇皆有評論，少數有評論的三篇則與其先前上章有關，如：

> 漢宣帝謂：「太守，吏民之本，數變易則下不安。民知其將久，不可欺罔，乃服從其教化。」故二千石有治效，輒以璽書勉勵，增秩賜金，或爵至關內侯。公卿缺則選諸所表，以次用之。師古曰：所表，謂增秩賜金爵也。是故漢世良吏，於是爲盛，稱中興焉。

> 臣近曾上言，乞刺史、縣令須滿三年一替。及尚書吏、戶、刑三部郎官職務尤重，須令久任。此皆治古之法兼先朝亦不令速遷。〔註4〕

文彥博於史事後加述一段自己過去上言「令官員久任」的文字，是使所引史事作爲自己先前論事的故事論據，以「皆治古之法」重申其訴求的合理性。由中亦可見得，儘管所錄看似是客觀的漢唐故事，然文彥博對於史事的選擇有時不僅是以「有益聖德」爲出發點，所擇應是有意與自己先前奏事結合。

二、范祖禹進故事

　　再參范祖禹（1041～1098）〈進故事〉，相較於文彥博的進故事，其形式較爲一致，內容亦較多元。據《宋史》本傳，其進故事應爲哲宗即位後兼任侍講期間所作。如：

> 唐太宗幸洛陽宮苑，謂侍臣曰：「煬帝作此，結怨於民。今悉爲我有，正由宇文述之徒內爲諂諛，外蔽聰明故也，可不戒哉！」

> 臣祖禹曰：昔周公、召公之相成王，一語一言未嘗不以夏桀、商紂爲戒也。其臣危亡之言不絕於口，其君危亡之言不絕於耳，故天下國家可得而安也。唐太宗見隋煬帝亡國，故親至其宮苑，而以諂諛掩蔽誠群臣。夫知彼所以亡，而圖我之所以存，而不敢怠矣，此三

〔註2〕〔宋〕文彥博，〈進漢唐故事奏〉，收入《全宋文》冊30，卷649，頁264。
〔註3〕同前註，頁264、268。
〔註4〕同前註，頁266。

王之所由興也。〔註5〕

對參其於編修《資治通鑑》時著成，稍早於元祐元年奏進的《唐鑑》：〔註6〕

> 三月，帝宴洛陽宮西苑，泛積翠池，顧謂侍臣曰：「煬帝作此宮苑，結怨於民，今日悉爲我有，正由宇文述、虞世基、裴蘊之徒，內爲諂諛，外蔽聰明故也。可不戒哉！」
>
> 臣祖禹曰：太宗可謂不忘戒矣。觀隋之宮苑，而以諂諛、掩蔽戒群臣。夫知彼之所以亡，則圖我之所以存，而不敢怠也。此三王之所由興也。〔註7〕

此處刻意選擇引述相同事件者，兩相比照下可發現，除〈進故事〉多出三代例輔證外，二文針對此事的評論幾乎相同，語句亦相當類似，以二文作成時間來看，顯見范祖禹〈進故事〉形式實是來自《唐鑑》等史籍論贊的作法。蓋早期進故事發展尚未明定形式與做法，范祖禹與文彥博的評論方式明顯有別，然若參其後陳瓘等人的進故事形式，可知范祖禹的作法實際成爲後來進故事形式的定制，惟論說內容與篇幅漸趨完整，而不僅是如史傳式的偏向道德、說理的學究式論評而已。

　　蓋范祖禹進故事的特色在於多爲所錄史事下一判斷，時引歷代史事、《書》等作爲立論依據，有時則以祖宗故事證之。如其引述「唐太宗縱死囚歸家，皆如期自詣朝堂」一事，評此是太宗「至仁愛人，至誠感物」所致，並以《書》中「好生之德洽于民心」之語稱頌太宗；〔註8〕引述唐玄宗封禪歷諸州，嘉賞各州刺史能「不勞人以市恩，眞良吏矣」一事，其後則先舉董仲舒（179 B.C.～104 B.C.）諫漢武帝「守令未得人」故事作爲反例，後帶出「欲天下之民皆得其所，莫如選擇守令之爲急」的論旨，最末再言唐時諸州多得人「豈非姚

〔註5〕　〔宋〕范祖禹，〈進故事〉，收入《全宋文》冊98，卷2146，頁270。
〔註6〕　《四庫全書總目提要》：「初，治平中，司馬光奉詔修《通鑑》，祖禹爲編修官，分掌唐史，以其所自得者著成此書。上自高祖，下迄昭宣，撮取大綱，繫以論斷，爲卷十二。」據范祖禹〈進唐鑑表〉，其上表時間在元祐元年二月二十八日，顯見《唐鑑》撰成於此日之前，以作成時間來看較其〈進故事〉早。見〔宋〕范祖禹撰，〔宋〕呂祖謙音注，《東萊音注唐鑑》，收入〔宋〕呂祖謙編著，黃靈庚、吳戰壘主編，《呂祖謙全集》（杭州：浙江古籍出版社，2008），〈進唐鑑表〉，頁6；〈附錄・四庫全書總目提要〉，頁268。
〔註7〕　同前註，卷4，頁36～37。
〔註8〕　〔宋〕范祖禹，〈進故事〉，收入《全宋文》冊98，卷2146，頁272。

崇、宋璟爲相之效乎？」〔註9〕除纂錄正面、值得取法的故事外，其亦有於評論中批評的例子，如言漢丞相蕭何以「非令壯麗，無以重威」治未央宮一事，引述文字本身未見對蕭何的評論，然范祖禹於評論中先舉「禹卑宮室，孔子美之」與「周宣王儉宮室而至中興之功」二例做一對照，以爲蕭何是「襲亡秦之奢侈」。除批評事主之外，進而推論「創業之君，一言一動，子孫視傚」之理，以其後武帝亦興宮室之事證之。最後再以祖宗事蹟「太祖皇帝詔宮殿之制准得赤白，累聖遵守」，〔註10〕揚太祖儉德之美。值得注意的是，范祖禹對蕭何奢侈的評價與《漢書》中載其「文而無害」、「置田宅必居窮處，爲家不治垣屋」的形象實有所差別，〔註11〕可見得進故事作者對所述史事有主觀詮釋的空間，從中亦能略窺諸多歷史事件於宋朝士人中的評價。〔註12〕

以上述例子來看，范祖禹皆試圖於評論中爲所引事件現象找尋一個可能的原因，評判大抵本於事件而發，尤重國家治亂、帝王君德一面，持論平正，不刻意作翻案文字，從中能見得其規諫之意。范祖禹進故事中亦有一些作法較特殊的篇章，如引漢昭帝詔言己「修古帝王之事，通《保傅傳》、《孝經》、《論語》」一則，即在故事後花費較長篇幅說明並引述《保傅傳》內容，〔註13〕未涉及對此一事件的評價。有時，則通篇評論都引用他人之語，如其論「唐

〔註9〕 同前註，頁272～273。
〔註10〕 上述引文參同前註，頁274～275。
〔註11〕 〔漢〕司馬遷，《史記》（北京：中華書局，1959），卷53，〈蕭相國世家〉，頁2019。
〔註12〕 以上文所述之蕭何爲例，范祖禹引述的《漢書》原文中雖藉高祖之語批評蕭何建未央乃奢侈之舉，然經蕭何解釋後已消除誤會，是以「悅之」，再參以本傳中的記載，可知史籍中的蕭何形象原應是較偏正面的。且觀唐人如太宗〈登三臺言志〉言「未央初壯漢，阿房昔侈秦」、王諲〈花萼樓賦〉言「秦作阿房而窮侈靡，漢宮未央而自尊榮」等文，雖將其與阿房並舉同爲有大興土木建宮室的代表，似亦不致以爲全屬負面奢侈之舉。然再參南宋王之望〈蕭何論〉爲蕭何所作之翻案文字，蕭何建未央爲奢侈之事於宋朝似已爲一被眾人接受的定論，且明清後亦多見對此事的負面評價。要確定蕭何此事件的評價轉變，固然無法專就簡單的數篇文字定論，然筆者認爲，無論蕭何奢侈形象的出現時機爲何，從本屬經筵文章、持論要求平正的進故事中來看，皆能得到一個時人普遍接受的歷史事件評價。〔唐〕李世民，〈登三臺言志〉，收入〔清〕清聖祖御製，《全唐詩》（臺北：宏業書局，1977），卷1，頁6。〔唐〕王諲，〈花萼樓賦〉，收入〔清〕董誥等編，《全唐文》冊4（北京：中華書局，1983），卷333，頁3376。
〔註13〕 〔宋〕范祖禹，〈進故事〉，收入《全宋文》冊98，卷2146，頁270～271。

明皇設宴」事即全引司馬光之論。〔註14〕較特別的作法可再參以下一例：

> 唐舊制，雅俗之樂皆隸太常。明皇精曉音律，以太常禮樂之司不應
> 典倡優雜伎，開元二年更置左右教坊以教俗樂；又選樂工數百人自
> 教法曲於梨園，謂之皇帝梨園弟子；又教宮女使習之；又選妓女置
> 宜春院，給賜其家。禮部侍郎張庭珪、酸棗尉袁楚客皆上疏，以爲：
> 上春秋鼎盛，宜崇經術，邇端士，尚樸素，深以悅鄭聲、好遊獵爲
> 戒。上雖不能用，欲開言路，咸嘉賞之。〔註15〕

此爲范祖禹其中一篇進故事所徵引的史事，若以上述評論史事的角度觀之，
其論述重點應在「皇帝應戒聲色」或「皇帝能開言路」，唐玄宗於此故事中雖
有當戒之處然並非一無可取。而文中所引述的唐樂制度，看來屬於客觀史事
的陳述，與評論關係不大。然范祖禹於文後的評論即據此而發：

> 臣祖禹曰：昔紂作靡靡之樂、北里之舞，以亡其國。明皇即位之初，
> 留意聲樂，故其末年耽樂奢侈，以致大亂，幾亡天下。人君所好，
> 可不慎哉！夫太常掌天地人之禮、郊廟之樂，舜命伯夷典禮、夔典
> 樂之職也。以明皇之好音，猶不使雅俗相雜。國朝祖宗以來，教坊
> 宴樂隸宣徽院，自宣徽院廢，乃屬太常。以鄭衛之樂，瀆典禮之司，
> 此有司官制之失。〔註16〕

此論可分爲前後二部分，前段以商紂與明皇作爲耽樂亡國的例證，以史事戒
人君當慎其所好，作法不出上文所論；後段則由上古舜時禮制說起，以明皇、
祖宗「不以雅俗相雜」，直指今混淆典禮宴樂的「官制之失」。若再細查宣徽
院的存廢情形，可知熙寧四年（1071）時，時權同判流內銓、檢正中書五房
公事曾布（1036～1107）即曾以部分官職人數、職事與俸祿不成正比之故，議
自宣徽院至軍器所凡七十八處「合併廢增祿」。〔註17〕後官制改革，元豐四年
（1081）「罷宣徽院，以職事分隸省、寺，而使號猶存。」〔註18〕參照上述記
載，再輔以《宋史》中載范祖禹對新法的牴牾立場，〔註19〕此論表面批評的

〔註14〕同前註，頁277。
〔註15〕同前註，頁274。
〔註16〕同前註。
〔註17〕〔宋〕李燾，《續資治通鑑長編》，卷228，熙寧四年十一月，頁5554。
〔註18〕〔元〕脫脫等，《宋史》，卷162，〈職官志二〉，頁3806。
〔註19〕《宋史》本傳中有「祖禹以爲朝廷既察王安石之法爲非，但當傳祖宗之舊，
　　　若出於新舊之間，兩用而兼存之，紀綱壞矣」、「先后〔宣仁太后〕以大功至
　　　正爲心，罷安石、惠卿所造新法，而行祖宗舊政。故社稷危而復安，人心離

對象是當今官制，然除了對官制的批判外，背後可能有更大的指涉——批評議行官制改革的政治集團。固然，要確切論斷范祖禹發論動機尚需更多資料佐證，然由此已能看出作者於進故事中對時政的批評。

此節以文彥博與范祖禹作爲北宋進故事代表，分述二人進故事作品。北宋進故事的體制尚未完全成形，大部分篇幅不長，今所見「先述故事後評論」的形式約自范祖禹後定型，其來源則可能與傳統史籍的史論形式相關。此時進故事作法多是陳述史事使褒貶自見、藉評論帶出委婉規諫，如范祖禹此類影射時政缺失的篇章並不多見。然這種以引述故事的內容選擇暗示對時務立場的作法，隨著發展在南宋進故事中愈發直接明顯，且其比重漸漸超越文中對史事的論評，詳後文。

第二節　南宋時期進故事

建炎四年，宋高宗下詔令講讀官依時進故事，此制度直至宋末度宗時皆未見廢除，今《全宋文》即收有廖剛、王十朋、韓元吉、周必大、樓鑰、眞德秀、劉克莊、徐元杰、高斯得等人的作品，據筆者附錄一的整理，南宋經筵進故事共存 282 則，數量遠過於北宋的 39 則。相較於北宋進故事篇幅較短，論評簡要；南宋進故事的篇幅加長，引述故事後的內容常可視爲首尾俱足的論說。以下舉較具代表性的張綱、廖剛、周必大、樓鑰、孫夢觀等人的進故事篇章討論之。

一、張綱進故事

張綱（1083～1166），字彥正。紹興年間，秦檜（1091～1155）久用事，綱臥家二十年絕不與通問。檜死，召爲吏部侍郎兼侍讀，上謂其「析理精詳，深啓朕心。」〔註 20〕其《華陽集》卷二十至二十三爲進故事，共二十篇，引述故事包含前後《漢書》、《唐書》、《唐鑑》、《兩朝寶訓》、《三朝寶訓》、《仁宗君臣政要》、劉向《新序》等內容。張綱進故事除說解史事發生背景、評論史事外，亦於當中理出事件旨要論說。如〈進故事一〉中所引的魏相故事：

> 《前漢·魏相傳》：「相好觀漢故事。及便宜章奏，以爲古今異制。
> 方今務在奉行故事而已。數條漢興以來國家便宜行事，及賢臣賈誼、

而復合」等語。同前註，卷 96，〈范祖禹傳〉，頁 10794～10800。

〔註 20〕同前註，卷 390，〈張綱傳〉，頁 11951～11953。

鼂錯、董仲舒等所言，奏請施行之。」

臣嘗觀孝宣承武帝以來奢侈，軍旅弊壞之極，勵精政事，欲就中興之功，故專任魏相協濟艱難。當是時，紀綱法度之在天下者，宜將一切更張，以便目前之急。相乃不然，獨奏請施行漢興以來政事，其言疑若迂闊，不切於時，然帝皆施行之，卒能功光祖宗，何哉？蓋漢自高祖創業開基，以至文、景恭儉而繼，以賈誼、鼂、董之徒相與論議，則當時所行，見於後世，無非致治之明効，爲子孫者要當謹守勿失。不幸遭武帝以雄才自恃，變亂舊章。又孝昭在位不久，而有昌邑之亂，天下思祖宗之遺德，而欲一反前日之治。是猶痿人之不忘起，盲者之不忘視，此魏相之所以取二十三事區區爲上陳之。後世徒知孝宣之中興，而不知其所行者，皆祖宗故事也。豈獨漢哉。唐史稱太宗之治，制度紀綱之法，後世有以憑藉扶持，能永其天命。故文宗讀《太宗政要》，慨然慕之。及即位，銳意於治，卒致太和之政，號爲清明。然則祖宗故事無負於子孫明矣。臣恭聞神宗皇帝嘗問司馬光曰：「漢守蕭何之法，久而不變，可乎？」曰：「獨漢也。夫道萬世無弊，夏、商、周之子孫苟能常守禹、湯、文、武法，何衰亂之有？」其後神宗皇帝謂輔臣曰：「大凡前世法度有可行者，宜謹守之。不問利害如何，一一變更，豈近理耶？」故臣以魏相所言，而驗神宗皇帝聖訓，則知祖宗故事不可輕廢也如此。〔註21〕

此處刻意保留張綱的完整文字，與前述范祖禹、文彥博的故事後論評相較，可見得其篇幅大幅增長、論說亦不再只是簡要數句判斷而已。張綱於論說先梳理此事發生背景，以設問帶出一般人對此「疑若迂闊」之舉的質疑，後舉漢、唐之例論「守祖宗之法可致盛世」之理，最後驗以當朝神宗皇帝之言，重申「祖宗故事不可輕廢」之旨。其多數進故事篇章均類此作法，先引述故事，後分段說明、議論，舉歷代例證之，末以祖宗故事或《書》作結。由於其論說過程中大量的引用歷代史事佐證，讀者亦能於其文中見得其對史事的熟習與見解。如其引述《前漢・薛宣傳》中谷永（？～8 B.C.）上疏：「帝王之德，莫大於知人」一文，即於論中先以冒頭帶出「君子進則治安，小人進則危亂」之理，故谷永有此言，然而「人君未嘗不欲知人，而人之是非邪正，

〔註21〕〔宋〕張綱，〈進故事一〉，收入《全宋文》冊168，卷3675，頁347～348。

亦不難知，惟其好惡蔽之，故聰明有所不及耳。」〔註22〕是由谷永之疏又延伸論人君既知此理，又何以無法施行？張綱此處即列舉數條漢唐故事爲例說明之：

> 故臣嘗謂知人之道，最人君之不可忽者。以帝堯之聖，而《書》猶謂「知人則哲，惟帝其難之」，則聰明不及堯者，可不知戒乎！漢武帝信任張湯，而疏汲黯，蓋有所蔽也。夫湯懷詐面欺，爲小人明矣。而汲黯犯顏直諫，近古社稷之臣，豈可與湯同日而語哉？然湯每朝奏事，語國家財用，日晏，天子忘食，丞相取充位。至黯則以嚴見憚，而終不用。然則武帝可爲知人乎？唐明皇之於張九齡、李林甫，亦猶是也。林甫以武惠妃薦而得宰相，九齡諤諤有大臣節，兩人自不侔矣。至帝欲相牛仙客，九齡執不可，而林甫以謂「天子用人，有何不可」者。由是帝疏薄九齡，罷其政事，且專任林甫，而卒相仙客。人謂安祿山反，爲唐室治亂分時，而崔群謂罷九齡、相李林甫，治亂固已分矣。嗚呼！九齡文章風度，見稱一時；而林甫姦邪無學術，仙客起於胥吏，則三人賢不肖明甚。而明皇用捨如此，惜哉！〔註23〕

其就「君王當知人」此一主題論說，並輔以漢武帝、唐明皇二反例析之，兼述及《書》與前人之語以爲己意，能見得其對於漢唐舊事的熟悉，而當中「嗚呼」、「惜哉」等情緒性語詞則使此段文字看來頗似針對該故事的史論。再如引述《兩朝寶訓》中，仁宗謂宰相王欽若（962～1025）當劾韓中正（生卒年不詳）任法官，以其曾用法不當之故，張綱論曰：

> 當是時，王欽若爲宰相，蓋先朝舊德也。宗道欺君，其罪固大矣，欽若得爲無罪哉？朝廷進用人材，未有不由主未有不由宰相者。其人有過，而宰相不知，以薦於上，雖曰不明，猶或可恕；今宗道主舉中正，仁宗方以失入事問其人是否，而欽若應聲以爲是，則中正之不可用，欽若固已熟知之矣。知其人之不可用，聽宗道之言而固容之，必待人主問而後對，非朋姦罔上而何？臣以是知欽若非忠臣也。〔註24〕

蓋原始出處文字未見仁宗或撰述者對王欽若的評價，此處張綱斷「欽若非忠

〔註22〕同前註，頁349。
〔註23〕同前註，頁349～350。
〔註24〕同前註，〈進故事三〉，頁363。

臣也」可能是依據自己對此事件的觀察與對王欽若故事的熟習，〔註25〕由此能見得其識見。

　　要之，進故事中對史事的敘述、評論雖是必備條件，然其引述史事的目的仍在闡發政體道理。故其論說雖是就史議論，然與一般史論又有些不同，議論內容終究難脫君德治道，而出自作者胸臆的獨特看法則較少。此處可再參一篇作法較特殊的進故事：

> 《前漢‧陳平傳》：「項王使使治漢，漢為太牢之具。舉進，見楚使，即陽驚曰：『以為亞父使，乃項王使也！』復持去，以惡草具進楚使。使歸，具以報項王，果大疑亞父。」
>
> 臣聞「兵者，詭道也，故以詐立，以偽動」，皆古人用兵之機。方楚、漢之爭，天下以勢度之，漢不敵楚明矣。……當是時，羽以勇，范增以智，二人者同力協謀，相輔以圖漢。漢力日屈，而楚軍勢張甚，孰不謂漢危亡可跂足待也。而不知平之間言已入矣。夫羽之為人，自恃其勇以蓋一世，然其智實出增下。間有論說，雖疆從之，胸中固已不平，一聞間言，安得不疑乎？及其遣使至漢，漢復為太牢之具，以為待亞父使。且增方為楚之謀主，而謂私交於漢，決無是理。使歸具報而遂疑之，則以平之言先入故也。夫項王所以與漢戰而數得利者，徒以范增在耳。鴻門之會，若從增言，豈復有漢哉？此高祖所以畏其人，不得不用間以圖之也。增去而死，項羽相繼以敗。後世知羽之兵敗於垓下，而不知增去之日，敗證以見；知高祖之得天下者，以殺項羽而滅之，而不知能去范增，羽當自滅。……自古兵交，使在其間，待之以術，可不深思而熟講之哉？〔註26〕

此文大部分篇幅皆在說解項羽因不能用范增而致敗一事，且當中時見張綱「想

〔註25〕據《宋史》，王欽若曾有恃勢收賄、主封禪符瑞、擅除官等事，而本傳評其「智數過人，每朝廷有所興造，委曲遷就，以中帝意。又性傾巧，敢為矯誕」，皆為「非忠臣」的負面評價。又，其後載「仁宗嘗謂輔臣曰：『欽若久在政府，觀其所為，真姦邪也。』王曾對曰：『欽若與丁謂、林特、陳彭年、劉承珪，時謂之「五鬼」。姦邪險偽，誠如聖諭。』」是知王欽若的負面形象立之甚早，是以此處張綱的評斷依據可能不僅來自該則故事。王欽若事跡評價參〔元〕脫脫等，《宋史》，卷283，〈王欽若傳〉，頁9559～9564。另可參王瑞來，〈佞臣如何左右皇權：以北宋「癭相」王欽若為例〉，《中國文化研究所學報》，48（2008），頁81～122。

〔註26〕〔宋〕張綱，〈進故事二〉，收入《全宋文》冊168，卷3675，頁353。

當然爾」的評論，如「一聞間言，安得不疑乎」、「謂私交於漢，決無此理」、「若從增言，豈復有漢哉」等言，頗類蘇軾（1037～1101）史論縱橫推論的作法。儘管最末以當深思兵術作結，看似最後又回到「有益治體」的論旨，然由於論史所佔比例過高與作法特殊，綜觀兩宋進故事篇章則知此並非進故事正體。而這樣的進故事作法，隨著此體發展愈趨成熟，亦愈趨少見。此外，南宋進故事往往於史事選材及論說上與時事有所連結，如張綱進故事中對「中興」帝王事蹟的引述與論說，〔註27〕即能令人聯想宋高宗南渡後的國勢與當時臣民寄望，而張綱〈進故事四〉中部分篇章亦涉及銷金、財政等當時民生問題。這類由進故事反映時政的特性在廖剛、樓鑰等人的文中更爲明顯，詳見下文。

二、廖剛進故事

廖剛（1070～1143），字用中，少從陳瓘、楊時學，登崇寧五年（1106）進士第。蔡京當國時「論奏無所避」，南渡後紹興元年（1131）遷起居舍人、權吏部侍郎兼侍講，除給事中。〔註28〕今傳的進故事篇章即其紹興年間的作品。在廖剛的進故事中，能見其對所述史事的深入評議，如〈九月十四日進故事〉引唐太宗觀隋宮室歎煬帝無道，薛收（約591～624）諫奢虐致禍亂一事，即言「薛收非善對者」，認爲薛收徒贊太宗語，而未隨事啓沃，曉以「侈心之動，多在於守成之君」之理，並進一步提出「隋高祖者，徒儉而已，未見其能訓」，〔註29〕否定了在原始事件中未出現的隋高祖與原爲正面評價的薛收二人。此類文字專就史事論說，評判事件中人物舉措是否得宜，乃南宋前期進故事中較普遍的作法。大抵廖剛進故事後的論說皆與所引史事相關，當中亦有例外，如〈二年五月十三日進故事〉一篇雖引述漢朝杜欽（生卒年不詳）論女德之事，然其後論事則與女德無關，圍繞如何「謀嗣續之要道」展開，是一較特別的例子。〔註30〕

有時進故事亦進一步與時務結合。如〈十一日進故事〉中引張玄素（？

〔註27〕同前註，〈進故事一〉，頁347、348、352；〈進故事二〉，頁356、357；〈進故事三〉，頁364、365；〈進故事四〉，頁372、373。

〔註28〕〔元〕脫脫等，《宋史》，卷374，〈廖剛傳〉，頁11590～11592。

〔註29〕〔宋〕廖剛，〈九月十四日進故事〉，收入《全宋文》冊139，卷2998，頁130～131。

〔註30〕同前註，〈二年五月十三日進故事〉，頁128～129。

～664）諫唐太宗不應修治洛陽宮一事，評此是「君臣相以警戒」，「其臣極言之而無所諱，其君亟從之而無所吝」，乃貞觀日盛之因。〔註31〕其後則結合時政論曰：

> 茲者鑾馭念會稽之久駐，將幸武林，方遣使經營……然期限迫則民力或苦於役作，材費廣則民財或竭於供輸，事勢有不免者……且武林非可久之地，陛下志不在焉，因陋就簡可也。臣願陛下降咫尺之詔，申勅使者若杭之守宰，深責之以無擾，且使敷告其民而慰安之。
> 庶知陛下不忍困吾民於無益，凡皆不得已耳。〔註32〕

此論直指高宗幸杭興宮室之事，可知前述史事乃是為發此論而刻意擷擇，史事評議後的此段論述才是重點所在。其勸諫用意相當明確，而在太宗「亟從之無所吝」的模範之下，觀者似也只能接納其說，否則即「將與桀、紂同歸於亂」。〔註33〕又，〈六年正月二十五日進故事〉則是引述《三朝寶訓》中太宗思救災民一事，然論說中幾乎通篇議去歲災事，未見對史事的評論。文中先言「天災流行，國家代有」，然帝王若能修德修政，則雖有天災損害不致過大。其後逕言去歲自浙而東「往往赤地相望，比聞時糟糠者皆是，而流離道路間，相枕藉而死者不可勝數」，應以《周官》所論散利薄征然後可去盜賊，以達太宗所言「法天撫育，罔無間然」之旨，〔註34〕通篇彷彿一篇救災奏議，原本史論的性質被削弱。上述二種藉史事評議時政的作法在南宋進故事中相當常見，作者於進故事中常就關注的政事提出看法，這些政事的提出即則作者自身的官職經歷有關。而作者選擇什麼史事，如何與欲論主旨結合論說以提高信服力，則為個人學問、能力所在。

然而，儘管在進故事中評議時政符合當局許可的「有益治體」規範，但當涉及一些敏感議題時，則未必能直接指出所欲批評的政事，此時則必須結合歷史與文集資料方能了解作者指涉所在。以廖剛進故事為例，我們可以見得當中關於「君子小人之辯」及「人才選任」的主題反覆出現。如〈十一月二十五日進故事〉一文：

> 司馬光《紀聞》：慶曆四年四月戊戌，仁宗皇帝與執政論及朋黨事，
> 范仲淹曰：「……自古以來，邪正在朝，未嘗不各為黨，不可禁也，

〔註31〕同前註，〈十一日進故事〉，頁 124～125。
〔註32〕同前註，頁 125。
〔註33〕同前註。
〔註34〕同前註，〈六年正月二十五日進故事〉，頁 134～135。

在聖鑑辨之爾。誠使君子相朋爲善，其於國家何害？」

臣嘗竊謂朋黨之名實生於君子，而成於人君。……人君爲虛其心而辨之於早，則君子小人得矣，不必致疑於朋黨也。……疑貳存於胸中，是使小人得以乘間抵隙，而眾君子不復容於朝矣。……臣竊以范仲淹、歐陽修、司馬光皆本朝元臣，其所論朋黨之事，如出一口，大概皆如臣所言。而修所著《朋黨論》、《五代史·書六臣傳後》，尤爲深切著明。臣願陛下書於屏幕間，以爲鑑戒，實宗社萬年之福也。
〔註35〕

廖剛此處藉范仲淹語發論，觀其論實與歐陽修〈朋黨論〉立意類似，不離歐文「惟幸人君辨其君子小人」之旨。〔註36〕廖剛本於此基礎，反覆論說君子小人之別，以爲初時君子小人相間，人主無主見而兩方依違，使君子小人各成其黨，遂加深憤惋，於是黨終不可破，而致敗壞朝政，是故人君能否辨君子小人之別即爲國家治亂關鍵。〔註37〕其他如〈六月初三日進故事〉、〈九月二十三日進故事〉等文亦是類似內容，茲不再引。這類論說在經筵文本中實爲相當普遍的命題，廖剛的發論既未脫前人所言，〔註38〕內容亦不如前例直指時務，表面看來僅爲一篇談論君主用人的論說而已。然若比對當時的相關記載，其論說指涉的對象昭然若揭。據《宋史》，紹興二年（1132）秦檜以「專主和議，沮止恢復，植黨專權」被劾罷去；五年先復資政殿學士，後除觀文殿學士、知溫州；六年改知紹興府，尋除醴泉觀使兼侍讀，充行宮留守，漸次復權；八年三月，拜右僕射、同中書門下平章事兼樞密使，〔註39〕此後獨掌朝政，排除異己，時間點均與廖剛進故事時相近。又《建炎以來繫年要錄》中載：

〔註35〕同前註，〈十一月二十五日進故事〉，頁133～134。

〔註36〕〔宋〕歐陽修著，李逸安點校，《歐陽修全集》（北京：中華書局，2001），卷17，〈朋黨論〉，頁297～298。

〔註37〕〔宋〕廖剛，〈十一月二十五日進故事〉，收入《全宋文》冊139，卷2998，頁133～134。

〔註38〕沈松勤先生曾就歐陽修〈朋黨說〉提出以來，此一觀念於兩宋間的流傳繼承作一梳理，並認爲廖剛雖未脫歐陽修奠定的基礎範疇，然其論較之前人「更進一層」、「更擊中要害」，「爲史家所首肯」。詳參沈松勤，《南宋文人與黨爭》（北京：人民出版社，2005），頁269～290。

〔註39〕〔元〕脫脫等，《宋史》，卷473，〈秦檜傳〉，頁13747～13745；卷213，〈宰輔表四〉，頁5551～5552、5555～5557。

　　〔十年二月〕庚申，御史中丞廖剛試工部尚書。剛每因奏事論君子
小人朋黨之辯，反復切至，又論人君之患莫大於好人從己。若大臣
惟一人之從，群臣惟大臣之從，則天下事可憂。剛本秦檜所薦，至
是滋不悅。他日因對，又請起舊相有人望者，處之近藩重鎮。檜聞
之曰：「是欲置我何地邪？」既積忤檜，遂出臺，而剛之名聞天下。
〔註40〕

此處所言，可能指廖剛文集中進故事與〈論朋黨箚子〉、〈論選任箚子〉等內
容。〔註41〕兩相比對下，可發現數篇箚子與進故事所論主題相當類似，皆是
論君子小人之別，明主當任用賢者之事。是知除日常奏對外，廖剛亦在進故
事中表達自己的政治立場，試圖在進呈專供皇帝閱覽的文章中說服皇帝，以
理明之。原為講授學問的經筵文書中，隱約得見政治角力的痕跡。權臣亦知
曉此中可能出現時政評論，秦檜即將己黨官員登用為經筵官，並起用兒子秦
熺（1117～1161），欲將支配之手伸至經筵。〔註42〕此類進故事中雖未直接點
明指涉對象，然可以推測同代士大夫對當中指涉應是了然於心，後世讀者在
析論時則需要多方資料佐證以探求其原意。

三、周必大進故事

　　周必大（1126～1204），字子充，一字洪道。紹興二十年（1150）進士，

〔註40〕〔宋〕李心傳，《建炎以來繫年要錄》，卷134，紹興十年正月庚申，頁2152。
　　　　張栻〈工部尚書廖公墓誌〉亦有相關資料：「紹興九年，詔以延平廖公為御史
　　　　中丞。方是時，宰相秦檜當國，謀為植黨固位之計，欲假臺諫之力，斥逐異
　　　　己者。公先亦為相所薦，及居言路，侃然守正，無所承望。論君子小人朋黨
　　　　之辨，反覆切至。相遣人風之，則答曰：『有言責者不得其言則去，枉道狗人，
　　　　非吾志也。』會有故從官嘗委賢叛臣之廷，以與相有姻，故歸自虜境，除資
　　　　政殿學士、提舉醴泉觀使，奉朝請。公顯奏其惡，愈觸相怒。又嘗從容建白：
　　　　『願起舊相之有人望者，處之近藩重鎮。』相聞之曰：『是欲寘某何地耶？』，
　　　　公以言不行，上章乞歸老，改工部尚書。其繼公為中丞者，受風指劾公，上
　　　　念公忠直，俾以徽猷閣直學士奉外祠，其明年迄致其事。於是廖中丞之名重
　　　　於天下。」事件始末大致如此。〔宋〕張栻，〈工部尚書廖公墓誌〉，收入《全
　　　　宋文》冊255，卷5744，頁448～449。
〔註41〕〔宋〕廖剛，〈論朋黨箚子〉，收入《全宋文》冊138，卷2991，頁377～378；
　　　　〈論選任箚子〉，頁383。
〔註42〕關於秦檜對經筵的支配詳參平田茂樹先生的說法，見〔日〕平田茂樹著，林
　　　　松濤、朱剛等譯，《宋代政治結構研究》（上海：上海古籍出版社，2010），〈宋
　　　　代政治結構試論〉，頁187～189。

－71－

中博學宏詞科，歷仕四朝，孝宗時拜左丞相，許國公，光宗時拜少保、益國公，寧宗時以少傅致仕。〔註43〕今集中存有《經筵故事》二卷，收錄二十三則進故事，爲現存兩宋進故事保存篇數最多者。周必大集中所留存的進故事作品依題名繫年，爲其於孝宗紹興、乾道、淳熙年間尙未擔任參知政事、左右丞相等要職時的作品。周必大進故事取材的範圍很廣，除了常見的《唐書》、《漢書》、《資治通鑑》等史籍與《三朝寶訓》外，亦見對《尙書》、《左傳》、劉向《說苑》的取法。所揀擇者不僅爲一般史事，亦包含經書章句、詔書節錄等內容。由現存兩宋進故事作品看來，周必大的進故事無論在數量或是內容上均足爲此體代表，以下即略舉周必大數篇作品概述其進故事樣貌。

周必大的進故事較之南宋其餘作者篇幅大多不長，然有別於前述北宋文彥博、范祖禹多數進故事論說中對引述故事的簡短一、二句論贊式評論，周必大的進故事論說多有一個明確欲傳達的觀點，單就論說部分觀之，往往能自成一首尾具足的議論段落。倘由論說內容來看，則大致能分爲四類，分別爲「專就引述故事論評」、「以君德爲論說主旨」、「以政務、施政綱要爲論說主旨」、「藉評議故事進而批評時政」四類主題，其中又以就「君德」、「政務」提出論說的進故事篇章占多數，且於兩宋進故事中最具代表性。首先，先見第一類「專就引述故事論評」的進故事內容，如〈經筵故事‧淳熙六年某月某日進〉一文：

> 《前漢‧霍去病傳》：去病爲人，少言不泄，有氣敢往。上嘗欲教之孫吳兵法，對曰：「顧方略何如耳，不至學古兵法。」
> 臣觀自漢至今言將帥者多推衛、霍，蓋武帝欲攘卻四夷，諸將少能成功，惟二人者每出必捷，斬捕首虜，動以千萬計，安得不謂之名將哉？然讀二人傳，其平居初無高談闊論，臨陣亦未聞奇謀秘策也。所急者匈奴未滅，無以家爲，忠義之氣激於中，故摧陷之勇爲士卒先爾。此子夏所謂「雖曰未學，吾必謂之學矣。」若趙括者自少時學兵法，以天下莫能當。嘗與其父奢言兵事，奢不能難，然不謂善。括母問其故，奢曰：「兵，死地也，而括易言之。不用則已，用爲將必破軍。」已而果然。夫已括學兵法而敗，去病不學兵法而勝，則將不在乎紙上語也審矣。〔註44〕

〔註43〕〔元〕脫脫等，《宋史》，卷391，〈周必大傳〉，頁11965～11972。
〔註44〕〔宋〕周必大，〈經筵故事‧淳熙六年某月某日進〉，收入《全宋文》冊231，卷5142，頁144。

觀此篇進故事，通篇論說據引述故事中霍去病（140 B.C.～117 B.C.）「顧方略何如耳，不至學古兵法」語展開。周必大於論說中先肯定霍去病的名將事蹟，續言雖未曾聽聞霍去病談論兵法，然由於其心中有「忠義之氣」，自然能發而爲用，再引子夏名言證之。之後，周必大再舉反面例趙括（約 310 B.C.～260 B.C.）作爲對照，於文末點出此篇論旨「將不在乎紙上語也審矣。」綜觀全文，周必大所欲傳達的觀念相當明確，雖與原始史料中引此事欲強調霍去病「少言不泄，有氣敢往」的意旨不同，〔註45〕然其理路清晰，並能適時舉用經典與史事作爲有力佐證，從中亦能看出作者對論說內容的經營。由內容觀之，實爲一篇幅較短的史論。這類專就引述故事論說的篇章可再參〈經筵故事·淳熙二年閏九月二十五日進〉一則：

> 班固《前漢書》武帝贊：「孝武初立，卓然罷黜百家，表章六經。遂疇咨海內，舉其俊茂，與之立功。」「號令文章，煥焉可述，後嗣得遵洪業，而有三代之風。」

> 臣聞六經之實行於三代，六經之名弊於兩漢。何謂實？學士大夫自致知格物而達於治國平天下，無非見於躬行者是也。何謂名？辨《詩》知草木蟲魚而不知敦厚之風，習《禮》《樂》之聲音度數而不著中和之效，誦《書》失之誣而不能疏通知遠，習《易》失之賊而不能潔淨精微。方平居無事，分章析句，自謂有得，及試之以事，則鮮不失其所守。狥名之弊如此，豈孔子正六籍、示萬世之意哉？無怪乎邪說詖行所由昌也！漢興，承秦之亂，高祖創業，文、景養民，表章此道，勢未皇暇。至於孝武，則維其時。厥初黜黃老刑名百家之言，延文學儒者以百數，似若有意矣，然均以賢良射策，董仲舒潛心大業，是有意六經之實也，則實之江都不用；公孫宏多詐無情，是徒狥六經之名也，則爲丞相封侯。倒置如此，安在其爲表章也？史臣徒見其與嚴助、枚皋、吾丘壽王輩辯論相應，遂以爲意禮之文煥焉可述，斯亦疏矣。延及後世，孔光、張禹之徒卒誤國家，而漢業衰焉，殆有以啓之也，謂後嗣得遵洪業，可乎？然則武帝非表章六經，乃罷黜六經也，茲不可以不辨。〔註46〕

〔註45〕　〔漢〕班固，《漢書》，卷55，〈霍去病傳〉，頁2488。

〔註46〕　〔宋〕周必大，〈經筵故事·淳熙二年閏九月二十五日進〉，收入《全宋文》冊231，卷5142，頁130～131。

此篇進故事中的引述故事節錄自《漢書‧武帝紀》後的論贊，史傳原意爲標舉武帝「雄材大略」、「雖詩書所稱何有加焉」等正面評價，然若就此篇論說而言，顯然周必大意在批評此說，以爲武帝實爲「罷黜六經」，與論贊稱頌的武帝形象抵牾，有翻案之意。周必大於論說中先將六經劃分出「實」與「名」二面，並直接點出三代行「六經之實」，兩漢弊於「六經之名」，其後說解「實」與「名」的定義，得出「狥名」爲弊的小結。此後，周必大回顧漢興以來對於六經的看法，以爲武帝初期看似有表章六經之意，然就實際用人例證論之，則完全「倒置」，並進而將漢朝的衰亡與武帝之舉結合，批評史臣於論贊中判斷錯誤，武帝實「非表章六經，乃罷黜六經也」。其論說內容完全就引述故事而發，觀點獨到，卻又能舉用實際的歷史人物事蹟爲例，不做空泛論說，爲周必大進故事中近似史論的作品代表之一。

周必大進故事的第二類論說，是以君德爲主題，揀選歷代君臣的良善事蹟「表而出之」，願皇帝取法。此類論說旨要不在評論或說解故事，而在闡發故事中所蘊含的君德道理。先見〈經筵故事‧紹興三十二年十一月十三日進〉一文：

> 天禧二年八月，仁宗爲皇太子，涕泣累日，至於減膳，謂當出宮，不得日侍帝后左右。眞宗慰諭之曰：「此特加恩爾，未出宮也。」上乃悅，復膳如常。
>
> 臣恭惟本朝列聖之德雖不可以一言而蔽，然其猶大著明者孝也。仁宗皇帝之在東宮，固未遠於親側，已戚戚如此，推是以往，則所以養志者不問可知也。享國最久，躋世上治，豈無自而然哉！其後元祐講官范祖禹裒集當時政事三百一十有七，總爲《訓典》，而以此爲首篇，可謂知所先務矣。臣實慕之。抑臣幸甚，乃庚子日南至，或與百執事序立德壽殿下，伏見陛下以天子之貴行事親之禮，自大次拱手徒步以入，既升殿則拜伏盡恭，侍立盡敬。萬目觀瞻，稱歎一詞，皆謂堯舜以來所未有也，不其甚哉！雖然，臣意陛下猶以未能朝夕太上皇帝、太上皇后之側爲欠也。故向者以日朝爲廢務，則用五日之制，既又迫於慈訓，定一月三朝之儀，懇懇惓惓，可謂至矣。惟陛下充天性之孝，思仁祖之言，進以承顏順至爲樂，退以繼志述事爲念。人心悅而天意得，則其享於萬斯年之報也必矣。《書》曰：「今嗣王新服厥命，惟新厥德，終始惟一，時乃日新。」《易》曰：

「聖人久於其道而天下化成。」此陛下之志也，亦微臣之願也。〔註47〕
此文引述故事未列出處，然若就論說所示，此則故事可能出自范祖禹所編的
《訓典》一書。以文字來看似爲仁宗皇帝的日常記述，原文對此行爲未做出
任何評價。周必大於論說中特別強調仁宗之「孝」，以爲聖德與享國相關。再
以前日曾見孝宗行事親之禮、孝宗定三朝之儀爲例，證得孝宗實具「天性之
孝」，符合仁宗教訓，最末再以《書》、《易》二經典語標舉德行的重要。由內
容觀之，其論說雖是據前述仁宗孝行而發，然論說部分多爲讚揚當今皇帝的
孝心、孝行，相較於前一類單就引述故事評議的例子，此文的議論性質較低，
內容亦較單調，略有刻意迎合今上之意。

　　這類以君德爲論說主旨的例子可再參〈經筵故事‧乾道七年五月二十五
日進〉一文：

　　《唐書‧魏徵傳》：太宗問：「爲君者何道而明？何失而暗？」徵曰：
　　「君所以明，兼聽也；所以暗，偏信也。堯、舜氏闢四門，明四目，
　　達四聰，雖有共、鯀不能塞也，靖言庸違不能惑也。故曰君能兼聽，
　　則姦人不得壅蔽而下情通矣。」

　　臣觀漢、唐之主莫盛於文皇，致治之美，庶幾成康，考其大要，特
　　在夫兼聽而已。當時《司門式》曰：「無門籍者有急奏，令監司與仗
　　下引對，毋得關礙。」又置立仗馬二，須乘者聽。是以即位四年，
　　國富刑清，底於丕平，非明目達聰之效歟！雖然，帝之初爲政也，
　　魏徵以謂「聖哲之治，其應如響，期月而可，蓋不其難」。封德彝則
　　曰：「三代之後，澆詭日滋，秦任法律，漢雜霸道，皆欲治不能，非
　　能治不欲。」二者之論，若水火不相入，雖欲兼聽，烏得而兼聽？
　　惟帝察徵之言可用，信而不疑；知德彝之言不可用，拒而不受，是
　　乃所以爲聖也。仰惟陛下勤於求治，切於聽言，日欲昕朝，延見群
　　下，雖隆寒盛暑與夫休暇之日，召問咨訪，未嘗少息。凡文武小大
　　之臣、草茅一介之賤，皆得以情自通於上，其視文皇尚復何愧？若
　　乃言有是非，治忽繫焉，聖主既已廣堯舜之聰明矣，必將辨邪正以
　　從違，示好惡於用捨。貞觀之治，臣且見之。〔註48〕

太宗與魏徵間的君臣對話爲進故事中常見的引述故事，進論官員多引述魏徵

〔註47〕同前註，〈經筵故事‧紹興三十二年十一月十三日進〉，卷5141，頁121～122。
〔註48〕同前註，〈經筵故事‧乾道七年五月二十五日進〉，卷5141，頁123～124。

語作爲君德、治道之參，並視太宗與魏徵的君臣交往爲理想明主能納諫、採納賢臣意見的模範。此文論說依循引述故事中魏徵語而發，首先標舉「兼聽」爲太宗能致治的要素，並舉用唐時爲達「兼聽」所設立的實際政策爲證，以加強信服力。其後「雖然……是乃所以爲聖也」爲一轉折，周必大認爲明主雖欲「兼聽」，然兼聽的前提是明主須能明察進言是非，而非無條件全然採納。最末「仰惟陛下勤於求治……臣且見之」則如同前文，亦是以孝宗行事比附所引述的太宗善政，讚揚孝宗能得此道，若能遵循此理則將致貞觀之盛。

　　這種將盛世君臣的言行舉止作爲引述故事，而於論說中願今日君臣效法以致盛的論說方式，爲南宋進故事中相當常見的內容。這類篇章大抵持論平正，不見特別突出之語，所引述故事則較集中在唐太宗、魏徵、李絳、北宋仁宗、司馬光、歐陽修、南宋孝宗等君臣事蹟上，從中亦可見得宋人眼中的朝政模範。以周必大進故事爲例，則能見得其對貞觀之治的特別重視。除上文外，〈經筵故事・乾道七年八月十七日進〉引述《貞觀政要・求諫篇》論唐太宗有「切於求言」、「勤於爲政」之德；〈經筵故事・淳熙四年三月十五日進〉中援引《貞觀政要》論治道等文皆見得對唐太宗言行的引述，此類篇章旨要均雷同，皆是希望當今皇帝能學習、取法太宗事蹟，如此方能成就盛世之治。

　　周必大進故事中的第三類論說，是以「政務」、「施政綱要」爲主題，旨在就當前施政上有所不足的部分提出意見，望皇帝能取法故事修正。這類論說內容雖與實際施政相關，然並不涉及明確事件，多半是就大方向的施政原則提出意見。見〈經筵故事・淳熙二年十一月二十九日進〉一文：

　　《三朝寶訓》：太祖時齊州防禦使李漢超兼關南兵馬都監，在任十七年，爲政簡易，吏民信愛。邊境有急，即馳騎赴之，故胡騎畏服，不敢窺□。太祖加漢超應州觀察使、判齊州、仍兼關南巡檢。

　　臣聞久任之爲利，數易之爲害，初未嘗有內外小大之別也。然在將帥，則其利害爲尤重。蓋國勢之強弱，邊事之安危，舉繫於此，豈可與百官有司、郡守縣令止於送往迎奉之費、緣絕簿書之患者同日而語哉？觀太祖、太宗任郭進於西山前後二十年，賀惟忠易州十餘年，董遵誨通遠軍十四年，其他如隰州李謙溥、慶洲之姚內斌，易不下十數年。向使轂方推而遽止，席未暖而輒易，則士卒何由信其號令？夷狄何由稔其威名？九重憂顧無時而可寬矣。非但如此，一擊之中自將副而下，豈無智略可取者，膽勇絕倫者，公廉服人者，

勤濟集事者？惟主將久居其任，然後能知其人，然後能舉其類，是
用一名將可以得數名將也。觀眞宗朝雄州團練使何承矩以老疾累表
求解邊任，有旨令自擇代，承矩力薦西上閤門使、河北安撫使李允
則。眞宗即命允則知雄州，兼河北安撫使，果著勳效。向使承矩不
緣久在河北，則安能知允則而薦之？後世將帥鮮聞久任，亦未聞有
邊臣舉自代者。臣願以祖宗之法爲監，庶幾一舉而兩得云。〔註49〕

觀周必大此文，是由《三朝寶訓》載李漢超（？～977）在任十七年「爲政簡
易，吏民信愛」之事得出「久任爲利」的觀點，並就此觀點發表意見。文中
大量排比北宋祖宗故事中將帥「久任致利」之證，增加信服力，並輔以反問
語氣使讀者思考，進而接受其立場。其論中所舉皆爲北宋有戰功的守邊將帥，
周必大此處雖未明言久任之利何在，然由北宋錢若水、張方平等人的奏章可
知諸將常被引述作爲久任的正面故事，〔註50〕於禦邊事上向有其代表意義。
而「後世將帥鮮聞久任，亦未聞有邊臣舉自代者」之語，則顯然是暗示進論
當時亦未聞有「將帥久任」、「邊臣舉自代」者，故希望孝宗能「以祖宗之法
爲監」，使將帥久任，進而得久任之利。

這類以檢討施政綱要爲主題的篇章，尚可參〈經筵故事・淳熙五年九月
七日進〉一文：

《三朝寶訓》：太祖乾德二年七月詔曰：「官人之道，責實爲本。……
自今常調赴集選人，委吏部南曹取歷任中多課績而無闕失者，觀其
人才，詢以吏術。可副升擢者，具名送中書門下引驗以聞，當與量
才甄獎。」
臣聞古之銓曹任人而不任法，故蔡廓爲吏部尚書，自黃散以下悉委
之自擇，而猶以爲輕己不受。唐制六品以下常參官許吏部量資注定，
其材識頗高可充補、遺、御史者，以名送中書門下，聽敕受焉。事

〔註49〕同前註，〈經筵故事・淳熙二年十一月二十九日進〉，卷5141，頁131。
〔註50〕據《宋史》，錢若水奏：「若將來安邊之術，請以近事言之，太祖朝制置最得
其宜。止以郭進在邢州，李漢超在關南，何繼筠在鎮定，賀惟忠在易州，李
謙溥在隰州，姚內斌在慶州，董遵誨在通遠軍，王彥昇在原州，……率皆十
餘年不易其任。……十七年中，北邊、西蕃不敢犯塞，以至屢使乞和，此皆
陛下之所知也。」又，張方平答帝問禦戎之要，對曰：「環州董遵誨、西山郭
進、關南李漢超，皆優其祿賜，寬其文法。諸將財力豐而威令行，間諜精審，
吏士用命，故能以十五萬人而獲百萬之用。」〔元〕脫脫等，《宋史》，卷266，
〈錢若水傳〉，頁9167～9168；卷318，〈張方平傳〉，頁10357。

權如此，無怪其得人之多也。本朝大概任法不任人，居其職未嘗進
賢退不肖，不過察胥吏姦弊而已。今恭讀太祖乾德詔書，乃知國初
自有酌中之制，近世因循，偶未舉耳。今若令尚左、尚右、侍左、
侍右每遇文武官赴選之時，將歷任課績多而精力強壯者，審覈其人
才，詳詢其吏術，間有可備升擢，則許長貳郎官公共考察，歲已數
人申三省引驗，恭取聖裁，亦足稍收堂除不及之士，少勸赴部廉退
之人。且歷任有功而無過，本部官推擇之已精，三省又從而審察之，
然後仰達睿聽，以俟旌寵，其節目固不一矣。雖欲容私而謬舉，其
可得乎？況此實遵行皇祖之訓，非開僥倖之門也。〔註51〕

此文引述《三朝寶訓》中太祖就任用官吏方式所頒布的詔令，論說中先考察
前朝與今日於任用人才辦法上的差異，指出以往「任人不任法」始能廣納人
才，此乃當今「任法不任人」的不足之處。周必大以爲，引述故事中太祖頒
布的法令，可作爲今昔於任用人才上的折衷辦法，希望皇帝能參照故事辦理，
「遵行皇祖之訓」。周必大此類以檢討政務爲主旨的進故事大抵皆如上述二
文，其或於引述故事或論說中蒐羅與欲論主題相關的史事、祖宗法作爲參照，
於論說中析論若比照故事修正施政可能達成的種種優點，文末再以祈願語重
申論點，希望皇帝能遵照故事修正。其中「遵行皇祖之訓」、「法祖宗故事」、
「以祖宗事戒之、鑑之」、「祖宗事當爲萬世法」等文字，爲此類進故事中常
見的語句，進論官員所提出的意見由於有了祖宗故事作爲參照，較之單純析
理更具說服力。而從祖宗法於進故事中的頻繁出現，亦能察得宋人對當朝故
事、祖宗之法的重視。

　　又，如同前述張綱、廖剛進故事一般，周必大進故事中亦有論及具體時
政的部分，此即爲周必大進故事的第四類論說內容——藉評議故事進而批評
今日時政。相較於第三類論說內容是就施政上大方向的、原則上的綱要性問
題提出見解，此類進故事則明顯見得是針對具體、與當日時政議題相關的議
題而發。周必大集中這類型的進故事數量並不多，以〈淳熙二年九月二十一
日進〉一文爲例，周必大於該文中先引述漢朝張敞（生卒年不詳）平盜之事，
後於論說中析論「治小盜與臨大敵異」此一觀點。其以爲小盜行蹤不定，難
以捉摸，軍隊雖有人數多、習兵法等優勢卻難以派上用場。軍隊爲逐盜而疲

〔註51〕〔宋〕周必大，〈經筵故事·淳熙五年九月七日進〉，收入《全宋文》冊231，
　　　　卷5142，頁129。

於奔命，鄉民因役使之煩，民力不堪負荷，「賊復捐餘財以餌之，由此姦宄交與為地，官軍動輒多以語之，其所至輒能設伏邀擊者，為是故也。」〔註52〕對平盜之事自有見解。而所以論及平盜之理則是由於近事：

> 今聞江鄂之師折傷疾病，其數煩多，曠日持久，安得不為之慮哉？近者前帥既已選懦汰黜，後來者知所懲艾，必銳於立功，使遂破賊固善，或不為方略，止務襲逐，復蹈前轍，將如後患何？今兩路闕帥，願亟擇如敵者乘傳分鎮，協心戮力，耘鋤姦黨，銷患於未萌，以上寬九重之憂顧。臣僅因敵事而冒言之，為聖明財幸。明日，呂企中知隆興府。未幾，王佐知潭州。〔註53〕

所謂江鄂之師者，參《宋史》記載應即淳熙二年（1175）四月開始的茶寇賴文政之亂，六月時茶寇犯廣東，朝廷以倉部郎中辛棄疾為江西提刑「節制諸軍，討補茶寇」，直至閏九月時，「辛棄疾誘賴文政殺之」才平定。〔註54〕周必大此文作於茶寇未平定時，從中能見得其對於時政的關切，選擇張敵事論平盜的動機實與時政密切相關。而文末所附的註記則可能暗示了呂企中、王佐的詔令與周必大建言有關，亦可見得官員進論對時政舉措的影響力。〔註55〕周必大此類由史論政的進故事篇章尚有〈淳熙五年二月十五日進〉、〈淳熙六年春進〉等文，前者論近日集議事，後者論荊湖南北平盜事。〔註56〕這些進故事中議及的時政或大或小，史籍上的記載亦詳略不一，透過對進故事內容的整理可以略窺作者所關注的政事焦點，進而了解其對史事、政事的見解，多少亦達到補史之闕的效果。另外，周必大集中尚有《東宮故事》四卷六十五則，〔註57〕有別於進故事篇章主題多為君德、政務，《東宮故事》則多以「為學」、「近賢」、前代興亡治績、君德等教之，可見得宋朝對於皇太子史學見識

〔註52〕同前註，〈經筵故事·淳熙二年九月二十一日進〉，卷5141，頁129。
〔註53〕同前註，頁129～130。
〔註54〕〔元〕脫脫等，《宋史》，卷34，〈孝宗紀二〉，頁659～660。關於此亂事尚可參黃寬重，〈南宋茶商賴文政之亂〉，收入劉子健博士頌壽紀念宋史研究論集刊行會編，《劉子健博士頌壽紀念宋史研究論集》，頁133～140。
〔註55〕茶寇戰事向為周必大關注的事件之一，時見其針對此事上疏。見〔宋〕周必大，〈論軍政箚子〉，收入《全宋文》冊228，卷5060，頁23；〈論平茶賊利害箚子〉，頁29～30。
〔註56〕〔宋〕周必大，〈經筵故事·淳熙五年二月十五日進〉，收入《全宋文》冊231，卷5142，頁139；〈經筵故事·淳熙六年春進〉，頁143～144。
〔註57〕同前註，卷5143～5147，《東宮故事》，頁149～214。

的培育，亦能見得進故事內容針對不同進論對象的調整。

四、樓鑰進故事

樓鑰（1137～1213），字大防，光宗時除考功郎兼禮部，後擢起居郎兼中書舍人。時禁中或私請，光宗曰：「樓舍人朕亦憚之，不如且已。」後光宗禪位，詔書即樓鑰所草，時薦紳傳頌。寧宗受禪後，韓侂胄（1152～1207）以鑰不附己，深嘆之。嘉定六年卒，史稱其「文辭精博」，諡宣獻。〔註58〕今《攻媿集》卷五十中有六篇進故事，取材分別來自《漢書》、《資治通鑑》、《唐鑑》與《三朝政要》。篇數雖不多，然於論及時政的進故事中有代表性，故此處挑選樓鑰進故事作爲代表之一。六篇進故事中有兩篇皆見類似主題的選材：

> 《高帝紀》：「六年，上歸櫟陽，五日一朝太公。云云。詔曰：『人之至親，莫親于父子，故父有天下，傳歸于子，子有天下，尊歸于父，此人道之極也。』」〔註59〕
>
> 唐貞觀六年，監察御史馬周上疏云：「太上皇春秋已高，陛下宜朝夕視膳。今九成宮去京師三百餘里，太上皇或時思念陛下，陛下何以赴之？又車駕此行，欲以避暑，太上皇尚留暑中，而陛下獨居涼處，溫清之禮，竊所未安。今行計已成，不可復止，願速示返期，以解眾惑。」上深納之。〔註60〕

觀此二則史事，均是以太上皇與皇帝父子之情爲主題，前者言人子應尊父，後者言人子應朝夕視膳不宜遠行。從字面來看，可視作對儒家孝道的實例舉證，或爲對帝王孝道的普遍原則闡發。不過，若結合樓鑰所處時代觀之，則很難不有更多的聯想。南宋歷史上，自高宗後三朝皆以內禪方式完成政權轉移，高宗、孝宗、光宗皆曾爲太上皇，當中又以孝宗與光宗間的父子齟齬引起最大爭議。孝宗退位後，光宗掌政，然其屢次推延、中止定期朝見太上皇的禮制，引發官員群起上奏、朝政動盪，而此事又與李后及宦者對光宗的影響相關。

據《宋史》記載，紹熙二年（1191）首見光宗刻意不朝重華之記載：

> 光宗欲誅宦者，近習皆懼，遂謀離間三宮。會帝得心疾，孝宗購得

〔註58〕〔元〕脫脫等，《宋史》，卷395，〈樓鑰傳〉，頁12045～12048。

〔註59〕〔宋〕樓鑰，〈進漢書故事〉，收入《全宋文》冊264，卷5965，頁348。

〔註60〕同前註，〈進資治通鑑故事二〉，頁350。

良藥，欲因帝至宮授之。宦者遂訴於后曰：「太上合藥一大丸，俟宮
車過即投藥。萬一有不虞，其奈宗社何？」后覘藥實有，心銜之。
頃之，內宴，后請立嘉王爲太子，孝宗不許。后曰：「妾六禮所聘，
嘉王，妾親生也，何爲不可？」孝宗大怒。后退，持嘉王泣訴于帝，
謂壽皇有廢立意。帝惑之，遂不朝太上。〔註61〕

紹熙三至四年，光宗屢次中斷又復行定省之禮。自光宗有疾，重華溫清之禮
以及誕辰節序皆以孝宗旨免，〔註62〕又以內侍陳源離間之故，疾稍癒猶不朝
重華。〔註63〕此事產生很大爭議，時「以過宮爲請者甚眾，至有叩頭引裾號
泣者」，〔註64〕尤袤、黃裳、葉適、彭龜年等皆有疏上之；中書舍人陳傅良言
不朝一事乃「以誤爲實而開無端之釁，以疑爲眞而成不療之疾，是陛下自貽
禍也」；〔註65〕給事中謝深甫則言：「父子至親，天理昭然，太上之愛陛下，
亦猶陛下之愛嘉王。太上春秋高，千秋萬歲後，陛下何以見天下！」〔註66〕
內容直切如此。帝雖感悟，數次復行朝見禮，然往往暫行數次又中斷，究其
因，李后或爲阻力之一，見下：

帝感悟，趣命駕朝重華宮。是日，百官班列俟帝出，至御屏，后挽
留帝入，曰：「天寒，官家且飲酒。」百僚、侍衛相顧莫敢言。中書
舍人陳傅良引帝裾請毋入，因至屏後，后叱曰：「此何地，爾秀才欲

〔註61〕〔元〕脫脫等，《宋史》，卷243，〈光宗慈懿李皇后傳〉，頁8654。又，李后
　　　　善妒，曾因光宗喜宮人手白，即遣人送食盒於帝，「啓之，則宮人兩手也」，
　　　　並殺得寵之黃貴妃。光宗既聞貴妃卒，又逢郊時不能成禮之變，「震懼增疾，
　　　　自是不視朝，政事多決於后，后益驕恣。」孝宗以光宗疾責李后，「后怨益深」。
　　　　同前註。何忠禮先生以爲孝宗所以不答應立嘉王爲太子的原因可能有三：嘉
　　　　王不慧、對李后與光宗不滿、對太子另有選擇，其可能屬意由生性早慧的魏
　　　　惠憲王子爲太子，在內禪前夕即已封其爲嘉國公。何忠禮，《南宋政治史》（北
　　　　京：人民出版社，2008），頁264～266。
〔註62〕彭龜年謂孝宗所以下旨，是「特遇過宮日分，陛下或遲其行，則壽皇不容不
　　　　降免到宮之旨，蓋爲陛下辭責於人，使人不得以竊議陛下，其心非不願陛下
　　　　之來。」其《止堂集》中亦屢見對此事進諫，此處不贅。〔元〕脫脫等，《宋
　　　　史》，卷393，〈彭龜年傳〉，頁11996。
〔註63〕陳源曾爲孝宗所逐，光宗即位後復用。同前註，卷469，〈宦者傳‧陳源〉，頁
　　　　13672；〔清〕畢沅，《續資治通鑑》（臺北：文光出版社，1965），卷152，光
　　　　宗紹熙三年，頁4089。
〔註64〕同前註，頁4082。
〔註65〕〔元〕脫脫等，《宋史》，卷434，〈儒林四‧陳傅良傳〉，頁12888。
〔註66〕同前註，卷243，〈光宗慈懿李皇后傳〉，頁8655。

斫頭邪？」傅良下殿慟哭，后復使人問曰：「此何理也？」傅良曰：

「子諫父不聽，則號泣而隨之。」〔註67〕

此後，李后浸預政，諸臣以光宗不行朝禮之故，屢上疏力勸朝重華宮，其中倪思即曾於經筵於進講時勸光宗「治國必自齊家始」；〔註68〕太學生汪安仁等二百十八人亦上書請之，然皆不報，時見諸臣上疏自劾。

紹熙五年（1194）四月，孝宗疾甚，數言欲見光宗。群臣亦數請光宗問疾重華宮，如彭龜年「離班伏地扣額，血流漬甃」力請過宮；〔註69〕侍從、大學生陳肖說等、侍讀黃裳、秘書少監孫逢吉等皆曾上疏議此事，光宗數應之而後辭，「群臣請罷黜待罪者百餘人」，〔註70〕可見時局波動之大。五月，孝宗疾大漸，光宗仍不朝，然許侍從之請，令嘉王詣重華宮問疾。六月戊戌，孝宗崩，光宗本許諾群臣將執喪禮，後又詔待病癒後才過宮成禮。然而喪禮不可無主，在眾臣商議下，最終由太皇太后代主喪事。時論紛紛，群臣請立皇太子，後在趙汝愚（1140～1196）、韓侂胄的主導下，演變爲光宗內禪，寧宗即位。〔註71〕

再回到樓鑰進故事內容，前述二條史事中「五日一朝」、「父子之親」、「溫清之禮」等語，實皆爲光宗不朝時，群臣上疏中屢見的語彙。〔註72〕對參光宗紹熙年間史事，可知樓鑰此二篇進故事，應爲借古喻今之意。其故事後的論說亦見明示：

臣聞文王之爲世子也，朝於王季日三，武王帥而行之，不敢有加焉。父子之道，天性也。一日不見，豈容自安？……本朝列聖務盡孝道……至尊壽皇聖帝之事，高宗正以異宮而處，不得已俯從漢制，二十八年終始不倦。陛下今過宮者再，恭請者一，人情感悅，歡聲

〔註67〕同前註，頁8654。

〔註68〕同前註，卷398，〈倪思傳〉，頁12114。

〔註69〕〔清〕畢沅，《續資治通鑑》，卷153，光宗紹熙五年，頁4105。

〔註70〕同前註，頁4106。

〔註71〕參〔元〕脫脫等，《宋史》，卷36，〈光宗本紀〉，頁708～710；〔清〕畢沅，《續資治通鑑》，卷152～153，光宗紹熙元年至五年，頁4060～4123。何忠禮先生認爲：「這場『禪位』鬧劇，實質上是在合法外衣掩蓋下的宮廷政變，在趙汝愚、趙彥逾、韓侂胄等人的策畫和活動下，終於圓滿達成，使南宋政權渡過了一個困難時期，有其一定意義。」何忠禮，《南宋政治史》，頁267。

〔註72〕如彭龜年〈乞車駕過重華宮疏〉、陳傅良〈入奏箚子〉、〈直前箚子〉等文皆有此語。二人文章收入《全宋文》冊268，卷6030，頁274～275、275～276；冊278，卷6296，頁135～138。

四起。自茲以後，積雨既不可出，極暑又難進拜，因仍至今，五閱
月矣。都人顒顒，日望翠華之駕。今則雨師灑道之餘，仲秋新涼之
始，伏望早降睿旨，夙戒有司，講定省之禮，上以奉兩宮之歡，下
以慰兆姓之望。臣不勝惓惓。〔註73〕

以其文中資訊判斷，此篇進故事應是作成於紹熙四年秋時，此年直至三月尚
見光宗朝重華宮的記載，五月後各地水災，又見不朝記載，以「五閱月」推
算則此論時間大約為九、十月左右。而論中所言「父子之道」、「豈容自安」、
「列聖務盡孝道」等雖然看似針對前人事跡所作的評斷，然實際是就光宗不
朝壽皇之事而發，自「陛下今過宮者再……臣不勝惓惓」一段才是本篇進故
事的旨要。其另一篇〈進資治通鑑故事二〉亦是類似作法，論曰：

臣竊考……馬周切諫……此皆忠臣愛君之切，足以感悟主聽，垂憲
後世。仰惟陛下誠孝著聞，乃去歲之冬及至日歲旦三詣重華，都人
歡呼，中外慶快，今猶未久也。霜寒陰雨，固難屢出，竊聞壽皇進
曾宣醫，外間傳聞，日望翠華。夫以九成宮去大安之遠，馬周切切
欲太宗之速還，今則鳴蹕至近，伏恐壽皇思念。敢望出自聖意，亟
修定省之禮，實天下幸甚。〔註74〕

以內容來看，此文應是做於光宗紹熙五年，與上文訴求類似。二文對於史事
的評論皆相當簡短，以較多篇幅敘述時事及訴求。與前述廖剛於進故事論中
辨君子小人暗示秦檜專權的情形相較，樓鑰的進故事更清楚地指出諷諫的具
體事件、對象，無論是引述的故事或作為例證的史事均可見刻意的「有為而
作」，然就故事論辨是非的成分則被削弱了，取而代之的是平鋪直敘的表達所
請。此文若對參光宗朝事則能更貼近發論背景，而知此不僅如所述史事論孝
道而已，實是針對具體時事提出一己意見與立場。

五、孫夢觀進故事

　　孫夢觀（1200～1257），字守叔，寶慶二年（1226）進士，理宗時歷遷太
府卿、宗正少卿，兼給事中、起居舍人、起居郎、右侍郎、給事中兼贊讀、
兼國子祭酒、權吏部侍郎等職，年五十八而卒。〔註75〕其人奏事抗論直切，

〔註73〕〔宋〕樓鑰，〈進漢書故事〉，收入《全宋文》冊 264，卷 5965，頁 348～349。
〔註74〕同前註，〈進資治通鑑故事二〉，頁 350～351。
〔註75〕〔元〕脫脫等，《宋史》，卷 424，〈孫夢觀傳〉，頁 12654～12655。

當國者惡之，在廷之士危之；清風亮節，卒時惟「敗屋數間」。〔註76〕吳潛〈孫守叔畫像贊〉稱其「以敬義爲執持，以經義爲該博，引君當道也，則天開日明；爲國除暴也，若風趨雷卻」，〔註77〕可見其忠直形象。

孫夢觀進故事今存二卷十七則，作成時間約在寶祐二年至五年（1254～1257）間，〔註78〕其突出之處在於對時政、帝王直言不諱的批評。先見〈故事一・呂蒙正言都城外饑寒死者甚眾願親近及遠〉一文，故事先引述太宗言今時不見五代時生靈凋喪，「每念上天之貺，致此繁盛」，呂蒙正（964～1011）則對言「都城外饑寒死者甚眾，願親近及遠」。〔註79〕孫夢觀就呂蒙正語論說並訴及社會時局，言：

> 今觀都城之氣象，天災既息，棟宇翬飛，有西都紅塵四方之富；年穀粗登，糴價不踊，無長安斗米十千之憂。彼此相賀，稱號太平，以陛下人後愛民聞之，豈無太宗繁盛之喜乎？然西土創殘，北難方熾，尤當念民命之莫保；湖湘薦饑，食新尚遠，尤當念民力之孔艱。江左疾疫，死者相枕，尤當念民瘼之良苦。矧惟近旬之間，或困於水災，而賑恤之未有其具；或擾於盜賊，而消弭之未有其方，獨可謂神京奠枕，而遽以爲持盈守成之世乎？〔註80〕

其立論與呂蒙正相同，皆是欲今上不自安於眼前太平，而應思他處民生。論中將理宗與太宗比附，先讚其有類同故聖之功，進而批評今時之缺，此乃孫夢觀進故事中常見的論政作法。而從其所述的民力孔艱之況，讀者亦能推知南宋後期的社會實景。民生之苦雖向爲進故事中常見主題，然如此直接呈現百姓慘狀者大概要到南宋後期才能見得。

又，與民生密切相關的財政問題亦爲孫夢觀進故事的討論重點之一，其〈故事二・仁宗皇帝罷左藏月進助縣官〉即爲一例。該文舉慶曆時仁宗罷庫月進錢千二百緡，謂輔臣曰「此《周官》所謂共王之好用者。朕宮中無所費，

〔註76〕〔宋〕吳潛，〈孫守叔墓誌銘〉，收入《全宋文》冊337，卷7776，頁263～264。
〔註77〕同前註，〈孫守叔畫像贊〉，頁257。
〔註78〕《宋史・孫夢觀傳》雖未明確記載其遷官的時間點，然可以確知的是孫夢觀是在「丞相董槐召還」後才開始擔任具進故事資格的官職，而董槐召還是在寶祐二年，寶祐五年孫夢觀逝世，故作此推論。〔元〕脫脫等，《宋史》，卷424，〈孫夢觀傳〉，頁12654～12655。
〔註79〕〔宋〕孫夢觀，〈故事一・呂蒙正言都城外饑寒死者甚眾願親近及遠〉，收入《全宋文》冊343，卷7913，頁31。
〔註80〕同前註，頁31～32。

其斥以助縣官」爲故事。於論說中先以《春秋》、仁宗事跡爲例，闡明「天子不私求財」之義，後世以國富供天子之私奉養，實違背古「藏富於民之意」。〔註81〕後半部分則爲對今日財政之質問：

> 竊迹近事，不無隱憂，瓊林有庫，見者怨望。今用度果能盡出於公乎？常賦之外，安得羨餘？今進奉者果能卻之乎？賣官錢入私門，固不爲晉武然，亦豈無效劉毅之言者乎？徙東庫入西庫，固不爲唐憲宗然，亦豈無進李絳之諫者乎？甚者則爲權宜之取，或指爲每歲之定額；瑣屑之利，或撥爲内廷之課額。期會殆類於有司，主進不嫌於賄賂。蘇軾有言：人言雖未必皆然，而疑似亦有以致謗。臣甚爲朝廷惜也。今縱未能如仁祖罷有常之賦，當思權利之盡足以病民；縱未能如仁宗之捐進奉以助縣官，當思用度之無節足以病國。矧惟今日之事勢，視仁祖全盛之時十無二三？《詩》云：「不愆不忘，率由舊章」，敢以此規。〔註82〕

其文雖未點出具體事件，然透過與相關史事對參及詰問的作法，能見得作者急切規諫之意。除了用度不公外，孫夢觀於〈故事一・高宗皇帝詔籍記贓吏姓名〉亦提出「今日之國用竭矣，民力困矣，財用果安在耶？亦在於士大夫之家而已」之說，以爲今日民益病、國益貧實由於贓吏橫行，其害「有甚於盜賊也」。〔註83〕而財政之弊亦造成兵政不張，如〈故事一・歐陽修言朝廷有懼敵之色無憂敵之心〉一文中即先辨今日對外患乃懼而非憂，懼者惟「待其將危將亂，而左支右吾之不暇而已」，時朝中仍以私濫侈，不修兵政，加之面對外患態度消極。〔註84〕據其所述能見南宋後期凋敝之狀：

> 徒聞戰艦不葺，真有紙船之譏，馬政不修，只取小駟之羝。樓櫓不足以嬰矢石，糧運不足以贍樵蘇。將帥乏材，無二矛重弓之備；士卒驕惰，有釋甲執冰之風。環視四顧，一無可恃，月征日邁，視爲故常，殆若置此敵於度外者。故臣敢妄議，以爲今日未嘗憂敵也，較之歐陽修之說，寧不寒心乎？方仁祖之時，中國尊安，有倚泰山、坐平原之勢，以遼人之強大而請盟，以夏人之崛強而納款，修之所

〔註81〕同前註，〈故事一・仁宗皇帝罷左藏月進助縣官〉，頁29～30。
〔註82〕同前註，頁30～31。文中所謂劉毅、李絳之諫可參《晉書》與《資治通鑑》的記載。
〔註83〕同前註，〈故事一・高宗皇帝詔籍記贓吏姓名〉，頁27～28。
〔註84〕同前註，〈故事二・歐陽修言朝廷有懼敵之色無憂敵之心〉，卷7914，頁41～42。

言，猶且若此。使其復生於今日，又當何如其痛泣流涕乎？惟陛下
深念而亟圖之，宗社幸甚，生靈幸甚！〔註85〕

得見作者迫切之情。而其〈故事二・歐陽修乞重斷邊將貪汙〉一文亦道出朝
政多方之弊，直言：「臣不知朝廷當此國步危急之秋，何所顧忌，而不爲明正
紀綱之地哉？」〔註86〕孫夢觀以爲今日諸多弊政乃是皇帝以私用人所造成
的，於諸多篇章中皆提及當時內降詔令屢出、官員論事被逐等事，屢見其勸
諫皇帝不當以私情、威勢用人使事，如〈故事一・仁宗皇帝聖訓先盡大臣之
慮〉「夫天討有罪，天命有德，皆非人君所得而私也」、〈故事二・漢賈山言人
主威勢〉「威勢者，人君之所固有也，而非人君所可恃也」、〈故事二・富弼願
不以同異爲喜怒不以喜怒爲用捨〉「臣願陛下充容納之量，忘繫累之私」等皆
是此意。〔註87〕

　　要之，孫夢觀進故事中對於時政缺失、皇帝失德的直言不諱，固然爲其
忠直性格的一種展現，然透過文末附錄一的整理可以看出，南宋愈趨後期，
進故事中論及時政的頻率愈高，其用語措辭亦愈趨直截激烈，故孫夢觀的激
切議政實亦可視爲南宋後期進故事的一種寫作傾向。理宗時的魏了翁、洪咨
夔，度宗時的高斯得皆可見此類直切論時務的進故事篇章。從中得見南宋末
年朝政社會紛亂之景，亦能見得忠臣對國勢時局的關切與擔憂。

　　本節主要以張綱、廖剛、周必大、樓鑰、孫夢觀作爲南宋進故事代表作
者，分析其進故事篇章。由上文所論，我們得以看出進故事於南宋的發展軌
跡。南宋前期，張綱進故事的內容主要仍是就評論史事而發，其論說較之北
宋顯得更爲完整。廖剛進故事承繼北宋以來論評史事的作法，然其亦試圖透
過取材或論說表達自己對於時政的意見。表面上看似一般本於史事衍生的論
說，然若結合發論背景則能發現官員進論實意有所指。周必大爲現存篇章數
量最多的進故事作者，其文中所論實際能代表兩宋多數進故事的論說內容，
其持論平正，多就君德、施政綱領發言，少涉及具體時務政策，充分體現經
筵文書的教育性質。相較於周必大，樓鑰進故事對時政的論說則較爲明顯，
其刻意選擇與論事主旨相同的故事，於論說中指涉時政，並委婉地提出希望

〔註85〕同前註，頁 42。
〔註86〕同前註，〈故事二・歐陽修乞重斷邊將贓污〉，頁 44。
〔註87〕同前註，〈故事一・仁宗皇帝聖訓先盡大臣之慮〉，頁 25～26；〈故事二・漢賈
　　　　山言人主威勢〉，頁 34～35；〈故事二・富弼願不以同異爲喜怒不以喜怒爲同
　　　　捨〉，頁 40～41。

君王改正之處，與時政背景結合能更清楚了解論旨所在。而宋末的孫夢觀進故事則是在樓鑰的論政作法上更進一步，其論說不做委蛇之詞，明確指出近日時政缺失，政論篇幅超過史論內容。綜觀兩宋進故事篇章，則能見得此作法實爲晚宋時進故事的寫作趨勢，後文劉克莊亦有類似作法。

小　結

　　綜上所述，可以見得進故事此體於兩宋間的大致發展。以形式而言，南宋後的進故事形式已確立，即先述史事，後就史事展開論說，論說部分有別於北宋點評式的兩三句評價，南宋進故事的論說即使除去前段引述史事的部分，仍能自成一篇首尾俱足的進論。其論說大致可分爲三個部分，先是冒頭論說史事中蘊含的道理，再證以相關史事，後提出欲論主旨與故事連繫的部分進而說解或批評，文末常以祈願語作結，具體細節作法則隨作者與內容事項有所不同。論說主題在進故事政策規範應「有益政體」的要求下，多半不離君德、施政綱領、對時政的批評規諫三者，其中又以前二者占最大宗。然隨著此體發展，於進故事中藉史論指涉、議論政治事件的情形愈加頻繁，所言亦愈趨直切，遂形成此體「史論即政論」的一大特色。〔註88〕以內容而言，進故事雖是就史事發論，然其有別於傳統史論本於史事論理，進故事背後往往有一對應的時務訴求，務求能達成「是非於古之人」並「措置於今之世」的創作旨要，〔註89〕可謂結合了傳統科場「論」與「策」的特質，又兼具「史論」與「奏議」的內容。透過作者選擇的歷史事件與議論中或隱或顯的時務內容，進一步結合作者身處的時代背景，後世讀者往往能從中見得作者對史事的識見與其政治立場。本文即是在此基礎上，試圖結合劉克莊數次入朝的事蹟與其進故事篇章討論之。

〔註88〕出自孫立堯語。見孫立堯，《宋代史論研究》，〈附論：經筵進讀、進故事〉，頁324。

〔註89〕引文出自蘇軾語，原句：「試之論，以觀其所以是非於古之人；試之策，以觀其所以措置於今之世。」見〔宋〕蘇軾著，孔凡禮點校，《蘇軾文集》（北京：中華書局，1986），卷49，〈謝梅龍圖書〉，頁1424。

第四章　劉克莊進故事篇章析論（一）

　　由前章對進故事政策施立與代表作家作品的梳理，可以見得進故事為一與時政密切相關的經筵文書，在解讀此類篇章時，必須適時參考寫作當時的朝政議題與作者立場析論。而作者對於故事的取材亦常是「有為而作」，時與其所論旨要結合，倘對此故事於當朝的評價、解讀有所了解，常能就故事本身看出作者進論意圖，進而與其後的論說內容相互佐證。由於兩宋進故事篇章甚多，當中所涉及的時政議題因時、因人而異，作法亦隨之不同，此處難以一一述及。上文已試圖從歷時性的角度自北宋至南宋就進故事演變、發展的角度討論，本章則以個案分析的方式，將時代、作者限縮，以晚宋劉克莊作為代表，將其進故事篇章與其仕宦生涯結合，作較深入的探討。

　　今劉克莊集中卷八十六、八十七為其進故事作品，每篇皆以呈進時間作為篇名，其進呈時間如表四所示：

表四：劉克莊進故事進呈時間

篇　名	進呈時間	備　註
〈進故事・丙午九月二十日〉	淳祐六年九月二十日	第二次入朝
〈進故事・丙午十二月初六〉	淳祐六年十二月六日	第二次入朝
〈進故事・辛亥六月九日〉	淳祐十一年六月九日	第三次入朝
〈進故事・辛亥七月初十日〉	淳祐十一年七月十日	第三次入朝
〈進故事・辛亥九月二十日〉	淳祐十一年九月二十日	第三次入朝
〈進故事・辛亥閏月初一日〉	淳祐十一年閏十月一日	第三次入朝
〈進故事・辛酉正月二十八日〉	景定二年正月二十八日	第四次入朝
〈進故事・辛酉三月十八日〉	景定二年三月十八日	第四次入朝

〈進故事・辛酉六月初九日〉	景定二年六月九日	第四次入朝
〈進故事・辛酉七月十五日〉	景定二年七月十五日	第四次入朝
〈進故事・辛酉八月二十日〉	景定二年八月二十日	第四次入朝
〈進故事・辛酉十月廿九日〉	景定二年十月二十九日	第四次入朝
〈進故事・壬戌寅月初十日〉	景定三年正月十日	第四次入朝
〈進故事・壬戌三月初三日〉	景定三年三月三日	第四次入朝
〈進故事・壬戌七月初六日〉	景定三年七月六日	第四次入朝

　　由表中可見，劉克莊的進故事創作集中在淳祐六年、十一年、景定二至三年，恰爲劉克莊賜第後三度入朝任官之時，此間所作的進故事一定程度地反映劉克莊入朝時關注的時政議題，部分篇章並間接涉及劉克莊起廢的事件經過。爲求較清楚的理解劉克莊進故事寫作背景、相關時政與其政治立場，下文即以其四次入朝時間爲綱，分作兩章析論其進故事創作。本章第一節先概述劉克莊第一次入朝前後的經歷，以求初步了解理宗朝時政議題與其政治立場；第二節則以劉克莊第二次入朝的進故事爲析論重點，以所論事件結合當朝時政與劉克莊集中相關文本展開論述。

第一節　端平元年（1234）第一次入朝

　　端平元年，理宗年三十一甫親政，勵精圖治，意圖中興，其以鄭清之（號安晚，1176～1251）爲右丞相，展開史稱「端平更化」的政治變革。此前，朝政長期把持在權臣史彌遠（1164～1233）手上。史彌遠，字同叔，爲孝宗名相史浩之子。寧宗嘉泰、開禧年間，權臣韓侂胄以「堅寵固位」之故力主開邊北伐，師出屢敗，「蜀口、漢、淮之民死於兵戈者，不可勝數」，時「都城震搖，宮闈疑懼」，然皆畏韓侂胄而不敢言。〔註1〕史彌遠獨力陳危迫之勢，請誅韓侂胄，後更在其謀策下殺之。開禧北伐最終以宋廷從靖康故事與金約定「世爲伯姪之國」、「增歲幣三十萬，犒軍錢三百萬貫」乞和，並依金議，開棺梟韓侂胄首以易淮、陝侵地，國力大傷。〔註2〕而史彌遠則自此事後奠定其政治地位，然眞正致使其得以把持理宗朝政十年之故，仍在其扶持理宗以「側遠」之族即位與其對於「霅川之變」的處理上。

〔註1〕〔元〕脫脫等，《宋史》，卷414，〈史彌遠傳〉，頁12416；卷474，〈姦臣傳・韓侂胄〉，頁13776。

〔註2〕〔清〕畢沅，《續資治通鑑》，卷158，寧宗嘉定元年，頁4275。

先是，嘉定十四年（1221）寧宗立沂王嗣子貴和（？～1225）爲皇子，更名竑，尋以宗室子貴誠（1205～1264）爲秉義郎；隔年進封子竑爲濟國公，貴誠爲邵州防禦使，立竑爲儲君之意愈明。貴誠，初名與莒，爲慶元時史彌遠於宗室子中陰擇以備皇子之選者。〔註3〕時楊皇后與史彌遠專政，趙竑心不能平，嘗謂他日若得志將發配史彌遠於邊，史彌遠聞此事，懼而思處，立貴誠之意愈堅。十七年，寧宗疾篤，史彌遠稱詔以貴誠爲皇子，改賜名昀，授武泰軍節度使，封成國公。隔月帝崩，史彌遠說服楊皇后支持趙昀即位，遣人先詔昀入宮，待趙竑入時，大局已定。《宋史》對時況有生動的記載：

> 昀既至，彌遠引入柩前，舉哀畢，然後召竑。竑聞命亟赴，至則每過宮門，禁衛拒其從者。彌遠亦引入柩前，舉哀畢，引出帷，殿帥夏震守之。既而召百官立班聽遺制，則引竑仍就舊班，竑愕然曰：「今日之事，我豈當仍在此班？」震紿之曰：「未宣制以前當在此，宣制後乃即位耳。」竑以爲然。未幾，遙見燭影中一人已在御坐，宣制畢，閤門贊呼，百官拜舞，賀新皇帝即位。竑不肯拜，震捽其首下拜。皇后矯遺詔：竑開府儀同三司，進封濟陽郡王，判寧國府。帝因加竑少保，進封濟王。〔註4〕

理宗原爲宋太祖十世孫，次子燕王趙德昭的嫡系，然自太宗即位後直到南宋高宗皆爲太宗一脈宗室子即位爲帝。孝宗、光宗、寧宗雖爲太祖一系，然是出自太祖四子趙德芳之後，與理宗非出同脈，燕王一脈的後人發展至理宗輩，與皇室距離已相當疏遠，可謂「僅同民庶」。〔註5〕來自民間的理宗，倘非有史彌遠的大力支援，可謂斷無即位可能，即位後的朝政亦理所當然地仍由史彌遠把持。理宗即位後，濟王出居湖州，「霅川之變」事發於隔年正月，見《宋史》所載：

> 寶慶元年正月庚午，湖州人潘壬與其弟丙謀立竑，竑聞變匿水竇中，壬等得之，擁至州治，以黃袍加身。竑號泣不從，不獲已，與之約曰：「汝能勿傷太后、官家乎？」眾許諾。遂發軍資庫金帛、會子犒

〔註3〕〔明〕陳邦瞻，《宋史紀事本末》，卷88，〈史彌遠廢立〉，頁990。
〔註4〕〔元〕脫脫等，《宋史》，卷246，〈宗室三‧鎮王竑傳〉，頁8736～8737。
〔註5〕此語原出自妻寅亮上書：「今昌陵之後，寂寥無聞，僅同民庶。」見〔宋〕李心傳，《建炎以來朝野雜記》，乙集卷1，〈上德一‧壬午內禪志〉，頁496。關於宋理宗身分、世系參考張金嶺，《宋理宗研究》（北京：人民出版社，2008），頁14。

軍，命守臣謝周卿率官屬入賀，偽爲李全榜揭于門，數彌遠廢立罪，
云：「今領精兵二十萬，水陸進討。」比明視之，皆太湖漁人及巡尉
兵卒，不滿百人耳。竑知其謀不成，率州兵討之。遣王元春告于朝，
彌遠命殿司將彭任討之，至則事平。彌遠令客秦天錫託召醫治竑疾，
竑本無疾。丙戌，天錫詣竑，諭旨逼竑縊于州治。〔註6〕

趙竑之死被以「疾薨」矯飾之，尋被追貶爲巴陵郡公，後又降爲縣公。此事
在晚宋朝中被廣泛議論，先是理宗已有位不正之虞，而寧宗親立之皇子趙竑
出居朝外，竟被逼死並追其莫須有之罪，於仁義、人倫之理不合。理宗既無
實權且此事牽涉帝位正當性，不能作出妥善斷裁，時諸臣如眞德秀等人均曾
進言濟王之冤，後皆爲史彌遠所逐。〔註7〕此後史彌遠專政，獨相秉權近十年，
朝中多爲其黨。雖時有臺諫言其奸惡，然理宗念其立己之功並未有實際懲處。
劉克莊所歷之江湖詩案，即是以〈黃巢戰場〉「未必朱三能跋扈，都緣鄭五久
經綸」與〈落梅〉「東風謬掌花權柄，卻忌孤高不主張」二詩句，遭梁成大、
李知孝等箋以「謗訕時政」，謂有暗諷濟王案與史彌遠之意，同時得罪者尚有
曾極、陳起、敖陶孫等人。〔註8〕事後，劈《江湖集》版，詔禁士大夫作詩，
並貶斥涉案詩人。其中陳起坐流配，曾極謫舂陵而死，劉克莊則賴鄭清之保
全而得以守原官建陽令終任。詩案當下雖未對後村造成直接貶謫，然對其後
仕途仍有影響，據〈行狀〉，後趙至道以「嘲詠謗訕」彈劉克莊，即「毒由梁、
李也」。〔註9〕

　　紹定六年（1233）史彌遠卒，理宗於其卒後「特贈中書令，追封衛王，
謚忠獻」，使「戶部支賻贈銀絹以千計，內帑特頒五千匹兩」，賜「纛、佩玉、
黝繡」，有「遣使祭奠」「遣禮官致路祭于都門外」等禮遇，〔註10〕然朝中已
開始清算彌遠黨羽如梁成大、李知孝等人。〔註11〕隔年改元端平，更化期間
以鄭清之、喬行簡（1156～1241）爲左右丞相，時理宗「親總庶政，赫然獨斷」，

〔註6〕　〔元〕脫脫等，《宋史》，卷246，〈宗室三・鎮王竑傳〉，頁8737。

〔註7〕　〔清〕畢沅，《續資治通鑑》，卷163，理宗寶慶元年，頁4427～4428。

〔註8〕　關於江湖詩案，今人研究論述甚多，此處不俱引。總的來說援引出處不離《鶴
　　　　林玉露》、《齊東野語》、《瀛奎律髓》三書，然三書所載有其異同之處，參程
　　　　章燦，《劉克莊年譜》，〈梅花詩案考〉，頁99～102。

〔註9〕　〔宋〕林希逸，〈行狀〉，收入〔宋〕劉克莊，《劉克莊集》，卷194，頁7549。

〔註10〕　〔元〕脫脫等，《宋史》，卷414，〈史彌遠傳〉，頁12418。

〔註11〕　〔清〕畢沅，《續資治通鑑》，卷167，理宗紹定六年，頁4550。

鄭清之亦「慨然以天下爲己任」。〔註12〕此次更化於內政上最大特點即爲收召
正人、罷黜貪佞、整頓吏治，先前與史黨對立者如魏了翁、眞德秀、洪咨夔
等人皆被起用，執政、監察官員煥然一新，風氣大變，時號「小元祐」。〔註
13〕劉克莊於其〈備對札子〉中對端平更化詔用賢才有過評論：

> 臣恭惟陛下更化以來，登庸一相，號召諸賢，江湖遠屛之人，山林
> 久幽之士，隔絕千里而不見錄者，訪求如不及。近臣骨鯁之言，小
> 臣狂狷之議，薆結二十年而不獲伸者，吐露無餘韻，今相出可謂賢
> 矣。〔註14〕

端平元年春，時劉克莊正攜家赴吉州通判任途中，行至福州，得旨令赴都堂
審察，同時得召者尙有王邁（1184～1248）、陳昉、陳振孫等七人，時號「端
平八士」。〔註15〕此次審察據劉克莊所言，應是賴鄭清之提拔。〔註16〕適眞德
秀爲福建安撫使，以後村「吏材高」辟爲機幕，除將作監簿兼帥司參議官。〔註
17〕夏，眞德秀入爲戶部尙書，後村援例求退，詔以匠簿供職。九月，劉克莊
入京，除宗正寺主簿一職，此乃其首次入朝擔任官職。宗正寺者，從八品官，
主掌「牒、譜、圖、籍」的修纂，〔註18〕今文集中卷八十二、八十三的《玉
牒初草》即爲任上所做，內容「以編年之體敘帝系而記其歷數」，並載「政令
賞罰、封域戶口、豐凶祥瑞之事」，其《玉牒初草》爲今僅存可考的玉牒作品。
〔註19〕據王瑞來先生所考，玉牒與正史本紀的作法、內容皆相當類似，惟記
事角度、範圍不同，部分內容較爲詳盡，類同史籍。眞德秀對劉克莊除此職
一事評爲「方是本色」，〔註20〕可見得後村史才於此時已嶄露頭角。

　　端平二年（1235）六月，劉克莊再以鄭清之薦，遷樞密院編修官兼權侍
右郎官。此二年間劉克莊作有多篇札子，可見其對時政的關切。見〈輪對札

〔註12〕〔元〕脫脫等，《宋史》，卷414，〈鄭清之傳〉，頁12420。
〔註13〕同前註，卷41，〈理宗本紀一〉，頁799。《宋季三朝政要》中謂「時論以端平
　　　　比之元祐」。〔元〕佚名，《宋季三朝政要箋證》，卷1，甲午端平元年，頁69。
〔註14〕〔宋〕劉克莊，《劉克莊集》，卷51，〈備對札子・端平元年九月〉，頁2533。
〔註15〕參程章燦，《劉克莊年譜》，〈端平八士附考〉，頁130～132。
〔註16〕〈雜記〉：「遠薆，晚相，客見其座右寫陳振孫、劉克莊姓名，正夫乃示以前
　　　　啓，俄有堂審之命。」〔宋〕劉克莊，《劉克莊集》，卷112，〈雜記〉，頁4675。
〔註17〕同前註，卷194，〈行狀〉，頁7549。
〔註18〕〔元〕脫脫等，《宋史》，卷164，〈職官志四〉，頁3887。
〔註19〕參王瑞來，〈宋代玉牒考〉，《文獻》，4（1991），頁153～172。
〔註20〕〔宋〕林希逸，〈行狀〉，收入〔宋〕劉克莊，《劉克莊集》，卷194，頁7549
　　　　～7550。

子‧端平二年七月十一日〉：

> 陛下受命於天，柄臣掠功於己。因私天位，遂德柄臣。因德柄臣，
> 遂失君道。……臣竊意陛下內不能平，而哀樂終始，今古罕倫。既
> 得其生，又得其死，非私歟？因私天位，遂疏同氣。因疏同氣，遂
> 失家道。均爲近屬，等是宗藩，或寢園甲第，寵光赫奕，或荒草一
> 丘，祭享寂寥。有司莫敢陳明，行路無不嗟閔，左戚貴冑，聯翩華
> 途，桑霍之萌也；兩邸魚軒，融泄廣內，丁傅之漸也，非私歟？南
> 陽近親，饜奪貧細，郡國不敢問，北司貴臣，憑恃思寵，風憲不敢
> 劾，非私歟？大農告乏，而乘輿後宮之奉，未聞少損，大臣鑄鎊，
> 而重封累將之家，不拔一毫，非私歟？然則天下之心，安得而悅
> 服？……臣謂藥今之病，救今之弊，別無奇策。不過去其私而服之
> 以公，去其輕而鎮之以重而已。夫惟以天位歸諸天命，而不歸諸人
> 力，裁柄臣之恩，然後可以示臣子之戒。雪故王之冤，然後可以召
> 天地之和。〔註21〕

其內容主要環繞理宗以私情優厚近親權臣之弊，辛更儒先生以爲「左戚當指
寧宗楊皇后之甥楊谷、楊石與理宗謝皇后之兄謝奕與其子堂、墅；而「兩邸」
則係指寧宗弟沂靖惠王柄與李宗生父榮王。〔註22〕再查《續資治通鑑》與《宋
史》所載，端平年間內侍陳洵益與女冠吳知谷亦被論以「竊弄威權」、「招權
納賄」等事，〔註23〕亦可能與劉克莊所論相關。而上文中「德柄臣」、「家道」、
「雪故王之冤」等則顯見涉及濟王案。劉克莊於同時的〈錄聖語申時政記所
狀〉亦有「近有御筆，戒飭臣寮，無得言故相事」之載，〔註24〕輔以〈貼黃〉
中「臣竊見苕川之事，出於迫脅。向者止議其罪，不原其情。近者雖復其爵，
未雪其枉，皆議臣過計，非陛下本心……此曹之罪不討，則陛下之謗不解。」
〔註25〕可見即便在理宗即位後十年，朝中皆未能停止對濟王冤案的批評，反
映在朝政任官上即是對於史黨貴戚有升擢斥逐不一的情形，雖貶斥李知孝、
梁成大黨羽，然又一面推尊史彌遠、二楊等人，在理宗角度來看或許是一種

〔註21〕 同前註，卷51，〈輪對札子‧端平二年七月十一日〉，頁2542～2543。
〔註22〕 同前註，箋注3，頁2545～2546。
〔註23〕 〔元〕脫脫等，《宋史》，卷423，〈李韶傳〉，頁12630；〔清〕畢沅，《續資治
通鑑》，卷167，理宗端平元年，頁4561。
〔註24〕 〔宋〕劉克莊，《劉克莊集》，卷51，〈錄聖語申時政記所狀〉，頁2553。
〔註25〕 同前註，卷51，〈貼黃〉，頁2546。

不得不如此的矛盾。

隨著端平更化進行，朝中亦逐漸產生勢力黨派的劃分，二相、諸將之間皆屢有不合、任責不均的問題。〔註26〕理宗急於求用，決策獨斷，發現未有成效即出之，用賢難以久任亦成為問題，劉克莊另一〈輪對札子〉內容即據此而發。此不僅是劉克莊之獨見，時諸臣亦多對此問題提出奏疏，如崔與之即諫理宗是「任之不專，信之不篤」，斥逐「敢諫之臣」，輕棄人才，並言理宗有「獨斷」、「用私」之弊。〔註27〕杜範（1182～1245）亦言理宗「私意未能淨盡」、「溺於私聽」，指出時有「言及貴近，或委曲迴護，而先行丐祠之請；事有掣肘，或彼此調停，而卒收論罪之章。亦有彈墨尚新而已頒除目，沙汰未幾而旋得美官，自是臺諫風采日以鑠，朝廷紀綱日以壞」等用人問題，〔註28〕立意與劉克莊奏札相近。

除用人之事外，劉克莊亦對南宋長期面臨的兵政與財政問題提出見解。更化期間，於外政上正面臨金亡後與蒙古當和或戰的問題，其中「端平入洛」所引發的爭議廣為眾臣討論。端平元年春正月，史嵩之（1189～1257）以刑部侍郎權京湖安撫制置使兼知襄陽的身分，指揮孟珙同蒙古兵圍蔡州；戊辰，史嵩之以露布告金亡。趙范（1183～1240）、趙葵（1186～1266）等主張當趁此時出師收復三京，朝臣如史嵩之、杜杲、右相喬行簡等多以為未可，惟左相鄭清之主之。多數意見以為此舉過於輕率，時宋朝內政未定、軍備錢糧不足，此時敗盟無疑「開釁致兵」，將使宋朝「進退失據」。〔註29〕然理宗甫親政，力致中興，急於建功，不顧諸臣上疏諫言，仍於端平元年六月詔出師收復三京。在趙葵主張之下，全子才、徐敏子、楊誼等自各路至洛陽會合，期能收復。初時確曾取得一些成績，如全子才甫至汴京時，得李伯淵、李琦等人來降；徐敏子至洛陽時得民庶三百人降，不過當時洛陽近似廢城，徐軍入洛隔日即面臨乏糧問題。後，蒙古聞此事，引兵南下，先襲時在洛東三十里處的楊誼一軍，楊師大潰，八月至洛城立寨，徐敏子與戰雖勝負相當，然乏糧問題愈趨嚴重，最終僅能班

〔註26〕《續資治通鑑》：「閏月，壬戌朔，祕書省正字王邁，言並命二相，宜鈞責任，帝曰：『朕當戒諭二相，使之同心協力，共濟國事。』邁曰：『若不戒飭，恐成朋黨之風。』帝曰：『朕任清之甚專，但以天下多事，非一相所可理，故以行簡輔之。行簡之用，斷自朕心。』」據其所載，知當時確有任責不均的問題。〔清〕畢沅，《續資治通鑑》，卷168，理宗端平二年，頁4577。

〔註27〕同前註，頁4576。

〔註28〕同前註，頁4583。

〔註29〕同前註，卷167，理宗端平元年，頁4563。

師而回。而時在汴京的趙葵與全子才，以史嵩之不致餽之故，「糧用不繼」，「所復州縣，率皆空城，無兵食可因」，又逢蒙兵決黃河水灌之，官兵多溺死，率皆引師南還。十二月，蒙古遣王楫來責敗盟，此後「河淮之間無寧日」。〔註30〕先前參與「收復三京」的趙、徐、楊等人皆被劾，鄭清之亦飽受批評，理宗於隔年下詔罪己，宋朝對蒙古的關係處理上轉趨保守。〔註31〕此間劉克莊曾對當時情勢發表意見，如其〈備對札子・其二〉言：

> 臣聞：禍敗之來，常患於不知，與知之而不憂。女眞既滅，韃與我鄰。重兵潰於游騎，厚禮加於小使。朝野凜然，如控絃百萬之臨境，可謂知所憂矣。然臣猶以爲未知所以憂也，……今之韃戎，變詐不過如操，強盛不過如堅，凶殘不過如亮。假令傾國大入，是天亡此胡，使之送死，而謀臣勇將奮躍以立功名之機也。何以深憂爲哉？臣之所憂者，今之將帥，德望未必如浩，材能未必如溫，器識未必如袞，而鳴劍抵掌，坐談關河，鼻息所衝，上拂雲漢，非笑蔡謨、王羲之、孫綽不可易之言，經營王鎭惡、到彥之、哥舒翰不能守之地，一舉而僨軍，然猶未懲。臣恐再舉而覆國矣。……臣非敢佐懦者之論，沮銳者之氣，而爲妄庸偷安者之地也。蓋憶兆之命，不可以寡謀試；強大之敵，不可以虛氣吞。世有患虎暴者，必於其來往出沒之途，預設弓矢陷穽以待焉。一旦咆哮而至，其斃必矣。若徒手入山林，袒裼而搏之，馮婦之勇也。今日之計，將爲下莊子乎？抑爲馮歸乎？昔人有言：「天下大事，豈堪再壞？」惟陛下與大臣謹之重之，臣不勝惓惓。〔註32〕

據其所言，並不贊成趁金亡之時趁機攻蒙，認爲「與韃尋釁，是以待讎二道待鄰也」，應與蒙古和。然與之和亦有其條件，其〈貼黃〉即言：「但其事在於數年之外，此數年之內，修實政，養力□，使士馬彊、保障厚，藩籬固，

〔註30〕 三京指東京開封府、西京河南府、南京歸德府，據考，時「河南軍民死者以十萬數」，對宋朝國力損害甚大。關於此戰經過，可參〔明〕陳邦瞻，《宋史紀事本末》，卷92，〈三京之復〉，頁1037～1042。

〔註31〕 其後，諸臣對此戰役惡化宋蒙關係多有批評，如寶祐三年兼給事中王埜言：「國家與大元本無深仇，而兵連禍結，皆原於入洛之師輕啓兵端。」稍後，權中書舍人陳大方亦言：「劉子澄端平入洛之師，貫勇贊決，北兵方入唐州界，子澄已率先遁逃，一敗塗地，二十年來，爲國家患者，皆原於此，宜投之四裔。」〔元〕脫脫等，《宋史》，卷44，〈理宗本紀四〉，頁854、856。

〔註32〕 〔宋〕劉克莊，《劉克莊集》，卷51，〈備對札子・其二〉，頁2537～2538。

可以與之戰，則可與之和矣。」〔註33〕待準備充分後，再議戰事亦不遲，此
觀點直至辛亥年間皆未改變。其〈進故事・辛亥閏月初一日〉中即再引述蔡
謨（281～356）、王羲之（303～361）、孫綽（320～377）反對北伐興戰語，
並以當朝趙范、趙彥吶作為興戰致敗例，謂蔡、王、孫之言「蓋英雄豪傑之
所誚侮以為怯懦者。然自晉至今，欲保守金甌使之無缺者，終不能易此論也。」
〔註34〕其舉例與上述端平札子有重合處，旨意亦相同，皆是不以出兵興戰為
是。此實與一般以「辛派詞人」、「愛國詞人」等詞標舉劉克莊所賦予讀者的
既定印象有所差距。要之，劉克莊詞風雖屬豪放一派，然其政治立場與辛棄
疾於〈九議〉中力主北伐「恢復」的主戰觀念絕不相同，〔註35〕二者面臨的
外患情勢亦有別，值得注意。

　　對於與戰事相伴而生的財政問題，劉克莊在〈備對札子〉中提出解決方
法，其言：

> 臣竊惟財用不足，今日不可藥之病也。先朝或出內藏庫數百萬以助
> 大農，今內帑有照，外廷不得而會矣。前世或稅於農，或榷於商賈，
> 今稅榷俱重，不可復加。……臣有裕國寬民之要方……一曰罷編戶
> 和糴之擾。計產拋數，非其樂從，低估高量，幾於豪奪。歲歲為民
> 患苦，故曰罷之善。或曰：「軍旅乏興，水旱無備，則奈何？」臣謂
> 與其糴於中下之戶，孰若糴於富貴之家？……臣愚以為，此類宜合
> 所居郡縣，各按版籍，十糴其七。若旁部鄰縣之僑產，則全糴焉。
> 糴十年止，十年之外，國用少紓，則給其直。臣聞安邊所官田，歲
> 可收三千萬斛。此數家者，歲可糴數十萬斛，則編戶可以勿糴矣。
> 二曰追大吏乾沒之贓，比年顯聞之臣、尹京之臣、總餉之臣、握兵之
> 臣、擁麾持節之臣，未有不暴富者。……臣愚以為，此類宜令有司覆
> 其簿籍，前所乾沒，今昔追取，別儲之以備邊費，亦一策也。〔註36〕

此文作於端平元年，然未有機會奏陳。理宗朝時，正面臨「百物日漸衰耗，
小民愁苦，大不聊生」的財政窘境，〔註37〕理宗於端平時期針對財政亦有措

〔註33〕同前註，〈貼黃・又〉，頁 2540。
〔註34〕同前註，卷86，〈進故事・辛亥閏月初一日〉，頁 3711～3712。
〔註35〕〔宋〕辛棄疾撰，鄧廣銘輯校，辛更儒箋注，《辛稼軒詩文箋注》，收入鄧廣
　　　　銘，《鄧廣銘全集》冊 3（石家莊：河北教育出版社，2005），〈九議〉，頁 448
　　　　～465。
〔註36〕〔宋〕劉克莊，《劉克莊集》，卷 51，〈備對札子・三〉，頁 2540～2541。
〔註37〕〔宋〕袁甫，〈秘書少監上殿第二劄子〉，收入《全宋文》冊 323，卷 7429，

置籴場、整頓田制等舉措，然成效有限。其中，寧宗朝後爲了補足赤字，朝中濫印楮幣而導致通貨膨脹的問題日益嚴重，劉克莊於札子中亦曾提及「於是日造楮十六萬以給調度，楮賤如糞土，而造未已」，〔註38〕以爲當今之計惟沒數十贓吏之貲以濟財政。而此「追大吏乾沒之贓」的建議，後村於其後〈進故事・辛酉正月二十八日〉中藉論評李絳建議以李錡（741～807）贓產「代貧民租稅」故事的機會再次提出，言今當法寧宗「以前後簿錄諸大姦贓家貲田產，別爲景定安邊所」，以錢助糴本，粟補和糴，〔註39〕所論與端平此札類似，可知劉克莊其後諸多政務想法於端平年間已大致成形，而財政向爲其關注議題之一。其隔年〈貼黃〉中亦見相關內容：

> 臣蒙恩兼郎，竊見本選在籍小使臣一萬三千九百餘人，內奏補五百五百餘人，宗室三千六百餘人，吏職軍班各千人。而武舉不滿五百，軍功不滿千，以恩澤入仕者如此之多，臣因以知名器之濫予；以材武自奮者如此之少，臣因以知武功之不競，而又有鬻爵一塗。已參注者二千一百餘人，來者源源未已，皆注監當。而監當闕，皆十二年以上，六七人共守一闕。臣恐數年之後，充塞銓部，皆以貲爲郎之人，而仕進之塗愈狹矣。臣謂國用不足，固今日急務，然生財之道非止一端，鬻爵之令可以已矣。惟陛下與大臣熟議焉。〔註40〕

較之前作，更提出具體數據做爲參考，愈加確切。蓋官吏冗雜、未有實才爲宋朝南渡以來的一大問題，據張金嶺先生所考，理宗於此議題上亦曾屢次要求官僚不得私自薦舉、削奪官職，並詳加規定敘遷資格並經過考核，犯貪贓罪者永不授予官職，於整頓吏治上有其舉措，劉克莊此札可謂扣緊時弊而發。端平年間，劉克莊雖未具「進故事」資格，然比較其日後所進故事的內容，可知當中觀點不少皆本於其端平所奏，由中能見得其立論雛形。

　　端平三年，蒙古數侵宋，陸續破襄陽、隨、郢、荊門、德安、興元、會州、成都等地，理宗下詔罪己開釁挑邊，鄭清之、喬行簡相繼罷去，劉克莊於此年亦被罷歸里。此次被劾原因，可見吳昌裔（1183～1240）奏疏內容：

> 樞密院編修官兼侍右郎官劉克莊，纖能而小慧，亦一利口也。蚤雖

頁 323：相關論述參考張金嶺，《宋理宗研究》，頁 114。
〔註38〕〔宋〕劉克莊，《劉克莊集》，卷 51，〈備對札子・三〉，頁 2540。
〔註39〕同前註，卷 86，〈進故事，辛酉正月二十八日〉，頁 3713～3715。
〔註40〕同前註，〈貼黃〉，頁 2552～2553。

能文，見謂輕薄。眞德秀其師也，平昔受知，出入其門。及德秀疾病，則遂奔競而他往。曾從龍其所主也，督府幕屬，皆其所擬。及上命督趣，則又變其說以沮行。王邁其鄉人也，平時握手，出示肺肝，及爲臺評所點，則遂拒戶而不見。既背其師，又誤其主，又不得譽於鄉黨朋友如此。至於刺探時事以聞大臣，傳誦風旨以諭臺諫，心術巇險，人皆畏之，豈可以久居編摩之選哉？〔註41〕

這些指控，考劉克莊行跡即知未必如吳昌裔所言。實際的原因據〈墓誌銘〉、〈行狀〉與其晚年回憶的〈雜記〉所載，是因當時傳劉克莊將受「錫第表郎」，中書舍人吳泳「忌公軋己，遂以其弟昌裔疏罷」，遂歸主玉局觀。此次被劾，實可謂是莫須有之罪，鄭性之亦以克莊「去非其罪」言於朝。〔註42〕據劉克莊自記將離去時，吳泳、游似（？～1252）爲踐之景：

後余爲季永所論。叔永與游果山聯騎餞余湖山，叔永云：「某不意舍弟如此。」余曰：「人各有所見。昔黃魯直除右史，蘇黃門不肯押省札而寢，不以魯直乃坡公之客而少恕，其來久矣，何足怪也？」公笑云：「天下乃有故事，親切如此。」一笑而散。〔註43〕

可見後村於此事尚能泰然處之。隔年，改元嘉熙，劉克莊改知袁州。六月時臨安大火，其因前曾論濟王事，與方大琮（1183～1247）、王邁、潘牥（1204～1246）等俱被劾去。見《宋季三朝政要》所載：

六月〔按：《續資治通鑑》作五月壬申〕，行都大火，由巳至酉，延燒居民五十三萬家。士民上書，咸訴濟王冤者。侍御史蔣峴，史黨，獨唱邪說，謂火災天數，何預故王事？遂劾方大琮、王邁、劉克莊鼓扇異論，同日去國。并斥進士潘昉〔牥〕姓同逆賊，語涉不順，皆論以漢法。日後群臣無敢言者。〔註44〕

此次大火災情嚴重，有詔「蠲臨安府城內外征一月」，理宗「避正殿、減常膳」，「出內府緡錢二十萬給被焚之家」。〔註45〕時詔求直言，潘牥、史彌鞏等上疏

〔註41〕〔宋〕吳昌裔，〈論四都司疏〉，收入《全宋文》冊323，卷7416，頁89。

〔註42〕參洪天錫〈後村墓誌銘〉及林希逸〈行狀〉，見〔宋〕劉克莊，《劉克莊集》，卷195，頁1569；卷194，頁7551。

〔註43〕同前註，卷112，〈雜記〉，頁4668。

〔註44〕〔元〕佚名，《宋季三朝政要箋證》，卷1，丁酉嘉熙元年，頁99。

〔註45〕〔清〕畢沅，《續資治通鑑》，卷169，理宗嘉熙元年，頁4602。

奏言濟王事,俱貶之。後村等三人以前語被劾,徐鹿卿(1170～1249)贈以詩,言者並劾之,出知建昌軍。〔註46〕嘉熙大火一事於後村文集中屢被提及,書簡、碑誌文皆見後村於當中自記此事。〔註47〕蔣峴初與克莊等人善,克莊晚年回憶此事,以爲蔣峴此舉「其意不過欲釣取高位爾」,而「天子察其爲人,終不大用」。〔註48〕受此劾影響,後村被奪袁州、方大琮罷右史、王邁失漳倅,然未幾三人又被擢用,惟潘牥免官後終生「僅爲學官一倅而卒」。〔註49〕嘉熙年間,劉克莊歷任知袁州、廣東提舉、廣東轉運判官、俄兼攝安撫司、船舶司事,在新任安撫使到任前並攝帥職,後直至淳祐年間復入朝爲官。

　　本節主要梳理劉克莊端平首次入朝前後的重要政治議題與其經歷,當中如濟王案、端平更化等於劉克莊集中屢可見得相關記述,其早年經歷如江湖詩案、端平召對等亦多少與二事件相關。此次入朝,劉克莊雖未獲得進故事資格,然從其各奏札所論財政、戰事等議題,已能見得其日後進故事的論點基礎。嚴格說來,劉克莊此時官職並不高,然其無懼於身分,每每在奏札或面對理宗時勇於論事,當中偶涉及爭議性較大的政治議題亦敢於發論,直指朝廷缺失。這樣的舉動或基於其性格、或與其汲汲求用相關,一定程度地爲劉克莊招致一些好評,然如此直言進諫的性格實造就其後來於勢力更迭的朝廷中難以立足,屢次成爲論者彈劾目標,詳見後文。

第二節　淳祐六年(1246)第二次入朝

　　淳祐六年四月,劉克莊時於江東提刑任上,有旨令赴行在奏事,至京後入對三札,首札論及近年史嵩之專政的「委任之失」;次札奏請理宗召用先前因濟王案被逐之人,以聚善類;三札謂今江東當以「恤流民爲急」,朝廷當先培養民力復有攘外之可能,蓋皆出自其數年歷官觀察。〔註50〕三札對畢,劉克莊退見右相游似,坐未定,宸翰至,宣詔賜第:「劉某文名久著,史學尤精,可特賜同進士出身,除秘書少監,令與尤焴同任史事。庶累朝鉅典,早獲成

〔註46〕同前註,頁4604。
〔註47〕以下略舉數文爲例:〔宋〕劉克莊,《劉克莊集》,卷133,〈答洪帥侍郎〉,頁5332;卷141,〈丁給事神道碑〉,頁5615;卷144,〈徐待制侍郎神道碑〉,頁5713;卷152,〈潘庭堅墓誌銘〉,頁5987。
〔註48〕同前註,卷152,〈潘庭堅墓誌銘〉,頁5988。
〔註49〕同前註,卷133,〈答洪帥侍郎〉,頁5332。
〔註50〕三札內容參〔宋〕劉克莊,《劉克莊集》,卷52,頁2559～2571。

書。」〔註51〕次日，再命克莊兼國史院編修官、實錄院檢討官。對於這次拔擢，劉克莊稱此是「徧歷生夢想不到之境界，躐取他人數十年躋攀不可上之官職」，儘管其「厭閒退而喜進用，特甚於他人」，〔註52〕然當下四度辭絕，究其因除當時以辭為謙退的禮節外，尚有其對此異恩的忌畏與考量。〔註53〕又三日，再有御筆命兼崇政殿說書，遂使劉克莊具備「進故事」資格。對於此令，劉克莊再辭，以為經學實非所長，「尚不敢當史筆之纂述，將何以裨帝學之緝熙？」〔註54〕然理宗不允，並於兩個月之後再以御筆命劉克莊兼權中書舍人，接連拔擢如此。

此次賜第是否如劉克莊所擔心，招致部分士人的反彈？在現存史籍中並未見得直接記載，而上文所謂「文名」、「史學」等稱譽或可由劉克莊著作中推得其實。今劉克莊集中含有豐富的詠史詩作，於序跋文中則能見得時人以自著史籍見呈、與人論史等情形，再參以劉克莊作有大量與史學密切相關的碑誌文類，當中屢言「所書皆有稽據，無一字虛美」、「吾銘必傳」、有意識地為「補史」而作，〔註55〕皆能見得其對史學有所關注。於文名方面，宋末元初亦多見時人稱頌，屢見稱引其序跋內容，或將其作品當為品評標準，多將後村散文與陸游、葉適、洪咨夔等人並舉。如方大琮謂其「文字今世鮮比，而通古今、熟典故，可裨廟議」；時人謂其碑誌文「論正」、「知言」；元朝程端禮則以為做「四六章表」當學劉克莊；劉壎亦謂其「少時熟視劉後村集」、「後村劉潛夫力學陸體，故代言之作、應用之文皆非時輩能及」，並評論後村諸制「筆力高妙，不假琱鐫，而用事尤精切」等。〔註56〕對照〈行狀〉、〈墓

〔註51〕同前註，卷76，〈辭免賜同進士出身除秘少狀・丙午〉，頁3445。

〔註52〕同前註，卷129，〈與鄭丞相書〉，頁5240、5241。

〔註53〕劉克莊於其辭免奏疏中屢次提及陸游、李心傳、曾鞏、陳師道等身分與其相類，然未獲如此擢升者，以示此恩命之罕見與不妥。同前註，卷76，〈辭免賜同進士出身除秘少狀〉，頁3445～3448。

〔註54〕同前註，〈辭免兼殿講第二狀〉，頁3450。

〔註55〕同前註，卷162，〈直寶章閣羅公墓誌銘〉，頁6341；卷163，〈黃德遠墓誌銘〉，頁6379；卷134，〈回劉汀州書〉，頁5365。

〔註56〕〔宋〕方大琮，〈與李丞相書・三〉，收入《全宋文》冊321，卷7374，頁217；〔宋〕林希逸，〈給事丁先生奏議跋〉，收入《全宋文》冊335，卷7733，頁357；〔元〕程端禮，《程氏家塾讀書分年日程》，《叢書集成新編》第3冊（臺北：新文豐出版社，1985），卷2，〈學作文〉，總頁13；〔元〕劉壎，《隱居通議》，《叢書集成新編》第8冊，卷3，〈莆陽老艾〉，頁394；卷21，〈劉後村諸制〉，頁442；卷23，〈馮初心諸作〉，頁447。

誌銘〉所載行跡或能推測，劉克莊的散文「文名」與「史學」於當時的確獲得一定程度以上的認同與肯定，且至少在元初仍備受稱頌，是以理宗應曾聽聞他人舉薦與傳言知曉，遂有此賜第之舉。

此年九月，劉克莊首次呈進其進故事作品，於〈進故事・丙午九月二十日〉中引述呂后時陸賈（240 B.C.～170 B.C.）告誡陳平（？～178 B.C.）應使「將相和」以破呂氏計謀故事，於論說中先針對此史事論評，再引述歷代種蠡、廉藺等「將相相和之驗」證之，願皇帝取法。〔註57〕全文遵循進故事規範，持論平正，與前述「君德」主題一類作法相類。十二月六日，劉克莊再以經筵官身分呈進〈進故事・丙午十二月六日〉一文：

> 紹興元年，秦檜拜右相。二年，罷爲觀文殿學士奉祠。上召翰林學士綦崈禮曰：「檜言南人歸南，北人歸北。朕是北人，將安歸？」又曰：「檜自言使臣爲相，可聳動天下。今無聞焉。」又洒御筆付崈禮曰：「檜不知治體，信任非人，人心大搖，怨讟載路。」崈禮以聖語著之訓詞，尋以殿中侍御史黃龜年累疏奪職。又詔以親札及檜罪布告中外。五年，檜資政殿大學士。六年，復觀文殿學士知溫州，改知紹興府。檜乞暫奏事，入見，除醴泉觀使兼侍讀。俄令權赴尚書省治事。七年除樞密使，八年拜右相兼樞密使，九年左相趙鼎罷，十一年韓世忠、張俊、岳飛罷兵柄，飛坐誅，檜拜左相。十二年拜太師，二十五年檜薨。出《實錄》及《檜傳》。
>
> 臣恭惟高宗皇帝聰明聖武，侔德周宣，漢光中興之英主也。初罷檜相，明斥其罪，形之親札，載之訓辭，榜之朝堂。又奪其職名，天下謂檜不復用矣。後五年再入，又二年再相，在位十九年然後死。
>
> 臣按：遷蹕錢塘，本趙鼎之謀也。時和議已有萌矣，何使鼎與諸賢主謀於內，諸名將宣力於外，必不專恃和，雖和必不至於甚卑屈。於是惟檜用計逐鼎，挾虜自重，高宗始欲和約之堅，舉國以聽。然大柄一失，不可復收。甚眷鼎浚，而鼎浚不得不貶；甚眷世忠俊，而世忠俊不得不罷。甚眷飛，而飛不得不誅。甚惡熺，而熺爲執政。一時名臣如李光、王庶、曾開、晏亨〔敦〕復、李彌遜、胡寅、張九成、胡銓諸人，或過海，或投荒，或老死山林。專欲除人望以孤

主勢，此猶可也；其甚者陰懷異志，撼搖普安，雖至尊亦有靴中匕首之防，甚矣姦臣之可畏哉！其既退也，必有術自通以媒復進，其復進也，必有術自固而不復退。謀伏既退之時，禍烈於復進之後，臣於檜之始末有感焉。若夫無檜之功，有檜之罪，以一身戰九州四海之公議，要領獲全，毫毛無傷，其姦慝之狀不形之親札，不載之訓辭，不榜之朝堂，不付出諫官，御史論疏不削奪，他日安知不如檜之覆出乎？惟聖主留意。〔註58〕

此文依內容可分作三部分，第一部分「紹興元年……檜薨」為秦檜故事的引述，文中僅對秦檜首次罷政的情形有較細節的描述，復官後的事蹟則是以紀年形式擇其要者條列，未涉及事件的詳細內容；第二部分「臣恭惟高宗皇帝……臣於檜之始末有感焉」為劉克莊對此段故事的說明與評論，以為秦檜掌政專權盡逐名臣，「禍烈於復進之後」；第三部分「若夫無檜之功……惟聖主留意」則是劉克莊借鑑此故事後對今日時務提出的勸諫，希望理宗能慎防「有檜之罪」受公議抨擊者再次「覆出」，為本文主旨。

在第一部分引述故事的內容中，有別於一般論及秦檜時著重的「屈己和議」論題，劉克莊於故事中略去了對此部分議題的引述，取而代之的是著重秦檜初次罷政時高宗對其的批評之語，其原文見《宋史·秦檜傳》：

前一日，上召直學士院綦崈禮入對，示以檜所陳二策，欲以河北人還金國，中原人還劉豫。帝曰：「檜言『南人歸南，北人歸北』。朕北人，將安歸？檜又言『為相數月，可聳動天下』，今無聞。」崈禮即以上意載訓辭，播告中外，人始知檜之姦。龜年等論檜不已，詔落職，牓朝堂，示不復用。〔註59〕

所謂「南人歸南，北人歸北」，乃秦檜在建炎四年自金歸宋，初見高宗時所提出的策略，其以為「如欲天下無事，須是南自南，北自北；遂建議講和；且乞上致書左監軍〔完顏〕昌求好。」〔註60〕此建議意指將各地百姓依其原籍分別歸返金朝、偽齊，表面上看似各自安居，互不侵擾，然若考量到當時南宋軍隊主力多來自陝西、河東、河北一帶，此無疑是變相地「瓦解南宋的武裝力量」，並限制華北、中原一帶居民不可投奔南宋，等於正式承認關隴、華

〔註58〕同前註，卷86，〈進故事·丙午十二月初六日〉，頁3703～3705。
〔註59〕〔元〕脫脫等，《宋史》，卷473，〈秦檜傳〉，頁13751。
〔註60〕〔宋〕李心傳，《建炎以來繫年要錄》，卷39，建炎四年十一月丙午，頁734。

北、中原之地歸金朝所有，枉論收歸失地。〔註61〕紹興元年，秦檜與呂頤浩（1071～1139）相繼入相，秦檜於朝中開始培植朋黨，高宗猶警之，特下詔戒「分朋植黨，互相傾搖」。〔註62〕而秦檜初時入朝謂「若用臣為相，有聳動天下事」的二策，其時未見有顯著效果，更加深高宗欲逐秦檜的決心。時黃龜年累疏論秦檜「專主和議，沮止國家恢復遠圖，且植黨專權，漸不可長」，〔註63〕公議紛紛，高宗終以御筆令綦崇禮作制詞罷秦檜政，當中謂：

> 自初豫政，疑若獻忠。從其長，則未嘗盡爭於當然；私於朕，則每獨指言為不可。遂令代相，倚以為邦，務推勿貳之誠，庶盡欲行之志。自詭得權而舉事，當聳動於四方，逮茲居位以陳謀，首建明於二策。周燭厥理，殊乖素期。念方委聽之專，更責寅恭之效。……而乃憑恃其黨，排擯所憎。進用臣鄰，率面從而稱善；稽留命令，輒陰誹以交攻。……於戲！予奪在我，豈云去朋黨之難；始終待卿，斯無負於君臣之誼。〔註64〕

此文責詞之切，可見得高宗當時貶黜秦檜時的決然。然前後不過三、四年時間，高宗又在時相趙鼎（1085～1147）與張浚（1097～1164）的矛盾進一步加劇之際，聽從張浚所薦召復秦檜，此後一路重用。劉克莊以為秦檜復相後造成的朝廷動盪，「其禍烈於復進之時」，在其後第二部分的論說中作了補充，大意以為秦檜秉政，諸名臣雖得高宗眷顧卻不得不罷退，是將朝中勢力簡單的劃歸為秦黨與非秦黨二派。此中對高宗朝事的評論固然為當時公議的部分呈現，不過若參以相關資料，可知這樣的論述實有些粗淺。〔註65〕蓋文中提及諸臣雖皆與秦檜有忤而貶官，〔註66〕然導致其未能得勢的理由，往往是高

〔註61〕 韓酉山，《秦檜研究》（北京：人民出版社，2008），頁28～30；鄧廣銘，《岳飛傳》（北京：人民出版社，1983），頁84。

〔註62〕 〔宋〕李心傳，《建炎以來繫年要錄》，卷53，紹興二年四月癸未，頁933。

〔註63〕 同前註，卷57，頁999。

〔註64〕 〔宋〕綦崇禮，〈除秦檜特授觀文殿學士提舉江州太平觀依前通奉大夫食邑食實封如故任便居住制〉，收入《全宋文》冊167，卷3641，頁183。

〔註65〕 劉克莊此處對秦檜的評論應是據當時部分公議而發，文中未見其提出獨出的、有別於當時對秦檜評價的言論，相較於《朱子語類》對秦檜、高宗朝事的議論，劉克莊此處的評論確實較為粗略。參〔宋〕黎靖德編，《朱子語類》（北京：中華書局，1994），卷131，〈中興至今日人物上〉，頁3141、3143、3158、3162；廖玉蕙，〈論宋人筆記中的秦檜〉，《中正嶺學術研究集刊》，14（1995），頁135～164。

〔註66〕 詳參〔元〕脫脫等，《宋史》，卷360，〈趙鼎傳〉，頁11293～11295；卷361，

宗、秦檜主和一派與主守、主戰等各式政治勢力交錯下的結果。更甚者，這些名臣之間亦互相壓軋，例如作爲主守派代表的趙鼎與主戰派代表的張浚於共相時，對於權力劃分與面對偽齊劉豫來襲等事時數次意見不合，終導致趙鼎去位，連帶製造秦檜趁隙而入的時機；〔註67〕張浚在積極主張抗金的同時，「對高宗的媾和活動實際上並不反對」；〔註68〕岳飛曾因與張浚對淮西用兵意見不同，以「與宰相議不合」之故乞解官，張浚謂此舉是「意在要君」；〔註69〕岳飛在受秦檜迫害時，則是因「力贊和議」的張俊提供不實罪狀而入獄等，〔註70〕諸多證據均顯示當時所以能造就秦檜專權、名臣盡去的情勢，未必僅止於劉克莊所論是秦檜憑藉「權術」奪政所致。同時，劉克莊亦將高宗紹興年間備受爭議的對金屈和議題，歸咎於是秦檜專政、賢臣不得施展的結果，對於和議本身是非並未有太多著墨，而其「雖和必不至於甚卑屈」亦隱約能見得其對於和議並非完全排斥。若再參考前節對劉克莊入朝召對時針對「端平入洛」一事所發表的意見，則知其在面對戰事時實較傾向「先和，伺機培養實力再戰」的立場，實際上此立場直至晚年都沒有改變，其後甚至因主張偏安而被劾去位。〔註71〕此處，劉克莊於引述故事時著重描述秦檜首次罷政時的情景，其後僅以繫年列舉其二次掌政後接連升擢的歷官，未再涉及當中詳細事蹟，究其作法緣由，在於欲突出秦檜在看似無復用可能的奪職後，卻又能以權術復職進官，造成朝廷動盪，達成其欲告誡理宗「嚴禁奸臣覆出」的旨要；而其未就與秦檜最爲相關的「與金議和」主題發表議論，除了是基於本篇論旨，爲不模糊焦點而不多發表意見外，亦不排除當中有刻意避開敏

〈張浚傳〉，頁 11305～11306；卷 363，〈李光傳〉，頁 11341～11342；卷 364，〈韓世忠傳〉，頁 11368；卷 365，〈岳飛傳〉，頁 11393～11394；卷 369，〈張俊傳〉，頁 11475～11476；卷 374，〈張九成傳〉，頁 11579；〈胡銓傳〉，頁 11582；卷 381，〈晏敦復傳〉，頁 11738～11789；卷 382，〈李彌遜傳〉，頁 11775～11776；卷 435，〈胡寅傳〉，頁 12921～12922；卷 473，〈秦檜傳〉，頁 13751～13754、13758～13759。

〔註67〕同前註，卷 360，〈趙鼎傳〉，頁 11290～11291。

〔註68〕何忠禮，《南宋政治史》，頁 55。

〔註69〕〔宋〕李心傳，《建炎以來繫年要錄》，卷 110，紹興七年四月丁未，頁 1785；〔元〕脫脫等，《宋史》，卷 28，〈高宗紀五〉，頁 530。

〔註70〕同前註，卷 369，〈張俊傳〉，頁 11475。

〔註71〕淳祐十一年劉克莊〈進故事·辛亥閏月初一日〉中有此主張，後監察御史鄭發以「觀望畏敵」論罷，除職予郡。〔宋〕劉克莊，《劉克莊集》，卷 86，〈進故事·辛亥閏月初一日〉，頁 3711～3712。

感議題、「爲尊者諱」的可能，從中亦隱約透露劉克莊自身對於當前外患戰事的看法。

以進故事的取材而言，此篇選用「秦檜」此一具有爭議性的權臣作爲故事，相較於一般進故事的取材確有其獨到之處。綜觀兩宋進故事作者所選用的故事題材，多半爲歷朝皇帝的良言善行、大臣對時務提出的意見或值得後世效法的舉措等，〔註72〕大抵而言正面事蹟、形象的數量遠過於負面者。而在多達百則以上的宋朝故事引用中，許是由於仍屬本朝範圍，不宜妄自對祖宗、先臣作負面評判，除劉克莊此則故事所引述的秦檜外，全爲正面的人物事蹟，其中又以仁宗最常被引述，孝宗、眞宗次之。單就兩宋所引述的十則高宗朝故事來看，其引述題材亦多爲高宗對立儲、涵養人才、災異等時務所提出的見解，相較於此，劉克莊選擇極具爭議性的秦檜作爲引述對象，顯得尤其不同且引人注意。筆者好奇的是，劉克莊此處爲何要刻意跳脫一般用事選擇此一人物作爲引述故事？又，結合此篇進故事第三部分論旨所言，作此文時應有一指涉對象，此人「無檜之功，有檜之罪，以一身戰九州四海之公議」，此時雖暫時罷退，然他日有可能「如檜之覆出」，希望理宗能戒其再度入朝用事。文中雖未明指此人身份爲何，不過劉克莊顯然以爲理宗見此文即知曉其背後指涉，是以不需要也不便在文中揭露此人姓名。那麼，此人的身分究竟爲何？當中指涉的具體事件爲何？劉克莊如何運用、評論秦檜故事使時人能自然聯想其指涉事件？

綜觀劉克莊文集可以發現，其於淳祐年間所作的奏議與相關記事數次引述「秦檜」故事，如〈召對札子〉稱秦檜專權甚久；〈直前十月十一日疏留中閏十月論罷〉謂秦檜挾虜要君，再相之初籠絡名士，後皆逐之；《披垣日記》言秦檜挾撻辣之智恐恫高宗、綦崇禮以高宗御筆草秦檜制等事；〈樞密鄭公行狀〉記鄭寀有疏謂秦檜再相蔽欺日深……等。〔註73〕這些文章中所提及的秦檜故事，與上文進故事中著重談論的秦檜「初罷草制」、「再相爲害」、「專權逐賢臣」等事蹟有諸多重合之處，作年接近，旨要亦類似，皆是希望皇帝勿將國事託付予類檜者。若再對參淳祐年間時政與文章內容，則可知〈召對札

〔註72〕 見附錄一整理。

〔註73〕 〔宋〕劉克莊，《劉克莊集》，卷52，〈召對札子‧淳祐六年八月二十三日〉，頁2559～2562；〈直前‧十月十一日疏留中，閏十月論罷〉，頁2583～2584；卷80，《披垣日記‧奏乞坐下史嵩之致仕罪名狀‧十二日》，頁3561～3563；卷169，〈樞密鄭公行狀〉，頁6559～6568。

子〉等述及秦檜故事的文章，皆是針對當時飽受公議抨擊的權相「史嵩之起復」事件而發。

先見〈召對札子‧淳祐六年八月二十三日〉一文：

> 深惟本朝，以仁立國，趨於弱小。粵自全盛至於偏安，雖三百年間名臣輩出，而夷狄之患未有能當之者。有一人焉出而當之，人主舉國以聽，天下亦幸其集事，而不暇竊議其後。若……建炎之於秦檜是也。然……遣富范，盟遼夏，返河南，還東朝，夷簡、檜實能和。陛下慨思其人而不可得，遂取其似是而非者而相之。……實未嘗和，實未嘗戰。實不能守，而自負和戰守之功，迭執和戰守之權，人主舉國而聽，天下明知其不足集事，畏之而不敢議。既去而畏之未已，豈非以叔文起復之謀，雖沮於獨斷；盧杞見思之語已喧於群聽乎？……祿去公室，政出世卿，不可以言把握……已試亡具，視準綱夷簡薰猶不同，又不足以望檜萬一，此委任之失一也。……秦檜嘗言……其意謂東南不可一日無我……浚專權不如檜，挾虜自重不如檜，而二酋者乃慢彼而敬此。然則陛下之國家社稷將託之於如溫如檜者乎，抑托之於如安如浚者乎？……惟陛下留聖恩焉。〔註74〕

此文為淳祐六年劉克莊赴行在奏事時呈進的首札。文中論及邊事、「取其似是而非者而相之」、「政出世卿」等語，直指多年掌管襄陽、棗陽等戰略重地，曾於端平滅金建功，支持與蒙古和議，身為前相史彌遠從姪的權臣史嵩之，而文中言其「不足以望檜萬一」、「然則陛下之國家社稷將託之於如溫如檜者乎」則顯然是將以史嵩之比附前朝秦檜之事。此札呈於淳祐六年八月，正值史嵩之丁憂期間，文中「既去而畏之未已」、「委任之失」、「已去而疑，其如勿去。已任而貳，其如勿任」等語，即是就其先前專秉朝政、丁憂起復爭議而發。

史嵩之，為四明史氏世家的第七代子孫，乃史氏家族少有的軍事人才。〔註75〕端平入洛失敗後，宋廷在對蒙古的政策上趨向保持和平，此與史嵩之堅守的和平路線相合，史嵩之以其軍事長才與經營邊防的資歷受到重用。嘉熙三年（1239），詔以史嵩之為右丞相兼樞密使，時嵩之與喬行簡、李宗勉並相當

〔註74〕同前註，卷52，〈召對札子‧淳祐六年八月二十三日〉，頁2560。

〔註75〕史嵩之生平事蹟參〔元〕脫脫等，《宋史》，卷414，〈史嵩之傳〉，頁12423～12428。

國，論者謂「喬失之泛，李失之狹，史失之專」，此後史嵩之掌權六年，史載「嵩之既相，一時正人如杜範、游似等皆以不合逐去」，〔註76〕王萬、太學生、徐霖等皆有疏論之。

淳祐四年（1244）九月癸未，史嵩之以父彌忠病告假。乙巳，彌忠卒。依禮制，史嵩之應宣布丁憂，服喪三年。然就在隔日丙午，理宗有詔起復史嵩之右丞相兼樞密使、永國公，令學士院降制。〔註77〕時諸臣力諫不可，〔註78〕其中言詞最激烈，可作爲眾人議論代表者當爲太學生黃愷伯等一百四十四人上書，大意以爲史嵩之不能孝故不能忠，是有計畫的佈置起復之局，否定史嵩之先前政績，以爲其貪賄且多用己黨之人，製造邊疆消息使皇帝畏懼而必用己治事，起復的安排則是仿效史彌遠故技。而史氏自史浩、史彌遠、史嵩之三世掌權，如此朝政將「壞於史氏之手」。〔註79〕

平心而論，史嵩之掌權後固然有「失之專」、「挾邊功要君」、「植黨顓國」等批評，〔註80〕然其對南宋國勢仍有一定貢獻。史載其於任上曾經營屯田、拯淮民之饑，收復光州、滁州、信陽、襄陽等地，「邊境多以捷聞」，〔註81〕對當時與蒙古間的局勢有較清楚的認知，兼且提拔董槐（1187～1262）、吳潛（1195～1262）等後繼宰相，證明其確實有出眾的行政、軍事能力，而其對邊疆、軍事的管理則是「爲後來宋朝抗擊盟軍三十年打下了堅實的軍事基礎」。〔註82〕此次起復是否爲其有意策劃，今已難以查得確切

〔註76〕 〔元〕佚名，《宋季三朝政要箋證》，卷2，理宗己亥嘉熙三年，頁115。

〔註77〕 此舉在宋朝中實有故事可循，諸如富弼、鄭居中、王黼皆曾於丁憂期間遇皇帝下令起復，富弼選擇不接受詔命，鄭、王則接受詔命起復，然皆未如史嵩之招致如此嚴重的批評。參何忠禮，《南宋全史（二）》（北京：人民出版社，2011），頁115；〔元〕脫脫等，《宋史》，卷313，〈富弼傳〉，頁10254；卷351，〈鄭居中傳〉，頁11104；卷470，〈王黼傳〉，頁13681。

〔註78〕 時黃濤上書乞斬嵩之，以謝天下；劉應起上疏，謂嵩之牢籠既密，則陛下之國危；省元徐霖上書，言其姦深擅權；侍郎徐元杰上疏令其終喪，上皆不聽。武學生翁日善等六十七人、京學生劉時舉等九十四人、宗學生與寰等三十四人、建昌軍學教授盧鉞等相繼上書切諫，皆不報。〔元〕佚名，《宋季三朝政要箋證》，卷2，理宗甲辰淳祐四年，頁151、157～159。

〔註79〕 同前註，頁151～155。

〔註80〕 同前註，卷2，理宗己亥嘉熙三年，頁115；〔元〕脫脫等，《宋史》，卷425，〈徐霖傳〉，頁12678。

〔註81〕 同前註，卷414，〈史嵩之傳〉，頁12425。

〔註82〕 〔美〕戴仁柱（Richard Davis）著，劉廣豐、惠冬譯，《丞相世家：南宋四明史氏家族研究》（北京：中華書局，2014），頁185。

證據，〔註83〕其所以會引來比想像中激烈的反彈，戴仁柱（Richard Davis）先生以爲是由於史氏長期掌權「威脅到的並非趙宋宗室，而是士大夫精英們」，〔註84〕由於有了史彌遠長期執政的經驗，士大夫將史嵩之的掌權看成是進入官場的阻力。戴文並認爲，這封奏章的大多數指控，「很可能是過度誇張，或者完全子虛烏有的」。〔註85〕由於對起復的反彈聲浪實在過大，自此詔命下達後三月間，史嵩之六度上章求去，理宗最終在年末准許史嵩之歸里終制。

在史嵩之離朝後，「元老舊德次第收召」，〔註86〕然爭議並未完全平息。淳祐五年，史嵩之將復相的傳聞再起，時相杜範、先前亟論史嵩之缺失的劉漢弼與徐元杰相繼暴卒，「時謂諸公皆中毒，堂食無敢下箸者」，〔註87〕人皆疑即史嵩之所爲。無獨有偶，先前曾以書信致史嵩之謂其掌政時「便嬖私昵，狼狽萬狀」、「不知所幹者何事，所成者何功」，今不當聽從理宗命令起復的史嵩之從子史璟卿，亦被發現暴卒，史嵩之致毒的傳聞更是甚囂塵上。〔註88〕時徐元杰之冤未申，侍御鄭寀飽受批評，議者謂其刻意不彈史嵩之，劉克莊〈樞密鄭公行狀〉即錄有鄭寀對史嵩之起復一事的奏疏，當中言「秦檜再相，專國爲利，蔽欺日深，箝制日峻，一時流落僅存之賢士大夫，幾不免盡殲於其手，豈不可監哉？嵩之無謂、檜之才，而有謂、檜之心，謂若不死，檜必復來。」〔註89〕是又以史嵩之比附秦檜，顯見此作法甚爲時人熟悉，不惟劉克莊獨用。

淳祐六年十二月，史嵩之喪期將屆，預乞掛冠，論者謂其於即將服除之際有此舉動，「無非再求之期」，是「百計求復用」，而理宗亦有進用之意，「此

〔註83〕 史嵩之於淳祐三年時即五次請祠，惟理宗不允。似可說明其並非久相而無求
　　　 退念頭，然而其後在淳祐六年、十一年皆再次傳出其有起復可能，朝臣多以
　　　 爲其經營甚久，惟今已難查得確切證據，而由其數次傳聞起復之事，可看出
　　　 理宗於朝政上對其相當依賴。

〔註84〕 〔美〕戴仁柱，《丞相世家：南宋四明史氏家族研究》，頁183。

〔註85〕 同前註。

〔註86〕 〔元〕脫脫等，《宋史》，卷424，〈徐元杰傳〉，頁12662。

〔註87〕 〔清〕畢沅，《續資治通鑑》，卷171，理宗淳祐五年，頁4669。

〔註88〕 《宋史》：「史嵩之將復入相，而人言不已，帝以問與懽。言：『嵩之老師費財，
　　　 私暱貪富，過立名譽，必不宜復用。』時嵩之猶子璟卿誦言其過忽斃，而杜
　　　 範、劉漢弼、徐元杰三賢暴死，人皆疑嵩之致毒。」〔元〕脫脫等，《宋史》，
　　　 卷413，〈趙與懽傳〉，頁12406。

〔註89〕 〔宋〕劉克莊，《劉克莊集》，卷169，〈樞密鄭公行狀〉，頁6567。

縉紳韋布所共憂者」，再次引起公議批評。〔註90〕在此背景下，劉克莊於十二月六日所呈進的〈進故事〉一文，引述秦檜再相故事，乞理宗勿再擢用「如檜覆出者」，結合上文所論史嵩之起復始末與相關奏議論事，其背後指涉應即當時公議所論、經營復出的史嵩之。或是礙於公議甚劇，理宗最終批准史嵩之請求致仕的要求，並由當時擔任中書舍人的劉克莊負責草制。草制一事原僅需按皇帝指示書命作文即可，然事涉「史嵩之應以何職名致仕」的敏感問題，時理宗對史嵩之仍有眷顧之意，欲徇私再爲其添職名致仕，引發公議不滿，劉克莊同時承受來自理宗、公議對於制書內文的不同期待，遂引起爭議，於此年年末更因此事被劾罷去。

今劉克莊的《披垣日記》中收錄了事件發生當時的繳奏、疏狀與書信，從中能大致了解此事件經過。〔註91〕對於當時引發的種種爭議與指責，劉克莊於《披垣日記‧跋語》中對此發表辯駁：

> 時士人攻嵩者免解，士大夫攻嵩者擢用，何禍之畏？既謂之揣摩反覆，則其言邪曲矣，何直之責？余原奏乞令二三大臣議定取旨，何稿之削？思之不得其說。往者奏篇之末，有「密削此疏」一句，削猶筆也，章物以削爲焚爾。省吏既節略奏審全文，止報四字，臺官與士人，又就奏疏全篇中剟取一句或一字以相組織。……於時舉國力爭，朝廷施行止於如此。一詞臣匹雛之力，烏能加重其刑？李元善與諸稿從所乞亦止於如此，何爲而不責之者乎？豈非舉國皆可恕，惟余當用春秋責備之法乎？又以揣摩見誣，且十三日方上奏揣摩，十四日以留黃駁論，是爲善揣摩乎？……上亦知其非詞臣之咎矣。……御筆原有識字，奏審初意，本欲截住，若截不住，則有司可以力爭，明主可以理奪，君臣之間豈不明白正大？何至胥吏脫漏官人之爲耶？況駁詞屬刑房，不屬上三房耶？況封駁之司，正恐書了黃，行了詞，則無以自解。今留黃連日，玉音耳提面命，丞相宣諭於其先，侍郎宣諭於其後，中貴人一日宣諭者再，至獨立雷霆之下，屢有執奏，終於不書黃，不草制，若上震怒之誅殛之，雖死無憾。今聖主幸赦其罪而行其言，奪其觀文之命，如余初奏矣，不料所以獲罪於公議也！〔註92〕

〔註90〕同前註，頁 6565。
〔註91〕同前註，卷80，《披垣日記》，頁 3561～3580。
〔註92〕同前註，《披垣日記‧跋語》，頁 3578～3579。

言下之意謂己雖拖延起草時程，然實盡中書之責，繳奏不合公議的除命。結果亦如己初時所奏，不解何以因此致罪。綜觀整起事件，由於牽涉爭議甚大的史嵩之，於朝議中本為一較敏感的議題，劉克莊以中書之職必須草制，不得不涉身而入。而就其所收錄的各奏狀亦可知其確是循公議論事，且其與史氏一族素無交情，似大可不必為史嵩之設想。對於此不明所以的欲加之罪，劉克莊以為是因己入朝百許日，受異知獎擢，「方命不草制，有可摧之勢」，故士人「急擊而逐之」。又與此次入朝或得某公之薦，「諸人方攻某公」己因而受牽連，加之先前與章琰有隙所致。時「士恐余居中為援，遂併見攻」，〔註93〕竟與後村甫受賜第時所擔憂的異恩致禍不謀而合。

　　史嵩之在此年致仕後，直至過世皆未再出任官職，其於淳祐四年、六年所引發的起復、致仕爭議究竟是否為其刻意安排，由於缺乏資料佐證，今已難以考究。不過，可以肯定的是，關於其起復的傳聞並未因其致仕而消退，資料顯示諸臣的擔憂、傳聞或許不是空穴來風。〔註94〕蓋史嵩之致仕的事件始末於眾史書中未能見得詳細記載，然藉由劉克莊以類似歐陽修自作《濮議》而書成的《掖垣日記・跋語》，至少能見得此事件輪廓與中書一方說詞，一定程度地起了「補史之缺」的效果。此年年末，劉克莊被劾罷去，後二年陸續除直寶文閣知漳州、直龍圖閣主管明道宮、宗正少卿、秘閣修撰福建提刑等職。淳祐八年（1248），母魏國夫人林氏卒，丁憂，期滿後才復出任官。

　　此節主要分析淳祐六年劉克莊第二次入朝所呈進的進故事篇章與所涉時政。此次入朝，於劉克莊仕宦生涯中有重要意義，賜第使其遷秩資格提升，其所任的講讀官等職使其得以接觸朝中權力中心，進故事則成為少數能表達自己對當前朝政意見的管道之一。此年的進故事創作共二篇，〈進故事・丙午九月二十日〉一文持論平正，符合進故事規範，未見有較突出之處；〈進故事・丙午十二月六日〉則在當代特殊語境下，引述秦檜為故事，實際批評備受爭議的史嵩之經營起復一事，是就當日時政而發，其後更因職責所在間接涉身

〔註93〕上述引文俱見同前註，頁 3580。

〔註94〕稍後於淳祐十一年時，朝中又再度盛傳理宗將起復史嵩之，劉克莊於三次入朝時更因此事特別於奏章中諫理宗：「陛下囊語群臣，以為其人決不復用，天地祖宗實聞斯言。今道塗訛傳，迺曰落致仕矣，建督府矣。……臣知陛下萬無是事，設或有之，此惧不少」奏中再舉「秦檜再相」事為鑒；〈行狀〉亦謂時「山相經營復出，事有萌芽」。同前註，卷 52，〈直前・十月十一日疏留中，閏十月論罷〉，頁 2583；卷 194，〈行狀〉，頁 7558。

其中。此作法數見於劉克莊進故事中，詳見後文。

小　結

　　此章主要論述劉克莊第一次與第二次入朝的時政、經歷與其進故事創作。端平元年首次入朝時，劉克莊雖未獲進故事創作資格，然諸多奏札中可見得日後進故事作品中的立論基礎，如其〈備對札子〉對於財政不足的解決方法、〈備對札子・其二〉中對於或戰或守的立場等，皆與其後進故事所論相類。而此次入朝期間，劉克莊議及的濟王案與理宗用人之弊，亦爲理宗朝終始爲人所議論的重要議題，可見得劉克莊對於朝政的關切。

　　淳祐六年再次入朝時，劉克莊以「文名久著，史學尤精」之故獲得進故事創作資格，試圖於進故事中以「借古喻今」的方式議論爭議性極強的政治議題。以〈進故事・丙午十二月六日〉一文爲例，其雖未於文中明確指出批評對象，然藉由對發論背景的分析，可發現劉克莊引述的故事本身於當時語境下有其特殊指涉，是刻意以秦檜起復比附當時權臣史嵩之的起復爭議，故當其引述此故事時，自然能讓讀者了解批評對象的身分，是有意識的借評論史事達成論政的效果。而透過劉克莊文集中相關奏札的對參，則可發現此事件不惟是當朝飽受爭議的事件，劉克莊甚至因職位之故涉身其中，諸多記載皆可補史之缺，從中亦得見劉克莊敢於言事的政治性格。

第五章　劉克莊進故事篇章析論（二）

　　本章延續前文，以劉克莊入朝時間爲分界分析其進故事創作。第一節析論其淳祐十一年第三次入朝所呈進的進故事篇章；景定元年第四次入朝由於在朝時間較長，進故事創作豐富，故以其主要主題——「災異」與「軍事」分類，分別於第二節與第三節討論相關作品，期能進一步了解劉克莊進故事作品內涵。

第一節　淳祐十一年（1251）第三次入朝

　　淳祐十一年，時鄭清之任左相，謝方叔知樞密院、參知政事，吳潛參知政事，徐清叟同知樞密院事。朝政上延續著端平更化的數項措施，不過無論是理宗或鄭清之，心態皆已不復端平年間的振奮圖強，而理宗意志不堅、朝令夕改，亦導致更化成效有限。此時於財政上持續實施秤提楮幣、整頓私鹽等政策；於邊防上著重整治四川、京湖防務，分別以余玠爲四川制置使知重慶府，李曾伯爲京湖安撫制置使兼知江陵府，在二人經營下西線與東線的防線皆有一定起色。此年，蒙哥汗（1205～1258）即位，整治內政，命其弟忽必烈（1215～1294）領治漠南漢地，積極籌備攻宋。忽必烈置經略司於汴，開始採行漢法治理中原，獲得當地士人支持，爲將來元朝統治奠定基礎。〔註1〕

〔註1〕淳祐七年至十一年間時政參〔元〕脫脫等，《宋史》，卷43，〈理宗本紀三〉，頁 837～845；〔清〕畢沅，《續資治通鑑》，卷 172～173，理宗淳祐七年至十一年，頁 4683～4721；張金嶺，《宋理宗研究》，頁 105～153。

　　本年四月，劉克莊丁憂期滿，詔除秘書監，到闕後以祕書監兼太常少卿，直學士院。隔月，兼崇政殿說書，主講《論語》，再得進故事資格。六月復有進故事創作，該文以北宋名臣爲故事，論者謂其語「頗諷當國」，見〈進故事・辛亥六月九日〉：

> 杜衍爲相，尤抑絕僥倖。凡內降與恩澤者，一切不與。每積至十數則封還，或詰責其人。上謂歐陽修曰：「外人知杜衍封還內降耶？吾居禁中，每以『杜衍不可』告之而止者，多於所封還也，其助我多矣。」出《國史・杜衍本傳》。

> 臣按：內降非盛世事也。《詩》詠后妃，以無私謁爲賢。桑林禱旱，以婦謁盛自責。蓋自昔未嘗無是事，但古先哲王理欲明，界限嚴，能防其微杜其漸爾。降及叔季，非惟不能防杜，又且開局破鐍以導其業。西園賣官，斜封墨敕，至今遺弊。故諸葛亮有合宮府爲一體之論，唐人有不經鳳閣鸞臺何名爲敕之歎。惟我朝家法最善，雖一熏籠之微，必由朝廷出令。列聖相承，莫之有改。其後老蔡用事，患同列異議，始請細札以行之。初猶處分大事，既而俯及細微，後不勝多，至使小臣楊球、張補代書，謂之東廊御筆，迄成禍亂。臣嘗竊論祖宗盛時，內降絕少。間出一二，則有論列者，有繳駁者，有執奏者。誨、純仁等寧謫，而不以濮議爲是。茂良、必大寧去，而不與兩知閣並立。衍寧罷而不肯求容權倖之間，此所以爲極治之朝也。臣采之輿言，謂邇日蹊隧，傍啓廟堂，積輕中外，除授間有不由大臣啓擬，近臣薦進者。顯仕率貴游之子，專城多恩澤之侯。畿郡調守，上煩震斷；小臣改秩，或出中批。既累至公，亦傷大體。求者與者奉行者皆以爲常，不以爲異，遂使天下之人以誨、純仁、茂良、必大之事責望有司，以衍之事責望大臣，以仁宗禁中之語責望明主，臣竊爲陛下君臣惜之。本朝名相多矣，惟衍號爲能卻內降者，豈有他道哉？臣嘗考之，其拜也，在慶曆四年九月，其免也在明年正月，當國僅三數月。噫，此衍之所以能直道而行乎？臣故謂小臣能以去就爲輕，雖大事可論；大臣能以去就爲輕，雖內降可執，橫恩可寢；人主能以朝廷紀綱爲重，貴近干請爲輕，則堂陛尊而命令肅矣。惟陛下留神。〔註2〕

〔註2〕　〔宋〕劉克莊，《劉克莊集》，卷86，〈進故事・辛亥六月九日〉，頁3705～3707。

此處引杜衍（978～1057）事，嘉其能封還內降而仁宗以此舉為助。〔註3〕內降，指「凡宮內皇帝、皇后、皇太后批旨或處分，未經中書或三省而直接付有司施行者」，〔註4〕杜衍「封還」即是退回這些照理應直接施行的命令。劉克莊於此文中並未特別針對「內降」的是非議論，而是藉由徵引歷朝同樣涉及「內降」的故事作為例子，以為宋朝興盛時，內降絕少。今日又頻聞除官有內降事，而眾人不以為異，若有司、君臣皆能以杜衍與仁宗等祖宗事鑑之，則「內降可執，橫恩可寢」。

作法上，劉克莊首先以「內降非盛世」事破題，言此事古亦有之，但有其界限。後引漢靈帝、唐中宗、蔡京、呂誨與范純仁、周必大與龔茂良事，其中加入諸葛亮、劉禕之語來評論，各例出處見下表。

表五：劉克莊〈進故事・辛亥六月九日〉論說用事出處表

	用　事	事　件	參考出處
1	西園賣官	「〔漢靈帝〕初開西邸賣官，自關內侯、虎賁、羽林，入錢各有差。私令左右賣公卿，公千萬，卿五百萬。」〔註5〕	《後漢書・孝靈帝紀》
2	斜封墨敕	「是歲，皇后、妃、主、昭容賣官，行墨敕斜封。」〔註6〕	《新唐書・中宗本紀》
3	諸葛亮句	「宮中府中，俱為一體，陟罰臧否，不宜異同。……不宜偏私，使內外異法也。」〔註7〕	〈前出師表〉
4	唐人句	「禕之曰：『不經鳳閣鸞台，何名為敕？』」則天怒，賜死。〔註8〕	《舊唐書・劉禕之傳》

部分文字經筆者調整以正體字呈現。
〔註3〕〔明〕陳邦瞻，《宋史紀事本末》，卷29，〈慶曆黨議〉，頁246。
〔註4〕龔延明，《宋代官制辭典》（北京：中華書局，1997），頁621。相關論述可參白鋼主編，朱瑞熙著，《中國政治制度通史・宋代卷》，頁160；丁義珏，〈論北宋宋仁宗朝的內降——制度、政治與敘事〉，《漢學研究》，30.4（2012），頁65～92。
〔註5〕〔南朝宋〕范曄，《後漢書》，卷8，〈孝靈帝紀第八〉，頁342。
〔註6〕〔宋〕歐陽修、宋祁，《新唐書》，卷4，〈中宗本紀〉，頁111；卷76，〈后妃傳上〉，頁3487。
〔註7〕〔梁〕蕭統編，〔唐〕李善注，《昭明文選》（臺北：五南圖書，1991），卷37，〈出師表〉，頁933～934。
〔註8〕〔後晉〕劉昫等，《舊唐書》，卷87，〈劉禕之傳〉，頁2848。

5	熏籠事	〔太祖嘗令後苑造熏籠，數日不至，責左右〕趙普曰：「〔此條貫〕乃爲陛下子孫設，使後代子孫若非理製造奢侈之物、破壞錢物，以經諸處行遣，須有臺諫理會，此條貫深意也。」太祖大喜。〔註9〕	《元城語錄解》
6	老蔡數句	熙寧間，有內降手詔不由中書門下共議，蓋大臣有陰從中而爲之者，至京又患言者議己，故作御筆密進……使中人楊球代書。〔註10〕	《宋史·蔡京傳》
7	誨、純仁事	時歐陽修、韓琦等人主張濮王當稱皇考，呂誨、范純仁等引義當稱皇伯。後太后手詔宜稱皇，時論乃中書之謀，遂成中書與御史之爭。「於是呂誨等以以所論奏不見聽用，繳納御史敕誥，家居待罪。……且言與輔臣勢難兩立。」〔註11〕	《宋史紀事本末·濮議》
8	茂良、必大事	「曾覿、龍大淵得幸，臺諫交彈之，並遷知閤門事……必大格不行，遂請祠去。」「嘗論大淵、覿姦回……疏入，不報，即家居待罪……自以不爲群小所容，請祠，不允。」〔註12〕	《宋史·周必大傳》、〈龔茂良傳〉

由上表可看出，後村是以「內降」爲共通點援引此八事，而之中又可再分類，如1、2爲賣官；3、4爲前人發言；5則爲祖宗遵行法制的正面代表；6爲權臣亂法擅事的反面代表；7、8則與黨議相關。如此分類僅是取其同，當中仍有諸多細節上的相異之處。後村引此八例作爲內降可能亂法的例證，在引述這些歷史事件時，雖未詳細就事件發論，不過隱然是後文「臣子應以去就爲輕」等語的佐證。其在文章中並未多費篇幅向讀者說明所引述的事件本身，可以想見，上述八例爲時人相當熟悉的用事，由當中所舉用的杜衍、呂誨、范純仁等北宋故事，亦可見得南宋對北宋史事的看法，是在引述時已有其價值判斷。這樣的論述方式與其他類似主旨的進故事文篇相較，顯然是不太相同的，見徐鹿卿的〈三月壬辰進故事〉一文：

〔註9〕 〔宋〕馬永卿編，〔明〕王崇慶解，《元城語錄解》，《景印文淵閣四庫全書》第863冊（臺北：臺灣商務印書館，1983），〈卷上〉，總頁366。〈提要〉：「其中藝祖製薰籠一事，周必大《玉堂雜記》謂其以元豐後之官制加之藝祖之時，失於附會。然安世非妄語者，或記憶偶未確耳。（按：馬永卿師事劉安世，永卿撰集其語爲此書。安世之學出於司馬光。）」此說可供一參。同前註，總頁353。

〔註10〕 〔元〕脫脫等，《宋史》，卷472，〈姦臣二·蔡京傳〉，頁13726；〔明〕陳邦瞻，《宋史紀事本末》，卷49，〈蔡京擅國〉，頁479～504。

〔註11〕 同前註，卷36，〈濮議〉，頁311～322。

〔註12〕 〔元〕脫脫等，《宋史》，卷391，〈周必大傳〉，頁11966；卷385，〈龔茂良傳〉，頁11843。

進杜衍抑內降故事。

臣聞至厚者人主之恩，至公者朝廷之法。仁祖之治天下，不以恩而勝義，不屈法以徇情。公法既明，恩意亦著，真可以爲子孫萬世之龜鑑矣。

夫君德以寬大爲本，匹夫庶人猶不忘親故之愛，矧人主富有天下，獨無親親以睦友賢不棄之情乎？是所謂恩也。然爵祿者，天下之公器，豈一人之私哉！吾之心未嘗不欲厚於其厚也，蹈湯赴火者有望焉，懷材抱藝者有待焉。

苟私以予人，則彼將曰：盡瘁事國不如偃息而在床，儒冠誤身不如褒養於襦袴。使凡皆若是，其誰將與共功乎？是故禁中之請祈不能絕，而審覆終歸之有司。內降之恩澤不能無，而可否悉聽之公論，是所謂法也。我仁祖痛塞幸門，屈意公論，自常情觀之疑於狹矣，而天下後世終不敢以爲少恩者，蓋仁祖之用心未嘗不篤親愛之誼，而朝廷之守法終不能掩仁祖之心。臣故曰：公法既明，而恩意亦著也。

昔唐景龍間不勝宮掖之私，始有斜封墨敕之濫，朝紳之無恥者，往往因之以求進達。左拾遺辛替否上疏切諫，以爲百倍行賞，十倍增官，使府庫空竭，流品混淆，戰士不盡力，朝士不盡忠，人既散矣，獨恃所愛，何所歸乎？可謂至忠至切至直至當之論。

陛下聖恩寬厚不愧仁祖，而守法隳廢頗類有唐，近日以來橫恩捷出，宗姻雜遝於班聯，私昵幾叨於僕御。或換授之際，一旦而超數十載之辛勞，或選調之微，躐進而欲取京官之職任，禁掖索無名之封告，星史干非分之升差。此手浸滑如用方來，凡陛下前之所欲未遂者亦小快矣。

然今時果何時哉？激昂人心，惟有名器，上不愛重，人將有辭。執奏不力，是大臣不以杜衍自期也；切諫不聞，是廷臣不以辛替否自勉也。若謂貴爲天子不得自由，此乃小人誤國欺君之說，幾於一言喪邦者，豈足上惑聖聽哉！

《書》曰：「天命有德。」又曰：「天工人其代之。」臣惓惓寸衷，不敢望陛下求諸法，尚願陛下求諸天，法天即法仁祖也。臣言雖狂愚，意主忠愛。若徒以故事應故事，則又非臣事君之意，亦非陛下

用臣意也。〔註13〕

此文與後村所用故事相同，皆是以杜衍進內降爲引用故事，其旨要亦類似，然比較二人的論述方式則大不相同。徐鹿卿文所論與仁宗朝事結合，並對仁祖用心有所分析。當中同樣引用「唐朝景龍年間」事，不過有別於劉克莊單純羅列例證，徐鹿卿文則針對此事加以說解，引用前人評論，並於此段末賦予評價，謂其言乃「至忠至切至直至當之論」，其後再批評當朝政事。較之劉克莊「疊用相關舊事與議論各半」的作法，徐鹿卿「論」的比例更重，若再參考前章所述及的各進故事篇章，可以發現劉克莊這類「堆疊故事」的論證方式或爲其進故事較獨特的寫作手法。如此寫作的效果有二：其一，從中可見得其對於歷朝史事的熟稔，可藉由進故事內容展現自己一定的史學素養，而此亦符合眞德秀曾以「學貫古今」薦後村於朝的評價；〔註14〕其二，疊用史事能加強「內降有害朝政」的負面形象，拉出一條由古至今發生的「內降憾事」，使觀者自省進而引以爲鑑。再考徐鹿卿生平，此文應是做於淳祐年間，從中能略窺得「內降」於理宗朝應是一較嚴重的時政問題，故時見討論。

丁義珏先生曾於氏著中論及此篇進故事，指出劉克莊「在敍述仁宗事例的同時，又將其與其他歷史事件串聯而成線索，進而得出結論。這個結論明顯導向要求皇帝尊重相權、尊重出令程序，從原來『開後門』的政治議題上偏離了。」〔註15〕這當中固然牽涉到北宋史事於南宋流傳後的解讀歧異問題，然筆者以爲導致此「偏離」的主因實在於「杜衍封還內降」事於當時已形成一背後具有特定指涉意涵的用事，故發論者未必是本於此事件實際經過而論，而是在引用此則事件的同時，已預設針對此事背後的指涉對象來發論，且這指涉對象在當時往往是被公眾所承認的。以本文的杜衍爲例，實際批評對象應即爲當朝宰相鄭清之。除前述之劉克莊、徐鹿卿外，下文將述及的吳燧（1200～1264）亦曾於奏疏中以「比及〔鄭清之〕再相，內降穎出，不聞杜衍之封還」等語論之，〔註16〕是將杜衍封還之事直接對應時相缺失。然由於今人在解釋文本時，往往已脫離當時語境，故要了解引述故事所論必須以大量時政、當時文本來佐證。以劉克莊的情形來說，則往往能就其個人的事

〔註13〕〔清〕莊仲方，《南宋文範》，收入任繼愈主編，《中華傳世文選》（吉林：吉林人民出版社，1998），卷26，頁368。部分文字經筆者調整以正體字呈現。
〔註14〕〔宋〕林希逸，〈行狀〉，收入〔宋〕劉克莊，《劉克莊集》，卷194，頁7549。
〔註15〕丁義珏，〈論北宋仁宗朝的內降——制度、政治與敍事〉，頁86。
〔註16〕〔宋〕劉克莊，《劉克莊集》，卷147，〈警齋吳侍郎神道碑〉，頁5796。

蹟、作品中尋得一定線索。

　　再回到〈進故事・辛亥六月九日〉一文，所引故事中的杜衍正爲當朝宰相，論者以爲「其語頗諷當國」，〔註17〕有暗諷時相鄭清之「未能如杜衍封還內降助益朝政」之意。事實上，鄭清之此次再相，經過端平入洛的失敗，聲勢已大不如前。史載其再相期間，「久專國柄，老不任事」、「年齒衰暮，政歸妻子，而閒廢之人或因緣以賄進，爲世所少云」，後村所論似有跡可循。〔註18〕不過，倘對劉克莊仕宦事蹟有一定了解，不難看出此舉與其向來被視作「鄭黨」的身分有所出入。〔註19〕蓋劉克莊與鄭清之相交甚深，早於寶慶年間江湖詩案發時，即蒙鄭清之所援；〔註20〕淳祐六年得以入朝賜第，亦是鄭清之所薦。〔註21〕鄭清之對劉克莊的欣賞、提拔，劉克莊對鄭清之的感念，屢見於文集中。此年甫入朝時，或是知曉鄭清之此次再相有反對聲浪，劉克莊特於召對時向理宗表明「以端平之舊相，復修端平之故事，收拾端平之人材，致太平而起頌聲，宜無難者。而時異事疏，不可概論」，〔註22〕言下之意謂現下人事安排將大有可爲，請求理宗勿因今昔不同的政治氛圍而質疑用人。其次對中更有「大臣既再當國，虛心無我。凡意見枘鑿，議論矛盾之人，皆泯恩怨，包同異以容之。初若齟齬難合，俄而歡然相得」、「君相未嘗無聽納之意，而中外乃妄有厭倦之疑……惟聖君而後可以責難，惟賢相而後可以責備」

〔註17〕同前註，卷194，〈行狀〉，頁7557。
〔註18〕關於鄭清之再相的表現，論者甚多，以下再引數例。《宋史・湯漢傳》：「高宗之天下壞其半者，鄭清之也。」《宋史・馬廷鸞傳》：「鄭清之墮名於再相之日。」《宋史・高斯得傳》：「上奏曰：『臣劾奏趙善瀚等七人，未聞報可，固疑必有黨與營救，惑誤聖聽，今奉恩除，乃知中臣所料。善瀚者，侍御史周坦之婦翁也，贓吏之魁，錮於聖世，鄭清之與之有舊，復與州符。』」《癸辛雜識・鄭清之》：「及其薨也，又有詩云：『光範門前雪尺圍，火雲燒盡曉風吹。堪嗟淳祐重來日，不似端平初相時。里巷能爲司馬哭，番夷肯爲孔明悲。青山化爲黃金塢，可惜角巾歸去遲。』」正文與註腳引文見〔元〕脫脫等，《宋史》，卷43，〈理宗本紀三〉，頁842；卷414，〈鄭清之傳〉，頁12423；卷438，〈湯漢〉，頁12977；卷414，〈馬廷鸞傳〉，頁12439；卷409，〈高斯得傳〉，頁12324；〔宋〕周密撰，吳企明點校，《癸辛雜識》（北京：中華書局，2010），別集下，〈鄭清之〉，頁294。
〔註19〕劉克莊曾於致鄭清之的書信中提及其數次被論罷，「必有數語波及恩地」，即如同「攻蘇舜欽者，意不在蘇而在杜」，顯見當時人將其視爲鄭清之之黨。〔宋〕劉克莊，《劉克莊集》，卷129，〈與鄭丞相〉，頁5234。
〔註20〕同前註，頁5228。
〔註21〕同前註，頁5240。
〔註22〕同前註，卷52，〈召對札子〉，頁2576～2577。

等語，〔註23〕雖不能考得確切事件，然顯可見得是爲鄭清之說情，從中能見得其支持鄭清之的立場。

　　該次召對結束後，劉克莊退見鄭清之，鄭清之以當時困境憤鬱對言曰：「某非不容諸賢，諸賢乃不容某。某去，又有不如某者來坐此，始見思爾。」劉克莊聞此，建議鄭清之可「召潘吳二豸及董夕郎，則人言自止」，然安晚不納，此事遂導致二人有齟齬。〔註24〕「潘吳二豸」係指潘凱、吳燧，此二人曾與鄭清之有隙。由於二人無傳，事件經過於正史中少見記載，《癸辛雜識》對此事有簡要的記述：

> 〔鄭清之〕端平初相，聲譽翕然。及淳祐再相，已耄及之，政事多出其姪孫太原之手，公論不與。況所汲引如周坦、陳垓、蔡榮輩，皆小人，黃自然嘗入疏論之。既而豐儲倉門趙崇雋上書歷陳其昏繆貪污之過，亦解綬而去。未幾，察官潘凱遂劾之，吳燧亦劾其黨，朝廷遂奪二察言職。夕堂董槐亦入疏求去，蓋潘、吳二豸，皆董所薦也。潘疏有云：「馬天驥竭浙東鹽本百萬而得遷。」天驥遂申省辨白，清之欲差官覈實，程元鳳以爲不可，以外官鈐制臺諫，其議遂寢。時牟子才家居，亦疏攻鄭而留二察，不報。〔註25〕

劉克莊爲吳燧所作的〈警齋吳侍郎神道碑〉對此事有較詳細的記載。先是，淳祐十年（1250）多至雷變，二人交章論曰：「舊學初相端平，人以小元祐目之。比及再相，內降穎出，不聞杜衍之封還；大計未定，不聞韓琦之力請。……丙申之雷，引咎策免，今茲之雷，不聞辭位，是君臣皆以天變爲不足畏矣。」〔註26〕當中直指鄭清之缺失。潘、吳疏入後，二人皆求罷，詔以大理少卿留吳燧，然吳燧不拜而去。引薦二人的董槐封還詞頭，亦去，人皆稱之。〔註27〕此次劉克莊以「獎直言」爲由請召還二人，鄭清之相當不悅，曾語諸客曰：「千辛萬苦喚得來，又向那邊去。」〔註28〕〈行狀〉雖謂劉克莊本無此心，然終

〔註23〕 同前註，〈召對札子·二〉，頁 2579、2580。

〔註24〕 同前註，卷 112，〈雜記〉，頁 4660。

〔註25〕 〔宋〕周密，《癸辛雜識》，別集下，〈鄭清之〉，頁 293～294。

〔註26〕 劉克莊於該文中記述此一事件，然在後文仍爲鄭清之辯護，言：「公與忠定鄭公非素交，鄭公於公擢之如此之驟也；公於鄭公繩之如此其嚴也……而鄭公終始含洪，……若鄭公之量，亦豈易及哉？」〔宋〕劉克莊，《劉克莊集》，卷147，〈警齋吳侍郎神道碑〉，頁 5796。

〔註27〕 同前註。

〔註28〕 同前註，卷 194，〈行狀〉，頁 7556。

因此事與鄭清之產生齟齬，「於是愈落落矣」。〔註29〕

　　實際上，劉克莊在前述召對、進故事由於語涉鄭清之，在當時引起眾論，其曾於〈答翁仲山書〉中提及此次入朝與鄭清之的互動：

> 某辛亥召對，以不攻安晚過失，爲眾論譏詆，不敢自明。或見教曰：「子爲詞臣講官，日日可論事。一對之頃，不足深咎，當要其終耳。」某初欲因爭職事決去，而冷曹無事可爭，偶進故事，略言時弊，謂小臣能輕去就，雖大事可論；大臣能輕去就，雖內降可執。且引杜祁公以諷。安晚語同列：「且請他空這裡坐，坐杜祁公與某看。」聞之山如此。自此每因故事，必進忠規，歷歷可數。及草小吏答詔，安晚一夕三簡諭止，某不敢苟徇以求容，又言：「版曹當用儒臣，不可專任能吏。」安晚雖益不樂，猶保全其去。而某與禋後，適有一疏論山相，荷聖上納聞，外間聞其直前而不知其論何事，某又不納副封，安晚始疑其二於己。……安晚之待某如此，時賢之責某乃如彼，豈平心之論乎？〔註30〕

文中所述論山相事在此年十月時。而據劉克莊自述，可知此次進故事確實引來鄭清之不滿，二人之隙由此加深。此年入朝後，劉克莊六度請祠，再乞掛冠，除與其奏狀自言「暈滑二疾加重」之事相關外，〔註31〕與鄭清之不合應亦爲其因素之一。

　　此年年末，劉克莊被劾去國，計此次入朝，前後不過數月時間。歸途中，聞鄭清之訃訊，旅哭甚哀，數年後爲作行狀。蓋後村此次入朝雖與鄭清之有忤，然在行狀中對於其淳祐再相事蹟的撰寫亦少見貶語，文中謂時端平遺老凋謝，「公雖素有主眷，尚操化權，然人情固已陰懷向背，無同舟共濟之意矣」，「士或先從後畔，亦待之如故」，並以曾與鄭清之立場不同，然仍受擢用的湯漢、徐清叟、趙葵爲例，以示其寬容。同時劉克莊亦言「然天下至廣，豈無偶遺之賢」，並指出時「國論愈矛盾」，隱微地道出實況。文末，劉克莊歷數其與鄭清之相交經過，感念其曾於詩案時「在鎖闥獨於史丞相爲解紛，克莊獲爲聖世全人，公之賜也」；丙午時去朝，「公以孤卿國老之重，小車訪別逆旅」；辛亥入朝人皆攻爲「黨相者」，劉克莊求去，「公由是不復敢相親，猶摯

〔註29〕同前註，頁7557。
〔註30〕同前註，卷131，〈答翁仲山〉，頁5297。部分文字經筆者調整以正體字呈現。
〔註31〕此間辭免奏狀參同前註，卷76，頁3460～3467。

維不使去」等事。有言「天下謂知我者，必曰安晚」，「宰相必拔士，士必不畔知己，情意之常也。」〔註32〕處處顯示二人相交之深，不忘其知遇之恩，今集中亦存有多篇劉克莊與鄭清之的書信往來，可備一參。

此節內容是以〈進故事‧辛亥六月九日〉一文爲中心，對其內容、作法、寫作背景展開論述。與相同取材、論旨的徐鹿卿進故事相較，劉克莊於文中大量堆疊與「內降」相關的故事，雖未評論、說明這些故事，然其引述已帶有評價。這種作法使劉克莊能展示自己對歷代史事的熟稔程度，同時亦能構成一由古至今的內降憾事，使讀者能由諸多佐證中了解「內降非善事」之理。劉克莊此文看似偏離「杜衍封還內降」事的政治議題，然筆者認爲，此實肇因於此故事於當朝自有對特定時政的指涉，士人論及此事時往往與時相鄭清之缺失作聯結，是以劉克莊此篇進故事內容實是針對故事背後影射的時政而發，是有意的偏離原文旨要。又，劉克莊向被視作鄭黨人，此次入朝與鄭清之的關係生變，亦受到公議批評。上文即就二人關係作了梳理，得見後村與鄭清之的交往情形，能更進一步了解後村交游。

第二節　景定元年（1260）第四次入朝（一）

景定元年六月，劉克莊方奏疏引年，尋以甫還朝視事的宰相賈似道（1213～1275）之薦，〔註33〕於三個月內陸續除秘書監、起居郎、兼權中書舍人等職，九月再次入朝任官。十一月入朝後，劉克莊再除權兵部侍郎，兼中書舍人兼直學士院，又兼史館同修撰；隔年再兼侍講，除兵部侍郎；三年，權工部尚書，陞兼侍讀，同時身兼二制，接連拔擢如此。然由於年屆高齡、身體不適，劉克莊於期間數次申乞納錄，終於景定三年八月獲准離朝。此次入朝任官爲劉克莊生平中歷時最長、官職最高的一次，可謂其仕宦生涯的高峰，其以侍郎身分再得「進故事」資格，自景定二年正月再次開始進故事創作，至離朝前共呈進九篇進故事文章，以下舉數篇析論之。

〔註32〕以上引文見同前註，卷170，〈丞相忠定鄭公行狀〉，頁6583～6596。

〔註33〕劉克莊與賈家素有交情，據其與賈似道書信中「蓋師相先生，不但與之以美官，又與之以美名；不但擢其身，又擢其所薦之士」，可知此次入朝蓋爲賈似道所薦。對於後村於景定元年受賈似道引擢再入朝一事，後世方回、王士禎等人均認爲後村此次出任是諛賈求官，遂有「晚節有汙」之譏，詳參第一章文獻回顧。〔宋〕劉克莊，《劉克莊集》，卷132，〈謝賈丞相餞行詩〉，頁5326。

景定二年夏，南宋各地水災頻傳，時「近畿被水，安吉爲甚」、「浙右水澇民不聊生」、「湖秀二郡，被水最甚」，湖、秀等郡位於今浙江北部、太湖之下、蘇杭附近，爲南宋重要的糧食產地，〔註34〕此次受災嚴重，引起朝廷重視。理宗於六月時特以御筆下詔將「避正殿減常膳」，命講行救荒之政。〔註35〕因應時局，劉克莊於六月至八月間針對水患呈進了三篇進故事文章，先見〈進故事・辛酉六月初九日〉：

> 簡宗廟，逆天時，則水不潤下。又曰：水失其性，則霧水出，百川溢，淫雨傷稼穡。出《前漢・五行志》。
>
> 臣竊見自夏至後，霖雨兼旬。六軍兆姓，繫命於浙西一稔。今惟吳門災不至甚，湖、秀歲事，大可寒心。乃季夏乙未，臣執經緝熙，親聞玉音焦勞，天表蹙然，若無所容。先是，遍走群望，大發錢粟，求民瘼，雪獄冤，所以順水之性，而欲其潤下者至矣。是日，又有避殿減膳撤樂之詔，講退，雨意尚濃，俄而陰霾掃簷溜，絕夕始見月。明日而暘烏出，又明日而水潦縮。共惟吾君之所以動天，與天之所以應吾君者，何其速也？既拜手歸美於上，又考之經史，采摭前世水潦證驗，以助陛下敬天愛民之意。魯威公元年秋，大水，董仲舒、劉向以爲諸候伐魯，伏屍流血所致。漢文帝後元三年秋，大雨晝夜不絕三十五日，史臣謂是時匈奴驕，侵犯北邊，殺略萬計。今虜雖自去春一大懲創，然今戰士未解甲，得非殺氣致沴而未能召和乎？毋亦遵養時晦乎？董統無重臣，兵財屬大將，得非邊民畏威而未懷惠乎？毋亦并用文武乎？莊公二十四年，又明年大水，劉歆以爲崇飾宗廟，丹楹刻桷所致，得非今之丹刻有未已者乎？毋亦省其不急乎？漢元帝永光二年夏秋，大水，史臣以爲石顯用事所致。今北司肅然矣，得非昔所屏遠者，有陰懷覆出之念乎？毋亦放而絕之乎？成帝時黃霧四塞，諫大夫楊興、博士駟勝以爲同日拜五侯所致。今左腕肅然矣，得非猶有已高滿而不思危溢者乎？毋亦爲之限劑乎？夫大水也，霖雨也，黃霧也，示變者也。兵革也，夷狄也，

〔註34〕據統計，「蘇、秀、常、湖地區的低田產糧占總產量的七成。」〔日〕斯波義信著，方鍵、何忠禮譯，《宋代江南經濟史研究》（南京：江蘇人民出版社，2009），頁394。

〔註35〕〔元〕無名氏撰，李之亮校點，《宋史全文》（哈爾濱：黑龍江人民出版社，2005），卷36，頁2371。

土木也，官寺也，戚畹也，致變者也，皆陛下素講而習聞者也。臣
願陛下非苟知之，亦允蹈之。雨暘在天，斂肆在我。欲弭是變，當
先去其所以致是變者。洚水儆堯，雲漢美宣，臣以衰朽，三侍旂廈，
敢誦所聞以獻，惟陛下裁幸，取進止。〔註 36〕

此文於引述故事後，先說明作文動機，接著「考之經史，采摭前世水潦證驗」，據前朝事件得出今日水患乃「示變者」，當除去「兵革、夷狄、土木、官寺、戚畹」等致變因素，才能「順水之性」的結論，符合「先敘前代帝王施行得失，然後論今日事體所宜，斷以己意」的進論要求，〔註 37〕而「災異示變」本爲兩宋進故事的主要論題之一，就結構與內容立意上來看，可謂相當典型的進故事文章。

從取材來看，相較於同類型題材多以歷史事件作爲論說前的楔子，此處所引用的故事更接近通則性的道理，從中引出此文論旨——「水失其性，則霧水出」，故今當矯正致使「水失其性」的變因才能緩止災害。而文中引述的故事除最末「成帝時黃霧四塞」出自《漢書·元后傳》外，〔註 38〕其餘事件與評價俱選自《漢書·五行志》，經由比對可發現劉克莊對這些事件做了剪裁與分類，並未完全依循原典引述，〔註 39〕是有意將這些事件分別與所論「兵革、夷狄、土木、官寺、戚畹」之時務結合，以提問方式促使理宗思考今日時政的不足之處。再細考當時政治背景，則知此五項政務範疇正爲劉克莊三次離朝期間朝政上的重大弊病，此文表面雖是就天災而發，然當中實蘊含對近年朝政的檢討。

劉克莊此次入朝前的八年里居期間，朝政愈見頹勢，民變紛亂與對蒙戰爭日趨激烈。人謂理宗在位日久，「嬖寵浸盛」，「端平之政衰矣」。〔註 40〕一

〔註 36〕〔宋〕劉克莊，《劉克莊集》，卷 87，〈進故事·辛酉六月初九日〉，頁 3719～3720。

〔註 37〕〔宋〕李心傳，《建炎以來朝野雜記》，甲集卷 6，〈慶元緊要政目五十事〉，頁144。

〔註 38〕原文如下：「其夏，黃霧四塞終日。天子以問諫大夫楊興、博士駟勝等，對皆以爲『陰盛侵陽之氣也。高祖之約也，非功臣不侯，今太后諸弟皆以無功爲侯，非高祖之約，外戚未曾有也，故天爲見異。』言事者多以爲然。」〔漢〕班固，《漢書》，卷 98，〈元后傳〉，頁 4017。

〔註 39〕《漢書·五行志》原文錄有桓公、莊公、宣公、成公、襄公、高祖、文帝、元帝、成帝事蹟，然劉克莊僅挑選其中四則，說明與評價亦未完全引用原文。參同前註，卷 27 上，〈五行志上〉，頁 1342～1347。

〔註 40〕〔元〕佚名，《宋季三朝政要箋證》，卷 3，理宗景定五年，頁 315。

度爲相的吳潛即言當時朝政「自壬子以至己未〔按：淳祐十二年至開慶元年〕，八年之間，公道晦蝕，私意橫流，仁賢空虛，名節喪敗，忠嘉絕響，諛佞成風」，「國事日非」。〔註41〕淳祐、寶祐年間，閻妃怙寵，理宗爲之建「顯慈集慶校寺」於西湖，其寺「輪奐極其靡麗」，後賜給閻妃做功德院，並賜山園田廟爲數甚多。時宦者盧允升、董宋臣附緣得勢，爲逢迎上意、討好謝后，董宋臣「起梅堂、芙蓉閣、香蘭亭」進倡優傀儡以奉帝燕游，「豪奪民田，招權納賄，無所不至」，〔註42〕其並唆使理宗任用外戚子弟爲監司、郡守，當時得權之外戚又以謝堂最「頡頏難制」。〔註43〕時丁大全（？～1263）夤緣閻、盧、董三人，遂得寵於帝，「竊弄威權而帝弗覺悟」。〔註44〕開慶元年（1259）丁大全逐去董槐後晉升右丞相兼樞密使，時有「無名子」書八字於朝門曰：「閻、馬、丁、當〔按：董的諧音〕，國勢將亡。」言者有論四人者，疏或不報，或被逐，皆理宗庇之。監察御史吳昌裔即指出當時局勢「近類宣、靖之時，安危樂亡，直可凜凜」，〔註45〕亡國之跡漸現。這些朝中亂象直至賈似道入相還朝後才稍見紓解，《宋季三朝政要》載其「入相理宗之季，官以賄成，宦官、外戚用事。似道爲相年深，逐巨璫董宋臣、李忠輔，勒戚畹歸班，不得任監司、郡守，百官守法，門客、子弟歛迹，不敢干政。人頗稱其能。」〔註46〕由此見得上文所謂「土木」「官寺」、「戚畹」者或非泛泛論事而已，應是針對近年時政弊病所作的概括。又，文中「兵革」、「夷狄」之說，顯然是針對景定元年三月甫以「諸路大捷」作收的鄂州對蒙戰爭而發，此部分由於內容與〈進故事・壬戌七月初六日〉相關，將在後文一併論述。而文中「非今之丹刻有未已者乎」、「得非猶有已高滿而不思危溢者乎」等語倘對應該年朝中事蹟，似又有暗指宗爲周國公主興第、賈似道以外戚身分掌政等事，〔註47〕

〔註41〕〔宋〕吳潛，〈奏論國家安危理亂之源與君子小人之界限〉，收入《全宋文》冊337，卷7773，頁215。

〔註42〕〔清〕畢沅，《續資治通鑑》，卷174，理宗寶祐三年，頁4750。

〔註43〕〔宋〕周密，《癸辛雜識》，後集，〈賈相制外戚抑北司戢學校〉，頁67。

〔註44〕〔元〕脫脫等，《宋史》，卷414，〈董槐傳〉，頁12432。

〔註45〕〔宋〕吳昌裔，〈論今日病勢六事狀〉，收入《全宋文》冊323，卷7415，頁65。

〔註46〕〔元〕佚名，《宋季三朝政要箋證》，卷3，理宗庚申景定元年，頁262。

〔註47〕周國公主爲賈貴妃女，賈貴妃早薨，帝無子，甚寵之。景定二年四月，帝以楊太后姪孫爲駙馬，進封公主爲周國公主。帝欲時時見之，乃爲公主起第嘉會門，飛樓閣道，密邇宮苑，帝常御小輦從宮人過公主第。參〔元〕脫脫等，《宋史》，卷248，〈公主傳・理宗一女〉，頁8789～8790。

頗見警省意味。

　　隔月，劉克莊再以湖秀水災之故，奏進〈進故事・辛酉七月十五日〉一文，其以「救災以粟爲本」爲旨，舉故事願今日能法前朝「募民入粟」故事並蠲租稅，後村先引述曾鞏（1019～1083）〈救災議〉中的一段文字爲故事：

> 河北水災，百姓暴露乏食，有司建請發廩，壯者人日二升，幼者人日一升。議者以爲，水災所毀敗者甚眾，可謂非常之變。遭非常之變者，亦必有非常之恩。使乏食之民相率以待二升之米，則其勢不暇於他爲。是以饑殍養之而已。被災者十餘州，州以二萬戶計之，半爲不被災不仰食縣官者，其半每戶壯者六人，幼者四人，計月受粟五石。欲下詔，貸以粟一百萬石，使可以支兩月，不妨其營生，而勿日給。出曾鞏〈救災議〉。〔註48〕

倘參考文末附錄一的整理，可以發現此文取材相當特別，蓋進故事的取材大多來自史籍、聖政寶訓、經書等典籍，少數出自文人私撰的作品如《涑水記聞》、《唐鑑》等，被引用的文字亦多爲事件的紀錄而非作者獨出機杼的文字。總計兩宋進故事引述出自奏議者僅見三篇，〔註49〕除此文外，另二文出自唐朝陸贄奏議，而陸贄於進故事中本屬於常被提及的唐朝名臣之一。相較之下，曾鞏於兩宋進故事中少見稱引，此文於當時評價亦非特別突出，〔註50〕劉克莊取此文作爲故事引述，顯見其特殊性。曾鞏〈救災議〉一文，原爲針對熙寧年間河北發生的地震與水災做的文章，旨在論述當如何救災，是一篇具有實用價值的論議文字。〔註51〕文中謂今日救災倘如有司建言日給百姓二升粟，行之十月則當用「五百萬石而足」，不僅粟量巨大難以足辦，兼且發放過程中容易產生弊端，群處易生疾癘，而百姓爲就食於州縣相率去故居，專待日粟而無暇從事農、工、商業，將使受災之住所、行業無從修復，長久下來

〔註48〕〔宋〕劉克莊，《劉克莊集》，卷87，〈進故事・辛酉七月十五日〉，頁3721～3722。

〔註49〕此處僅統計有明確標示出處來自文集奏議者。

〔註50〕南宋人對曾鞏〈救災議〉的評價今可見者如呂祖謙言：「此一篇，後面應得好，說利害體」；黃震言：「以頓予民不朝夕食之，其說佳」；葉適言：「曾鞏〈救災議〉，米百萬斛，錢五十萬貫耳，何至懇迫繁縷如此，若大議論又將安出？豈其時議者眞庸奴耶？鞏文甚工，然此議及〈鑑湖序〉乃文人之累也。」高海夫主編，《唐宋八大家文鈔校注集評・南豐文鈔》，卷86，〈救災議〉集評，頁4156～4157。

〔註51〕同前註，頁4152。

將失戰鬥、耕喪之民，無助於國力。曾鞏認為，今日「當迫去常行之弊法，以錢與粟一舉而賑之」，賜之以錢五十萬貫、貸之以粟一百萬石，雖然短期之內看來花費很大，然若從此說僅需用「兩月之費」，且災民得以用錢粟「完其居、給其食」，進而「復其業」，如此才能「不失其常生之計」。〔註52〕劉克莊此文的故事引述，即是摘要曾鞏〈救災議〉一文而來，其所以引述此文作為故事，則是為提供今日救災的具體解決方針，願理宗能採納並施行之。其後文論曰：

> 臣竊惟邇者湖秀二州水災，從昔之所創，見陛下焦勞，憂形玉色，使常平使者守雩，以儒生代貴游。二州之人，莫不延頸望惠。而迨今月餘，未聞朝廷有大蠲弛。意者郡縣體量未遍歟？臺郡條畫未上歟？臣惟救災，以粟為本。漢至文景晁錯始獻策，募民入粟縣官，得以拜爵，得以除罪，始令輸於邊，邊食足則令入粟郡縣。文帝行其說，六百石爵上造，四千石為五大夫，萬二千石為大庶長。其後雖有軍役水旱，民不困乏。至於下詔，蠲天下田租稅之半，明年又全蠲之。其後上郡以西旱，修賣爵令，而裁其價以招之。及徒復作，得輸粟以除罪。臣昨修《孝宗實錄》士民以入粟拜爵者，歲不絕書。及朱熹召對，語及賑荒，堅訓告以補授入粟之人，且曰：「至此又說愛惜名器不得。」臣伏見此二郡巨室甚多，若朝廷采漢文景及乾淳已行，許之入粟於官籍數來上，隨其多寡，優與補授，白身人補官，已仕者減舉員或轉秩，士人免舉升甲首，冤者與伸雪，負譴者從末減，不待科抑人自樂輸。雖云秋成絕望，或困倉偶有於宿儲，或智力能運於他處。所入既多，然後用曾鞏前說，每戶計口多寡各貸兩月。向後得熟，歸粟於官。臣又見《孝錄》，遇災傷州縣，率停其年二稅，或減分數，候次年帶補。凡此之類，皆合舉行。臣聞今歲浙東江湖福建皆得上熟，自吳門至常潤亦稔，惟二郡及近畿數邑被災。曾鞏欲賑十州，故請貸粟百萬石，今止貸二郡及三數邑，亦朝廷事力可辦，況又募民入粟相助乎？此事當如救焚拯溺，若上之人付之悠悠，下之人必以具文塞責。臣聞縣令，字民之官。不損猶應言損，唐代宗之言；立而視其死，孔距心之罪。代宗非英辟，距心非賢大

〔註52〕〈救災議〉的引文俱見〔宋〕曾鞏，《曾鞏集》（北京：中華書局，1984），卷9，〈救災議〉，頁150～153。

夫，然其言乃千萬世檢放賑恤不刊之論，惟陛下詔攸司亟圖之，助進止。〔註53〕

劉克莊於論說中再舉用漢朝晁錯、孝宗與朱熹就「募民入粟」以賑荒一事的意見作爲參照，以爲今日救災甚急，當先施行「補授入粟」，〔註54〕再施行曾鞏前說，兼且法祖宗減稅，爲使命令有效執行當「詔攸司亟圖之」。文中所提及的無論是曾鞏、晁錯、孝宗等事蹟皆是針對救災所發的「具體可施行」的實際賑荒方法，這樣的內容在以災異爲主題的進故事中實相當少見，如許應龍〈進真宗高宗故事論天變〉、真德秀〈故事‧嘉定六年七月二十一日〉、袁甫〈經筵進講故事‧七〉等同題材文章多是論述天變背後五行之理，或是如前文嘗試以古鑑今，委婉勸諫皇帝應反省今日施政有無缺失等內容，極少文章涉及實務層面的、具體當如何賑災的作法。劉克莊此處選擇一有別於前的主題作爲論述重點，從中得見其識見。

八月，劉克莊再呈進類似主題的〈進故事‧辛酉八月二十日〉。此文開頭先引述《孝宗實錄》中帝決議「詔免和糴一年」故事，〔註55〕其後略考南宋和糴施行情形，後再延續前月文章內容以「五管見」論救災之事。劉克莊於連續兩月進故事中皆引述《孝宗實錄》故事，顯然與前文中自言「昨修《孝宗實錄》」的職責相關，此事蹟鮮少見載於相關研究中。〔註56〕據《宋實錄研究》所考，《孝宗實錄》早佚，〔註57〕從今日角度看來劉克莊對當中文字的引述能達補充史料之效。而此處對《孝宗實錄》的引用，則是刻意比附理宗近時針對水災亦有「吳門免一年之詔，雪有全免之詔」的減糴公告，稱許理宗有「盛德」，願其能進一步完成孝宗未盡之志，法仁宗「免一年租稅」。〔註58〕後半部分述及近日救災衍生問題的處理方式，較之前文更爲詳細具體：

〔註53〕〔宋〕劉克莊，《劉克莊集》，卷87，〈進故事‧辛酉七月十五日〉，頁3722～3723。

〔註54〕晁錯說法詳參〔漢〕班固，《漢書》，卷24上，〈食貨志上〉，頁1130～1136。

〔註55〕〔宋〕劉克莊，《劉克莊集》，卷87，〈進故事‧辛酉八月二十日〉，頁3724。

〔註56〕劉克莊於景定元年兼史館同修撰，應即從此時加入《孝宗實錄》的修纂，此次修訂爲二次重修，直至景定二年才宣告修成。《宋史全文》載本年三月時由賈似道進呈此書，然劉克莊自言修纂的時間在七月，而謝貴安《宋實錄研究》中於《宋孝宗實錄》改修人員中亦未錄劉克莊名，未詳何故。謝貴安，《宋實錄研究》（上海：上海古籍出版社，2013），頁101～107、201。

〔註57〕同前註，頁107。

〔註58〕〔宋〕劉克莊，《劉克莊集》，卷87，〈進故事‧辛酉八月二十日〉，頁3725。

臣近者應進故事，嘗及救災。尋蒙朝廷采用，近見邸報，凡七月再
水後所欲言者廟謨講求已盡。臣尚有一二管見，不敢自隱。夫救荒
以粟爲本……臣前講募民入粟……今雖下令，未嘗聞有應詔者，豈
非舉世貴進士任子，而賤入粟之人？……臣謂當稍旌異，擢用其
人。……傾不訾之費，待之以甚薄之禮，加之以不美之名，宜人情
之不樂就也。……此臣之管見一也。臣聞浙右饑民有聚眾借糧者，
有持械發窖者，有劫奪軍器船者，駸駸至於殺人矣。近遣朝紳賑恤，
且調戈船巡警，又命大將收其伉健材武者爲兵，所以防微杜漸者至
矣。然皆補瀉常法也……眞德秀守泉、福，討海寇，禱雨暘，皆齊
居蔬素，寇平災熄乃入寢。今之士大夫皆能如此乎？未也，此臣之
管見二也。……說者謂散利是發公財之已藏者，汲黯是也；薄征是
減民租之未輸者，陽城是也。今已藏者羽化無可發矣，未輸者預借
而起催矣，此臣之管見三也。……古者用民之力，歲不過三日，年
荒併當用者弛之。今用民之力如竹宮甲帳之類，尚有當弛者乎？……
今禮文之事如匭頌好賜之類，尚有當眚者乎？此臣之管見四也。臣
少爲獄椽，竊見諸犯劫盜，必先覈實其所居，是與不是災傷地分，
而爲輕重焉……臣竊恐浙西官吏斷此等獄，或不原其初意爲饑所
驅，一切以柱後惠文從事，以傷陛下好生之德……蓋周家賑荒，先
之以散利薄征，而最後始及於除盜。夫必使之有求生之路，如是而
不悛，則法行焉，雖死不怨殺者矣，此臣之管見五也。惟聖君賢相
圖之，取進止。〔註59〕

此部分文字的內容與作法頗類似歐陽修的奏札類文章，皆是先以今日朝事開
頭，其後條陳己見，願皇帝圖之。文中針對前文提及的「補綏入粟」一事再
做了補充，以爲今日無人應詔之因在於擢用甚微，並舉近報鮑山平擢而未聞
褒寵之詔事以證所言不虛，後勸理宗當薄征散利、弛民力、省禮文，末再以
自己曾任江東提刑的斷案經驗，請求理宗應先使民「有求生之路」後再行法。
文中「故事」的比例降低，幾乎通篇以論事爲主，若單就後半部分來看，則
近似於一篇獨立的論述救災方針的奏議，一般進故事常見的評議史事、勸諫
等部分於此文中被大幅削弱，此種作法與內容於兩宋進故事中實屬罕見。如

〔註59〕同前註，頁3725～3726。

綜合上述三篇進故事文章來看，可以發現劉克莊似乎特別注意民生、財政問題，且有別於此類題材一般多以「儉德」、「節用」、「愛民」等君王德性爲論述要旨，劉克莊自言其「非敢立高虛之論」，〔註60〕故多以更實際、具體的施政方針爲議論內容。事實上，此不惟是因應時局所發，若再參照劉克莊他篇進故事諸如〈進故事・辛亥九月二十日〉論「京尹征利已甚」；〈進故事・辛酉正月二十八日〉論「今當簿錄諸大姦贓家貲田產，別爲景定安邊所」，「錢助糴本，粟補和糴」；〈進故事・辛酉三月十八日〉論今當「毀抹頂冒脫漏冗兵之補綏帖牒」以討軍實、兵餉使不致「爲國耗蠹」等文，〔註61〕部分內容甚至與其奏議相類，則知財政議題向爲其所關注，這又與其曾任提舉、轉運使等財政官的經驗相關，其亦時於進故事篇章中引述過往經驗爲例，從中反映其「吏材高」的一面。

　　本節主要論述劉克莊景定元年入朝後，針對災異所作的進故事內容與相關時政、事蹟。一般在災異主題的進故事中，多可分爲「天變示戒」與「救災」兩個方向論說。劉克莊同時具備此二方向論旨，承繼先前進故事的發展脈絡，然同時又有其創見。在以「天變示戒」爲旨要的〈進故事・辛酉六月初九日〉中，劉克莊揀選出自《漢書・五行志》的史事爲其分類，使其作爲因施政缺失招致天變的五個政務範疇，表面上看似泛論，然實際是針對數年來理宗朝面臨的重大朝政缺失而發。在以「救災」爲主題的〈進故事・辛酉七月十五日〉與〈進故事・辛酉八月二十日〉中，劉克莊先是特別選用前人的救災議論作爲故事，從中取法申論當今救災應遵循的作法；前說被採納後，後文再呈進更詳細的救災方法，以「五管見」補充先前論事。有別於先前同論旨文章多由施政原則論說，劉克莊所提出的救災方法更爲具體詳細，從中得見其長於吏事、重實際的一面。而其大篇幅論述救災方法的進故事作品，由結構、形式來看頗類於一般奏札類文章，是知於劉克莊寫作中，進故事與奏札的界線已有些模糊，論評史事、教育帝王的進故事特徵漸被削弱。

〔註60〕同前註，卷86，〈進故事・辛亥九月二十日〉，頁3710。
〔註61〕同前註，頁3709～3711；〈進故事・辛酉正月二十八日〉，頁3713～3715；〈進故事・辛酉三月十八日〉，頁3715～3716。

第三節　景定元年（1260）第四次入朝（二）

　　此次入朝，劉克莊進故事中的另一主要主題爲「軍事」，其〈進故事・辛酉正月二十八日〉議及軍費、〈進故事・辛酉三月十八日〉論考核牒帖、〈進故事・辛酉十月廿九日〉謂謀帥當望實、〈進故事・壬戌三月初三日〉言應居安思危、〈進故事・壬戌七月初六日〉論及時政兵事，涉及軍事的篇章即佔五篇之多，佔其進故事創作總數的三分之一。劉克莊對軍事議題的關注於其早年擔任江淮李珏、廣西胡槻的機幕時已開始萌芽，其端平入朝時即曾以軍事相關議題上奏，淳祐離朝後的八年里居期間，亦屢見其於詩文書信中記錄戰事消息，〔註62〕抒發感慨之情。景定入朝後，劉克莊進故事主題集中於戰事的緣由，除與其自身喜好、仕宦經歷相關外，更直接地反映當時南宋朝廷關注的議題所在。

　　自寶祐五年（1257）蒙哥汗決定於隔年開始大規模侵宋行動後，宋蒙戰爭日趨激烈。其中影響最大者爲開慶元年的釣魚城之役與同年稍晚的鄂州之圍，前者導致蒙哥汗病逝，蒙古陷入奪位政爭，後者則使賈似道得以戰功上位，獨掌政權，對南宋末年朝政有深刻的影響。劉克莊此次入朝時機，逢賈似道還朝後引薦，已是上述戰事初步平定之時，然其對國勢仍相當憂慮，其〈進故事・壬戌三月初三日〉即提醒理宗當「戒懼儉勤」：

> 惟聖人能内外無患，自非聖人，外寧必有内憂。出《左傳》。
> 臣叨塵朝列以來，每見君相之所深憂，中外之所通患至矣。瀘將據瀘以畔也，連海未復也，籌西事者恐其斡沅播，梗嘉渝，慮東鄙者防其突山陽，窺海道。上下皇皇，憂在旦暮。賴天悔禍，而人助順，將帥葉力，英豪慕義，歸疆闢國，一月三捷。凡向之深憂通患者，至此冰釋矣。此皆陛下憂勤一念，惟天惟祖宗，駕相啓佑之力。溥率同慶，而臣獨有隱憂。臣聞古人以敵國外患比之法家拂士，言君心敬肆之傾，天下治亂分焉。楚雖克庸，而申儆箴訓國人者愈嚴。晉雖敗楚于城濮，然文公猶有憂色。臣嘗反復左氏所書，曰申儆者，謂戒懼之不可忘；曰箴訓者，謂篳路藍縷，謂民生在勤；曰文公有憂色者，謂得臣猶在。臣妄謂今日邊患紓矣，外間或言禁中排當頗

〔註62〕〔宋〕劉克莊，《劉克莊集》，卷30，〈淮捷〉，頁1595；〈凱歌十首呈賈樞使〉，頁 1596～1598；卷 31，〈景定初元即事〉，頁 1672～1674；〈書事十首〉，頁1682～1684。

密，能如前日之戒懼否？湖山舟艫稍盛，能如先朝之篳路藍縷否？又曰：「護必烈猶存，憂不大於得臣否？」此雖遊談聚議之詆，然亦私憂過計之意。昔鄭有武功，而子產懼晉復覆業，而范文子諫。臣雖不及前賢，惟願陛下戒懼儉勤，常如虜透渡時。大臣洪毅忠壯常如蘋草坪、白鹿磯時。公卿百執事，常如吳潛聚議移蹕時。及茲閑暇，相與泛掃朝廷，綢繆牖戶，以續藝祖開基之運，以保光堯壽皇中天之業。臣奄奄餘景，歸老田里，尚能作爲頌詩，歌舞太平。臣不勝惓惓。〔註63〕

此文約可分作四部分，第一部分爲故事引述；第二部分自「臣叨塵朝列以來」至「隙相啓佑之力」述近日兵事，言今賴君臣協力，戰事已趨緩；第三部分自「溥率同慶」至「謂得臣猶在」是對引述故事背景的補充，此部分涉及《左傳》中晉楚城濮之戰，與〈進故事‧壬戌七月初六日〉引述故事相同，將於後文一併說明；第四部分自「臣妄謂今日邊患紓矣」至「臣不勝惓惓」再次繞回今日時政，挾以古鑑今之意，提出全篇旨要。

第一部分引述故事出自《左傳‧成公十六年》記載，原爲晉、楚鄢陵之戰時范文子（？～574 B.C.）之語。時晉國大臣多數主戰，惟范文子主退，其謂郤至曰：「吾先君之亟戰也，有故。秦、狄、齊、楚皆彊，不盡力，子孫將弱。今三彊服矣，敵楚而已。惟聖人能內外無患。自非聖人，外寧必有內憂，盍釋楚以爲外懼乎？」以爲當日局勢與先前不同，如戰而勝楚反而可能滋生內憂，不如釋楚以緩和國內矛盾。〔註64〕對照劉克莊後文「臣妄謂今日邊患紓矣，外間或言禁中排當頗密，能如前日之戒懼否」、「惟願陛下戒懼儉勤」等語，可知此處引述《左傳》故事的意旨僅止於字面，其意在於強調「外寧必有內憂」，望理宗不因此時局勢稍紓而有所懈怠，而非如原出處中范文子期能「釋楚」、保留外懼之意。

第二部分所述時政皆與當時軍事行動相關，由於事涉後文進故事中的時代背景，故此處依其時間先後作一梳理。文中「西事」者，即蒙哥汗即位後所發起的「斡腹」戰謀。「斡腹」，意爲「迂迴繞擊，避開敵方正面防線，攻其側背薄弱環節」的戰術，此術向爲蒙古慣用。〔註65〕蒙哥汗早於淳祐十二

〔註63〕 同前註，卷87，〈進故事‧壬戌三月初三日〉，頁3730～3731。部分文字經筆者調整以正體字呈現。

〔註64〕 楊伯峻，《春秋左傳注》（北京：中華書局，1995），成公十六年，頁882。

〔註65〕 此語解釋參考粟品孝等所著《南宋軍事史》。「斡腹」語見蒙古郝經奏議：「既

年（1252）時即開始布置此謀，其命忽必烈遠征大理，攻入城後使兀良合台
（1201～1272）經略雲南，開始嘗試自南方進攻四川。寶祐五年，蒙哥汗下
詔出師攻宋，命幼弟阿里不哥守和林，弟忽必烈攻鄂，兀良合台自大理引兵
會於鄂，自己則自西蜀攻入，軍四萬，號十萬，分三道而入，主要攻擊目標
在川蜀與襄樊一帶。六年，蒙哥率軍進入成都，陸續攻佔彭縣、廣漢、隆慶、
潼川、閬州、蓬州、順慶府治等州郡，時川蜀「三分有二」被蒙軍佔領，「所
未附者巴江以下數十州而已」。〔註66〕開慶元年，蒙哥汗抵達合州，決定攻佔
具山水之險、交通便利的釣魚城，然而由於興元都統兼知合州王堅數年來對
釣魚城的經營與堅守，「屢攻不克」。〔註67〕理宗為解蜀地之急，使賈似道出
任樞密使兼京西湖南北四川宣撫大使，都大提舉兩淮兵甲、總領湖廣京西財
賦、總領湖北京西軍馬錢糧，兼知江陵府軍事等職，賦予其抗擊蒙軍的支配
重任。時賈似道進駐峽州，改呂文德（？～1269）為保康軍節度使、四川制
置使兼知重慶府，率軍入援。至六月，蒙軍仍屯於合州釣魚城，久攻不下，
時至酷暑加以水土不服、糧食不濟等問題，蒙軍中暑熱、霍亂等疾病流行，
處境不利。蒙哥汗亦於此時染病，七月時蒙軍大半撤退，僅留精兵三千圍城，
兩天後蒙哥汗去世，蒙軍全線撤退北返。此役終以宋軍獲勝作結，對於暫時
挽救四川局勢有決定性的作用。〔註68〕

　　同年八月，由忽必烈所率領的東路蒙軍自河南渡江南下，侵入荊湖北路。
九月，有使自釣魚台來告蒙哥汗死訊，「且請北歸以繫天下之望」。忽必烈以
為己「奉命南來，豈可無功遽還？」〔註69〕於是攻勢加劇，於三日後包圍鄂

而為幹腹之舉，由金、房繞出潼關之背以攻汴；為搗虛之計，自西和徑入石
泉、威、茂以取蜀；為示遠之謀，自臨洮、吐番穿徹西南以平大理。皆用奇
也。」此戰謀重點在於攻宋於出奇不意間，先前蒙古對金戰爭亦是運用此戰
略。〔明〕宋濂，《元史》（北京：中華書局，1976），卷157，〈郝經傳〉，頁
3700；粟品孝等著，《南宋軍事史》（上海：上海古籍出版社，2008），頁233。
〔註66〕〔明〕宋濂，《元史》，卷129，〈來阿八赤傳〉，頁3141。
〔註67〕同前註，卷3，〈憲宗本紀〉，頁53。
〔註68〕此期間「合州之圍」經過與朝廷調派人事異動參考以下文獻：〔元〕脫脫等，
《宋史》，卷44，〈理宗本紀〉，頁859～867；〔明〕宋濂，《元史》，卷3，〈憲
宗本紀〉，頁50～54；〔明〕陳邦瞻，《宋史紀事本末》，卷102，〈蒙古南侵〉，
頁1107～1109〔清〕畢沅，《續資治通鑑》，卷175，理宗寶祐五年至六年，
頁4765～4781；粟品孝等，《南宋軍事史》，頁235～243；何忠禮，《南宋全
史（二）》，頁151～155。
〔註69〕〔明〕宋濂，《元史》，卷4，〈世祖本紀〉，頁61。

州。兩個月後，自廣西北上的兀良合台軍抵達潭州，與忽必烈取得聯繫，意圖一同進攻。宋廷聞訊後，開始增築軍備，並於十月拜賈似道爲右丞相兼樞密使，命其自峽州率軍屯駐漢陽，以援鄂州，呂文德亦自重慶率軍前來支援。鄂州之戰相當激烈，雙方相持不下，時相吳潛甚至建議理宗「遷幸」。〔註70〕十一月時，城中傷亡人數已達一萬三千人，賈似道大懼；而入冬後蒙軍由於疾病、缺糧等問題日益嚴重，攻佔亦不順利。十二月，賈似道私自遣使與蒙古議和，時蒙哥已卒，忽必烈急於返漠北爭奪汗位，同意以稱臣，「割江〔南〕爲界，且歲奉銀、絹匹兩各二十萬」的條件議和，「遂拔砦而去」，鄂州解圍。〔註71〕景定二年二月，忽必烈北還後，留張傑、閻旺作浮橋於新生磯，賈似道用劉整（1211～1275）計，命夏貴以舟師攻斷浮橋，進至白鹿磯，殺殿卒百七十人。隔月，賈似道匿議和與稱臣納幣之事，以所殺獲俘卒殿兵上表言：「諸路大捷，鄂圍始解」，理宗大喜，以賈似道有「再造」功，〔註72〕進少師，封衛國公，諸將進官加賞。〔註73〕

此篇進故事中「斡沅播，梗嘉渝」、「常如蘋草坪、白鹿磯時」等語，即指上述釣魚城與鄂州相關戰事。而所謂「瀘將」事則係指景定元年二月於白鹿磯之役立功的劉整。〔註74〕劉整本爲北人，時除知瀘州兼潼川安撫副使，由於戰後與呂文德、余興等諸將不合，「懼禍及己」，遂於景定二年六月以城北降，後成爲蒙古中堅戰力之一。「漣海」事則係指景定三年二月時，蒙古江淮大都督李璮（？～1262）歸宋之事。李璮爲嘉定年間以青州降蒙古的叛將李全（？～1231）之子，〔註75〕璮於降蒙後陸續陷海州、漣水軍，使淮揚大

〔註70〕〔元〕脫脫等，《宋史》，卷44，〈理宗本紀〉，頁859～867。

〔註71〕同前註，卷159，〈趙璧傳〉，頁3748。

〔註72〕〔清〕畢沅，《續資治通鑑》，卷176，理宗景定元年，頁4794。

〔註73〕實際上，此次圍解的關鍵並非賈似道率領宋軍戰勝，而是由於忽必烈不得不返漠北，聽從郝經建議後所作的妥協，而鄂州議和由於事涉機密，加以賈似道有意隱瞞，時間匆促，未能形成實質的書面文字。何忠禮先生即指出，時賈似道與忽必烈均爲「藩職」，此次議和並未經過雙方朝廷批准，可謂「有鄂州議和，且無鄂州和議」。何忠禮，《南宋全史（二）》，頁161。

〔註74〕據《續資治通鑑》載：「蒙古張傑、閻旺，作浮橋於新生洲，烏蘭哈達〔按：即兀良合台〕兵至，傑等濟師北還。賈似道用劉整計，命夏貴以舟師攻斷浮橋，進至白鹿磯，殺殿兵七百十人。張世傑遇蒙古兵於蘋草坪，奪還所俘。」〔清〕畢沅，《續資治通鑑》，卷176，理宗景定元年，頁4793～4794。

〔註75〕李全叛事參〔元〕脫脫等，《宋史》，卷476～477，〈叛臣傳‧李全〉，頁13817～13851；〔明〕陳邦瞻，《宋史紀事本末》，卷87，〈李全之亂〉，頁969～988。

震。此次來歸，李璮請以漣、海三城、京東州縣贖父過，詔授保信、寧武軍節度使，督視京東、河北路軍馬，封齊郡王，復其父官爵。〔註76〕劉克莊於景定三年三月進此奏時，鄂州之圍已去二年、正月甫復瀘州、二月李璮方歸，正爲宋廷戰事相對安定之時，故言「凡向之深憂通患者，至此冰釋矣」。然劉克莊仍認爲不能因此鬆懈，當常保戒愼之心以續基業。此並非劉克莊首次提出的觀點，其景定元年入朝時即曾於〈庚申召對〉中陳述此說，文中期許君臣「毋忘胡馬飲江時，願大臣毋忘入峽時，毋忘漢陽舟中時，毋忘咸寧道間與白鹿磯時」，〔註77〕勿懈怠趨於逸樂玩弛，警告甚切，論者以爲「藥石之言」。〔註78〕二文對參下，得見劉克莊奏議與進故事中論及朝中政事的同質性。

又，劉克莊對於軍事議題的關注另外反映在其對將帥的擇選意見上。其〈進故事‧辛酉十月廿九日〉中即以文彥博故事論謀帥事，文中言「謀帥當以望實爲主，而權譎不與焉」，以爲今日帥材少，應以此法求之並儲之於平日。〔註79〕其所提出的擇將方法並不特別出奇，亦未見直指時事，然若對參同年九月劉克莊與徐經孫同繳屬文翁（約1202～1265）「依前資政殿學士知建康府、沿江制置使、江東安撫使兼行宮留守、暫兼淮西總領」除命一事，〔註80〕此時特於進故事中論述選將原則或可能意有所指。屬文翁爲寶祐元年進士，據《宋史》所載曾與外戚謝堂、內侍盧允昇、董宋臣共同用事，理宗對其甚爲器重，嘉其「人物甚偉，洞曉邊事」。〔註81〕劉克莊與徐經孫於繳奏中論其

〔註76〕理宗對李璮投降並歸還失地一事相當欣喜，賈似道亦引以爲功。後李璮趁蒙古兵力空虛之時攻佔益都、淄州，進而佔據濟南城，忽必烈下令討伐李璮，進圍濟南。時戰爭激烈，然宋廷無意願亦無能力出兵救援，李璮最終投大明湖自殺，不死，俘後被殺。蒙古又重新佔領山東，與宋廷的關係進一步惡化。參〔元〕脫脫等，《宋史》，卷45，〈理宗本紀〉，頁880～882；〔明〕宋濂，《元史》，卷206，〈叛臣傳‧李璮〉，頁4591～4594；〔明〕陳邦瞻，《宋史紀事本末》，卷104，〈李璮之納〉，頁1123～1126。
〔註77〕〔宋〕劉克莊，《劉克莊集》，卷52，〈庚申召對〉，頁2587。
〔註78〕同前註，卷194，〈行狀〉，頁7559。
〔註79〕同前註，卷87，〈進故事‧辛酉十月廿九日〉，頁3727～3728。
〔註80〕同前註，卷81，〈繳屬文翁依前資政殿學士之建康府沿江制置使江東安輔使兼行宮留守暫兼淮西總領〉，頁3597～3598。
〔註81〕《宋史‧馬廷鸞傳》：「時外戚謝堂屬文翁、內侍盧允升董宋臣用事，廷鸞試策言彊君德，重相權，收直臣，防近習。大與時迕，遷秘書省正字。」〔元〕脫脫等，《宋史》，卷414，〈馬廷鸞傳〉，頁12436；〔清〕王崇炳，《金華徵獻略》，《續修四庫全書》第547冊（上海：上海古籍出版社，1995），卷9，〈名臣傳‧屬文翁〉，頁146。

「江上透渡之事，實文翁作俑誤國」，言下之意謂其於鄂州戰事時曾有過失，然詳細事件爲何已不可考。繳奏中並期許理宗擇帥「必得其實」，不應選擇此類小慧小材者任事，與進故事意旨類似。理宗爲保全屬文翁，特降御筆諭二人「且書行」，若任後有敗闕之事「言之未晚」，並遣宰相賈似道爲之言，示此命僅是以「熟習邊事」而下。數日內劉、徐二人三次繳奏，數束往返宰相與理宗之間，終使理宗罷其新命，「事寢無迹，外間莫知」。〔註82〕

同樣以將帥擇選爲主題的尚見〈進故事·壬戌七月初六日〉一文，較之上篇進故事，此文直接點明是針對桂、江二閫經營起復事件而發，論事直言不諱，全文如下：

> 晉文公敗楚師於城濮，楚殺得臣。出《左傳》。
>
> 晉廢中軍將軍殷浩爲庶人。出《晉書·殷浩傳》。
>
> 臣聞賞罰軍國之綱紀。宜賞而罰，則有功者怠；宜罰而賞，則負罪者玩。以此御軍，軍不可御；以此治國，則國不可治矣。夫功莫大於保境衛民，罪莫大於僨軍蹙國。今有負僨軍蹙國之罪，宜罰而賞，人心憤鬱如桂閫江閫，此二人者。臣請爲陛下精白言之。幹腹之傳且二十載，於是建閫桂林，倚之爲萬里長城。羽檄調精兵良將，分布要害，又竭東廣椿積泉粟以餉西廣。寇未至則先抽外戍以自衛，寇至則堅閉四壁而不敢出。使蠻蜑數千烏合之寇，殘昭容柳象，破全永衡諸郡，及潭之諸邑，桂閫爲之也。天塹失險，危機交急，謂且順流而東，賴旬宣大臣，下荊楚之甲以趨國難，大小百戰，虜不能支，一夕解去。而沿江副閫，輕信狂生，欲邀奇功，遂使已去之虜，迴戈致死於我，剗壽昌、臨、瑞三郡，踐袁、吉、洪、撫之支邑，烽火接於江、池、衢、信、浙，江閫爲之也。向非裴令處置，謝傅指授之於蘋草坪，扼之於白鹿磯，則大事去矣。合湖廣江閫數路二十餘郡數十縣百萬生靈，怨此二人深入骨髓，雖國家至仁，無大誅殛，然天下憤激，有公是非，削秩奪職，不傷毫毛，識者已議司寇失刑矣。一旦江閫牽復於前，桂閫牽復於後，所謂削且奪者不旋踵而還甦矣。臣嘗謂得臣治兵嚴而奉己薄，晉文公以其存亡爲憂喜。及城濮之敗，楚子使謂之曰：「大夫若入，其如申息之老何？」

〔註82〕劉克莊繳屬文翁過程奏狀、御筆、丞相束、回束皆收入集中，見〔宋〕劉克莊，《劉克莊集》，卷81，頁3597～3607。

得臣聞而自殺。殷浩有德有言，當時以其出處卜江左隆替，及山桑
之敗，廢爲庶人。若二閫無得臣之才與浩之德，而償軍虔國之罪大
於城濮、山桑之敗，削奪終身，猶爲輕典，而又可以復玷缺乎？《語》
有之：「既往不咎。」臣非敢嘵嘵然咎既往也。議者皆謂此二人者，
其身雖已閒退，其力猶足以交結貴近，經營召用，天下事豈堪此曹
再壞耶？臣愚，欲望陛下覽楚殺得臣、晉廢殷浩之事，申諭大臣，
二人牽復之外，永不得收用，以解天下之疑惑，以存朝廷之紀綱。
宗社幸甚，取進止。〔註83〕

此文爲劉克莊進故事中少數引述雙則故事爲引言的篇章，南宋後期的進故事
中引述雙則史事的寫作偶可見得，然並非主流，除劉克莊外，許應龍、洪咨
夔、眞德秀等人亦見此類作法。文中引述的二則故事，爲經劉克莊整述、概
括後的文字，並非原典。據《左傳》所記，晉、楚城濮之戰中，得臣（？～
632 B.C.）作爲楚軍主帥屢次請戰，後戰敗歸國，楚成王責其「貪與晉戰」，〔註
84〕得臣聞語自殺。《晉書》載殷浩（？～356）以中軍將軍身分受命北征，於
山桑遇姚襄反，懼而棄淄重，退保譙城，戰敗而歸，桓溫上奏責其「不能以
時掃滅」，危及社稷，殷浩遂被廢爲庶人。〔註85〕二則故事雖發生於不同時代、
情境下，然所表達的精神是一致的——將帥於戰事中有過失，必須立綱紀、
明賞罰。而劉克莊所以於此則進故事中選用二將事蹟則與其後論事相關。

　　相較於劉克莊他篇進故事中論及朝廷官員常以委婉、隱晦方式暗喻，此
篇進故事於論說中直接點明所論乃先前於對蒙戰爭中有過失的「桂閫」及「江
閫」，直指於戰事期間曾任「湖南安撫大使兼知潭州，兼節制廣南，移治靜江」
的李曾伯（約 1198～1265）與「沿江制置副使，移司壽昌軍應援鄂州」的史
巖之（生卒年不詳）二人。此二人向爲南宋邊防大將，其中史巖之爲史嵩之
胞弟，由於《宋史》無傳，相關事蹟記載不多；李曾伯則於淳祐年間陸續除
荊湖安撫制置使兼知江陵府、湖南安撫使兼知潭州等職，經營襄樊使成爲重
要軍事堡壘，有其功績。據《宋史》所載，二人於景定元年五月落職，「曾伯
坐嶺南閉城自守，不能備禦；岩〔巖〕之坐鄂州圍解，大元兵已渡江北還，

〔註83〕　同前註，卷87，〈進故事・壬戌七月初六日〉，頁 3732～3734。
〔註84〕　〔漢〕司馬遷，《史記》，卷39，〈晉世家〉，頁 1668。
〔註85〕　〔唐〕房玄齡等，《晉書》（北京：中華書局，1974），卷 77，〈殷浩傳〉，頁
　　　　　2046。

然後出兵，又命程芾任事，以致敗績」，〔註86〕細節他處無載，可能即劉克莊文中所述，於今看來此文有補充史實的效果。倘以文中所言，李曾伯「堅閉四壁而不敢出」與引述故事中殷浩「懼而退守譙城」致敗績實相類；史巖之「欲邀奇功」則與得臣「貪戰」之譏相仿，是知前述的故事不僅是應願理宗能法得臣、殷浩戰敗重罰的故事所選，實際上得、殷二將與李、史二閫於致敗緣由亦見雷同之處。劉克莊於引述故事中雖未點出二將戰敗之因，然實已預設讀者了解二事背景，故刻意選擇此二則故事比附二閫，願理宗能法故事嚴懲李曾伯與史巖之，由於李、殷及史、得背景的相似，其議論顯得更具信服力，從中亦得見劉克莊用事精切的寫作特點。

事實上，善於用事向爲劉克莊詩文創作的一大特色，其擅長於一限定主題下，自時間、空間、情境皆不同的各式史事中抽繹出某種特徵，或引述、概括、化用、改寫原典，使這些事件能巧妙地以某種邏輯並存於同一主題作品中，散文創作如進故事、章表奏啓，詩歌創作如〈雜詠〉二百首、以「雜詠」爲題的數組組詩皆見此作法的運用，如前述〈進故事‧辛亥六月九日〉對內降故事的排比引述、上文刻意選用背景雷同的史事做爲故事等皆爲例證。從正面角度來看，這樣的創作手法充分體現劉克莊「學貫古今」、強調創作應本於「學識」、「巧思鍛鍊」的一面，〔註87〕顯示其運用史事、典故的功力深厚，並符合其以「史學尤精」的形象；然自反面角度而言，這種情感單薄、爲用事而用事的作法則易導致批評，如劉辰翁評其「駢儷爲書，左旋右抽，用之不盡」、方回譏爲「用事充塞」，錢鍾書亦對其「帖括」、「餖飣」的工夫作了批評。〔註88〕由於進故事本身具有引述史事、於文中挑選與今日事體相符的故事論述等文體要求，故劉克莊的此項創作特色於此體中可謂適得其所，能於文體規範下充份發揮其長才；然此手法若於詩中運用，有時因爲過度省略、拼湊，後人於閱讀時則可能造成難以解讀的情形，〔註89〕或以爲

〔註86〕〔元〕脫脫等，《宋史》，卷45，〈理宗紀五〉，頁873。

〔註87〕後村文中亦屢述及創作應本於學識，經過巧思鍛鍊而得，如欣賞林光朝「好深湛之思，加鍛鍊之功」、「鍊字如鑄金，一分銖未化，非良冶也。成章如織素，一經緯不密，非巧婦也」、「鍛鍊有功夫，警拔出胸臆」等。同前引，卷94，〈序‧竹溪詩〉，頁3997；卷97，〈序‧宋希文四六〉，頁4094；卷133，〈與淮閫賈知院書〉，頁5355。

〔註88〕錢鍾書選註，《宋詩選註》（北京：人民文學出版社，2000），頁249。

〔註89〕這種由於省略、化用句子導致語意、邏輯於解讀上產生困難的情形於〈雜詠〉

其用事過多導致繁冗，並有炫才之疑。此雖爲今人論劉克莊詩文時常見的批評，然亦必須理解這樣的批評實來自論評者心中對「優秀作品」的預設立場，而此預設觀念與詩人本身所追求的美感未必相同，值得注意。

　　總的而言，此節主要論述劉克莊第四次入朝時關於「軍事」的進故事創作，當中多反映寶祐至景定年間的戰事相關議題，劉克莊於文中時論當今局勢，願皇帝不應以一時安逸鬆懈國政，並對選將任帥議題有所注意，所論或與其間繳奏相關，從中得見其對朝事的關切與憂心。有別於前述進故事，劉克莊於景定年間軍事主題的進故事中，論事直言不諱，對於戰事、時勢的描述亦相當清楚，符合南宋進故事的發展傾向。其刻意選用與論事相關的故事引述，顯見其對文章的經營與布置，體現其「用事精切」的一貫寫作特色。

小　結

　　此章析論的是劉克莊淳祐十一年與景定元年入朝後所作的進故事內容。第一節以〈進故事・辛亥六月九日〉爲文本，分析其內容與作法，劉克莊以杜衍事蹟作爲引述故事，然透過分析可發現當時論者談及「杜衍封還內降」事時，實際有暗諷「鄭清之未能封還內降」之意，其引述故事於當時已形成一背後具有特定指涉意涵的用事。較之他篇相同故事、旨要者，此篇進故事作法顯得較爲特殊，於論說中排比大量相關故事爲證，爲劉克莊進故事中較獨特的寫作方法。

　　第二節與第三節皆以第四次入朝時創作的進故事篇章爲討論文本，第二

二百首中可見數例。如〈嬰臼〉「賢矣兩家臣，孤存極苦辛。後來有曹馬，亦是受遺人。」當中「曹馬」二字，張健先生即言此「殊不可解」。筆者以爲，倘考慮劉克莊常見化用史傳文字的作法，此二字應解作「曹眞」與「司馬懿」。再如〈杜預〉詩中沿「南征滿腹智，實似小兒癡。漢水有涸日，沉碑無出時」，張健先生評此詩時即認爲此「切入點甚奇」。筆者以爲，此詩的立論可能是來自於歐陽修〈峴山亭記〉所言：「是知陵谷有變，而不知石有時而磨滅也。豈皆自喜其名之甚，而過爲無窮之慮歟？」沉碑所以無出，是因爲石可能磨滅，歐陽修已在文章中對杜預好名提出議論。後村〈杜預〉詩中看似甚奇的立論，實是概括了歐陽修的句意，惟歐公作文，後村作詩，文體不同而已。而此處後村應是爲求對仗，過度省略文字，才造成邏輯不通的情形。參〔晉〕陳壽，《三國志》（北京：中華書局，1959），《魏書》，卷9，頁281；〔宋〕歐陽修，《歐陽修全集》，卷40，〈峴山亭記〉，頁589；張健，《劉克莊人物詩研究》，《古典詩歌研究彙刊》第13輯第13冊（臺北：花木蘭出版社，2013），頁136。

節主要論述此次入朝時的朝政勢力與論及災異的進故事篇章，第三節則以軍事主題的進故事篇章與寶祐、景定間戰事爲論述對象。於災異主題文本的討論中，可看出劉克莊在常見主題中對於選材與論說內容的創新，有別於過去多是泛泛論五行、天戒的作法，劉克莊試圖於進故事中提供具體的救災方針，模糊了進故事與奏議的界線。軍事主題的文本分析中，可發現劉克莊論事多與時政相關，勸諫直言不諱，直接而清楚地指出當時情勢、涉案官員，願皇帝能明察。由其〈進故事・壬戌七月初六日〉故事選擇，則能見劉克莊用事精切的一貫創作特色，運用在進故事篇章時，能使進故事「以史論政」的創作旨要更加凸顯，從而加深進故事論說的信服力。

景定三年八月，劉克莊申乞納祿，返回福建故鄉。兩年後除煥章閣學士守本官致仕，度宗咸淳五年（1269）以高齡八十三歲卒於宅第，累官至龍圖閣學士、正議大夫、莆田縣開國伯食邑九百戶。綜觀劉克莊進故事文章創作時間恰與淳祐後的每次入朝時間相符，而其每次入朝皆逢朝中勢力更迭之時，屢次因人際、職責間接參與爭議性較高的政治議題。其敢於言事，對朝政多有關注，然由於其入朝後並未擔任具政務實權的官職，除少數幾次召對外，未必具有政事發言權，故其對於政事的看法、勸諫大量地發表在理論上皇帝能親自審閱的進故事篇章當中，這也造就了其進故事形式、內容看似合於規範，然較之先前進論官員涉及具體時政的比例大幅提高。其雖未必直接點明批評的事件爲何，然若進一步結合史籍、奏札等資料，往往能見得其背後有影射時政的可能，充分體現了進故事「史論即政論」的文體特色。

第六章　結　論

　　本文論題《兩宋進故事研究——以劉克莊爲例》，是以兩宋經筵中的進故事文本爲主要研究範圍，以劉克莊作爲此體代表作家，深入分析其進故事文本。筆者初始設定的研究目標有二：一是研究兩宋進故事的創作背景、內容與作法，試圖釐清此體的發展概況；二是以劉克莊進故事爲例，藉由分析其文本深入了解進故事寫作與作者、朝政間的互動關係，進一步思考劉克莊進故事於其生平與進故事發展上的定位。以下整述本文研究成果與研究展望。

一、本文研究成果

　　進故事作爲兩宋於史學發達、言事風氣興盛的背景下所形成的一種經筵文書，於形式、內容、施行方式上皆受官方規範。從制度上來看，此體約於哲宗元祐年間成爲定制，此後直至南宋末年皆見施行。有別於講義等經筵文書，進故事不一定有當面向皇帝奏陳的機會，且不以闡釋義理作爲主要目標，於內容上更重於評議、結合史事論政務一塊。藉由觀察進故事的流傳情形，可發現進故事於文集中的歸類紛雜，此實是由於進故事融合了不同文類要素，其據史評論的部分可能近於「論」，論及時政的部分可能近於「奏議」；繳進方法與語言風格又類似「箚子」，遂造成這種定位不明的情形。由各式別集、總集對進故事的收錄亦可看出，進故事於當朝實際有流傳可能，其發揮作用的場所不僅限於經筵。此亦與進故事的特殊體裁相關，其不僅能看作一篇史論著作，傳達作者對史事的博通與識見，當中亦包含對時事的看法，成爲作者表明自己政治立場、彰顯身分的一種文本。而當朝士人對此體特殊性質顯然相當了解，懷姦者即曾於進故事繳進講筵所時，藉「索取副本」爲由，

監看進論內容，顯示進故事實際可能引發政治作用。

由引述故事的取材來看，故事出處多半來自史籍，當中多引述明君賢臣的正向事蹟，由進論官員對部分人物的偏重取材，可以見得當朝對於這些史事的評判。論說部分就引述史事而發，常見主題如君德治道、用人取士、災異天變、財政民生、邊防兵事等皆爲朝中關切的政務內容，其持論平正，多半爲綱領性的提點，較少涉及具體政令內容。相較於一般史傳型論贊或單篇史論，進故事在論述史事的同時常有一對應的時務訴求，結合了傳統科場「論」與「策」的特質，並兼具史論與奏議的內容。

藉由梳理兩宋進故事代表作者與其作品，可以發現進故事內容演變情形。大致而言，北宋進故事篇幅偏短，以簡要評史爲論說要點，不特別涉及政事；南宋後的進故事篇幅明顯變長、論說漸趨完整。早期如張綱等仍以評史爲主要內容，隨著時間發展論政的比例逐漸變重，其作法亦從初時廖剛、樓鑰的隱微、委婉演變至晚宋孫夢觀的直言不諱、激切議政的內容。倘由進故事整體觀察，周必大的進故事作品應可視爲兩宋進故事的典型代表，由中能見得一般進故事寫作的大致樣貌。進論官員於進故事中議論時政時，通常會選擇與欲論時務相關的史事作爲引言，藉由褒貶史事，願皇帝借鑑故事施於當今政務，倘結合發論背景與進故事內容則往往得見作者的政治立場。此體展現了兩宋「以史論政」的具體施行方式，實爲「史論即政論」觀念的最佳體現。

經過歷時性的對進故事政策的分析後，本文以劉克莊爲代表，對其進故事篇章進行較深入的研究。劉克莊進故事作於其淳祐賜第後三次入朝期間，作爲少數能接觸皇帝、表達一己政治立場的文本，劉克莊進故事內容對時政議論甚多，所論主題雖未脫離傳統進故事範疇，然有別於他人多以泛論、綱領性提示的方法論政，後村議論內容多相當具體，有時甚至針對自己涉身其中的爭議事件作論說，是有意於此性質特殊的文本中展現其對諸多時政的識見。如〈進故事・丙午十二月六日〉論史嵩之起復；〈進故事・三月壬辰〉諷鄭清之缺失；〈進故事・辛酉七月十五日〉論賑災方法；〈進故事・壬戌七月初六日〉論桂、江二閫事等皆爲例證。由於後村進故事內容與時政關聯緊密，其文本常涉及事件詳情，於今看來頗具補史之缺的功效，當中亦能見得劉克莊關切的政事面向與其政治立場，充分展現其「吏才高」的一面。

以作法而言，劉克莊在承繼先前進故事外自有其獨到之處。在取材上，

劉克莊偏好選擇少見於先前進故事中的材料作為引述故事，諸如〈進故事‧丙午十二月六日〉的秦檜故事、〈進故事‧辛酉七月十五日〉的曾鞏〈救災議〉等皆為例證。綜觀其引述故事與論說的關聯性又可略分成四種：其一是就故事內容發論，順帶勸諫與故事相關的政務內容，如〈進故事‧丙午九月二十日〉即是，此亦為一般進故事常見的作法。其二是引述故事於當時語境中具有特殊指涉意涵，藉此批判特定事件、人物。由於引述故事於當朝具有特定意義，是以後村不需在論中特別點明影射的對象，時人自其引述故事中即可知曉欲論事件為何，如〈進故事‧丙午十二月六日〉以秦檜論史嵩之即是。其三是於論說中轉化原本故事意義，以比附欲論政事，如〈進故事‧壬戌三月初三日〉僅用故事「外寧必有內憂」的字面意義論「今當戒懼儉勤」，而非採用原出處中「保留外懼」之意即是。其四是刻意挑選故事中人物事蹟與欲論對象事蹟有相通之處，以切合的今昔人物展開論述，如〈進故事‧壬戌七月初六日〉中以得臣「貪戰」比附史嵩之「欲邀奇功」、殷浩「懼而退守」比附李曾伯「堅閉四壁而不敢出」即是，今昔人物於事蹟上的高度相類，使其論述更具說服力。又，劉克莊於進故事論說中，擅長排比大量史事作為議論依據，相較於他人同旨要的進故事作品，其論說的部分較為簡略，取而代之的是同主題的大量相關史事引證，如〈進故事‧辛亥六月九日〉中各式內降例證、〈進故事‧辛亥閏月初一日〉中各式北伐憾例即是。從後村的進故事作法中得見其對歷代史事的博通，反映其詩文一貫「用事精切」的創作特色，體現劉克莊「文名」與「史學」的部分內涵。

　　本文以兩宋進故事為研究範圍，藉由分析其文體發展與文本內容，試圖對當今經筵、史論、政論、個別文人研究提供一個新的觀察角度。作為兩宋文學家重要的論政文本，進故事內容與時政息息相關，就其文本分析內容能進一步了解兩宋文人的政治背景與立場，一定程度地對個別文人研究，尤其當今較欠缺的南宋文人研究起了補充之效。以劉克莊為例，析論其進故事內容，得以進入文人當時確切面臨的政治議題，並見得其嘗試藉作文、以其史學長才發揮實質政治作用的一面，這些事蹟、形象與其「江湖詩人」、「辛派詞人」等稱號皆有一定程度的落差。透過對其進故事的分析，得以促使吾人進一步思考劉克莊於晚宋文學史中的定位，亦補充了當今研究中向來缺乏的散文與仕宦經歷的研究內容，使劉克莊的人物形象建構漸趨完整。而進故事作為官方許可「有為而做」的史論，由初始的經筵史學教材逐漸發展為以史

論政的特殊文本，實際體現了史論與政論於經筵中匯聚的結果，亦提供了史論與政論在論說體外的另一種呈現方式，於文體特質上有其獨到之處。整體而言，進故事體現了諸多兩宋史學與文學上的重要觀念，實具有深入研究的價值。

二、研究展望

本論文對兩宋進故事的發展、內容、作法、性質做了分析，並以劉克莊為例做了較詳盡的探討，其中有若干可再深入研究之處：

以進故事整體發展而言，本文雖嘗試挑選當中較具代表性的作家簡要分析其進故事內容，然此處僅是大致論述此體於各作者文本中較突出的數項特色，若與本論文後半部分針對單一作者的進故事文章深入分析相比，可發現當中仍有諸多未盡之處。又，進故事作者於當代政治、文壇、社會網絡等研究中常為關注焦點所在，應如何看待此類文本與作者身分、經歷的關聯亦為值得注意之處。倘欲較詳盡的分析各作者的進故事文本，必須先對其所處政治背景與其立場及相關著作有較通盤的了解。而南宋後對個別文人與時政的研究成果較為缺乏，故針對個別文人的背景與著作內容梳理，或為深入了解進故事整體前仍有待深化的部分。

就進故事內容而言，此體確實展示了「史論即政論」的特色，由此或能再延伸思考史論與政論在論體文外尚有哪些可能的匯聚點？以何種作法呈現？進故事一體與史論、奏議等相關文類是否有明確分界？判斷標準為何？由於現今保存的進故事文本與史料有限，對於進故事的實際施行方式與其文體特徵的討論仍有不足之處，諸多問題均有待蒐羅更多相關文本進一步研究。而進故事作為兩宋在言事風氣盛行與史學發達的背景下所發展出的文體，亦促使筆者針對其「言事」與「史學」內涵再作發想。在言事內涵上，進故事初始作為一經筵史學教材，本不具備言事的功能，然經筵官既為皇帝重要的信息渠道，此體又不免必須涵蓋議事功能。那麼，在經筵中如何以講讀、進論文本言事？此即為可以再延伸研究之處。又，今日議及宋代史學的發達，常是就各式史籍的修纂、修史制度的完善、疑古辨偽精神於文本中的呈現等方面考察，而當論及史學「致用」時則往往偏於對歷代史事、王朝興衰於義理方面的疏通。筆者以為，進故事提供了另一種觀看宋朝史學的角度，進論官員於此體中嘗試運用自己對史事的評判、識見，試圖影響當朝政治的運作。史學之用或不再限於纂述史籍以待後世參看、借鑑，進故事文本提供

了官員發揮史學專長以達成實際政治作用的可能。那麼,這種史學之「用」是否還有其他展現之處?宋朝「史學」應如何定義?此皆為筆者認為可再深入思考的問題。

進故事作為宋朝特有的經筵文書,於後朝未再見得同以「進故事」為題的經筵文本,顯示進故事此一能在「官方許可」下「以史論政」的特殊文本可能消失或是融入其他教材、文體中。由此現象能進一步思考的是,進故事特別於宋朝興起、消退的具體原因為何?若由進故事發展到後期的文本來看,此體內容實近似單篇奏議,評論史事已不再是文本重點,此是否導致進故事與奏議文章的進一步結合?或是宋亡後新興統治政權對於「以史論政」的文本做了限制?相關原因與事件都有待進一步探析。

在劉克莊的文學研究中,本文雖針對後村於今人研究中較缺乏的散文、史學與仕宦事蹟進行研究,然當中仍有諸多待補充之處。首先,整體來看劉克莊的散文研究尚處於開端,其作為於當朝以文名聞世的代表作家,各體散文仍有待深入析論。其二,本文雖欲對劉克莊進故事作較深入的研究,然由於宋末史料保存不易、與劉克莊同時且相關的進故事與奏議作品多半亡佚,對於劉克莊進故事所涉時政的考察仍見不足,此亦為今後筆者需再努力之處。其三,進故事向被認為是與後村史學相關的文體之一,然若欲較全面的定義後村史學,諸如序跋文中評論史籍、書信文中與人論史、碑誌文中藉撰述發揮其史才等,皆為探討其史學不能忽略的文本。倘能進一步結合這些文體與詩詞作品,對於後村的史學應能有更通盤的認識。又,在劉克莊涉及當朝政事的文本中舉凡章表奏啟、制誥文書、碑誌文等作品,皆可見得與進故事的內容相關之處,若欲了解劉克莊在朝仕宦的事蹟,這些文本皆有待更進一步的研究。而透過對上述文本的析論,吾人應如何較恰當地評價劉克莊於兩宋文學的定位,才是研究的最終關懷所在。

要之,劉克莊於兩宋文學中的開創性雖不及歐陽修、蘇軾、黃庭堅、辛棄疾等人,然其作品多方囊括了宋朝以來無論是散文、詩、詞於理論及創作上發展轉型的諸多特點。儘管就後世看來,其文學成就並不特別突出,然若還原至晚宋文壇,劉克莊於詩、詞、散文創作上應仍具一席之地,對於宋末元初的文學發展起了繼承、傳播之效。藉由深入研究劉克莊各式文本,實能促進吾人進一步了解今向缺乏的宋末元初朝政、士人交往、文學發展等文化背景,此皆有待更多相關研究持續深掘、探討。

　　以上爲本論文尙可再延伸發展的論點，期盼能以拙文拋磚引玉，更加豐富兩宋進故事與劉克莊的研究成果。

參考文獻

一、傳統文獻

（一）經部典籍箋注

1. 〔宋〕朱熹，《四書章句集注》，臺北：鵝湖月刊社，1984。
2. 屈萬里，《詩經釋義》，臺北：中國文化大學出版部，1970。
3. 楊伯峻，《春秋左傳注》，北京：中華書局，1995。

（二）別集、總集

1. 〔南朝宋〕劉勰著，范文瀾注，《文心雕龍注》，臺北：學海出版社，1991。
2. 〔唐〕李絳撰，〔唐〕蔣偕編，《李相國論事集》，《景印文淵閣四庫全書》第 446 冊，臺北：臺灣商務印書館，1983。
3. 〔唐〕陸贄撰，王素點校，《陸贄集》，北京：中華書局，2006。
4. 〔唐〕劉禹錫著，瞿蛻園箋證，《劉禹錫集箋證》，上海：上海古籍出版社，1989。
5. 〔宋〕王十朋，《梅溪集》，《景印文淵閣四庫全書》第 1151 冊，臺北：臺灣商務印書館，1983。
6. 〔宋〕方大琮，《鐵菴集》，《景印文淵閣四庫全書》第 1178 冊，臺北：臺灣商務印書館，1983。
7. 〔宋〕文彥博，《潞公文集》，《景印文淵閣四庫全書》第 1100 冊，臺灣：臺灣商務印書館，1983。
8. 〔宋〕不著撰人，《新編翰苑新書前集》，《北京圖書館古籍珍本叢刊》第 74 冊，北京：書目文獻出版社，1988。
9. 〔宋〕史浩，《鄮峰眞隱漫錄》，《景印文淵閣四庫全書》第 1141 冊，臺

北：臺灣商務印書館，1983。

10. 〔宋〕吳泳，《鶴林集》，《景印文淵閣四庫全書》第 1176 冊，臺北：臺灣商務印書館，1983。

11. 〔宋〕辛棄疾撰，鄧廣銘輯校，辛更儒箋注，《辛稼軒詩文箋注》，收入鄧廣銘，《鄧廣銘全集》冊 3，石家莊：河北教育出版社，2005。

12. 〔宋〕周必大，《文忠集》，《景印文淵閣四庫全書》第 1148 冊，臺北：臺灣商務印書館，1983。

13. 〔宋〕范祖禹，《帝學》，《景印文淵閣四庫全書》第 696 冊，臺北：臺灣商務印書館，1983。

14. 〔宋〕范祖禹，《范太史集》，《景印文淵閣四庫全書》第 1100 冊，臺北：臺灣商務印書館，1983。

15. 〔宋〕范祖禹撰，〔宋〕呂祖謙音注，《東來音注唐鑑》，收入〔宋〕呂祖謙編著，黃靈庚、吳戰壘主編，《呂祖謙全集》，杭州：浙江古籍出版社，2008。

16. 〔宋〕洪适，《盤洲文集》，《景印文淵閣四庫全書》第 1158 冊，臺北：臺灣商務印書館，1983。

17. 〔宋〕洪咨夔，《平齋集》，《景印文淵閣四庫全書》第 1175 冊，臺北：臺灣商務印書館，1983。

18. 〔宋〕胡寅，《斐然集》，《景印文淵閣四庫全書》第 1137 冊，臺北：臺灣商務印書館，1983。

19. 〔宋〕胡銓，《澹菴文集》，《景印文淵閣四庫全書》第 1137 冊，臺北：臺灣商務印書館，1983。

20. 〔宋〕徐元杰，《楳埜集》，《景印文淵閣四庫全書》第 1181 冊，臺北：臺灣商務印書館，1983。

21. 〔宋〕徐鹿卿，《清正存稿》，《景印文淵閣四庫全書》第 1178 冊，臺北：臺灣商務印書館，1983。

22. 〔宋〕馬永卿編，〔明〕王崇慶解，《元城語錄解》，《景印文淵閣四庫全書》第 863 冊，臺北：臺灣商務印書館，1983。

23. 〔宋〕袁甫，《蒙齋集》，《景印文淵閣四庫全書》第 1175 冊，臺北：臺灣商務印書館，1983。

24. 〔宋〕袁說友，《東塘集》，《景印文淵閣四庫全書》第 1154 冊，臺北：臺灣商務印書館，1983。

25. 〔宋〕高斯得，《恥堂存稿》，《景印文淵閣四庫全書》第 1182 冊，臺北：臺灣商務印書館，1983。

26. 〔宋〕孫夢觀，《雪窗集》，《景印文淵閣四庫全書》第 1181 冊，臺北：臺灣商務印書館，1983。

27. 〔宋〕真德秀,《西山文集》,《景印文淵閣四庫全書》第 1174 冊,臺北:臺灣商務印書館,1983。

28. 〔宋〕陳思編,《兩宋名賢小集》,《景印文淵閣四庫全書》第 1362 冊,臺北:臺灣商務印書館,1983。

29. 〔宋〕陳起編,《江湖小集》,《景印文淵閣四庫全書》第 1357 冊,臺北:臺灣商務印書館,1983。

30. 〔宋〕陳淵,《默堂集》,《景印文淵閣四庫全書》第 1139 冊,臺北:臺灣商務印書館,1983。

31. 〔宋〕陳傅良,《止齋集》,《景印文淵閣四庫全書》第 1150 冊,臺北:臺灣商務印書館,1983。

32. 〔宋〕張孝祥,《于湖集》,《景印文淵閣四庫全書》第 1140 冊,臺北:臺灣商務印書館,1983。

33. 〔宋〕張嵲,《紫微集》,《景印文淵閣四庫全書》第 1131 冊,臺北:臺灣商務印書館,1983。

34. 〔宋〕張綱,《華陽集》,《景印文淵閣四庫全書》第 1131 冊,臺北:臺灣商務印書館,1983。

35. 〔宋〕程珌,《洺水集》,《景印文淵閣四庫全書》第 1171 冊,臺北:臺灣商務印書館,1983。

36. 〔宋〕程俱,《北山集》,《景印文淵閣四庫全書》第 1130 冊,臺北:臺灣商務印書館,1983。

37. 〔宋〕曾鞏,《曾鞏集》,北京:中華書局,1984。

38. 〔宋〕彭龜年,《止堂集》,《景印文淵閣四庫全書》第 1155 冊,臺北:臺灣商務印書館,1983。

39. 〔宋〕葉適,《水心集》,《景印文淵閣四庫全書》第 1164 冊,臺北:臺灣商務印書館,1983。

40. 〔宋〕葉適著,劉公存、王孝魚、李哲夫點校,《葉適集》,北京:中華書局,2010。

41. 〔宋〕趙汝愚編,北京大學中國中古史研究中心校點整理,《宋朝諸臣奏議》,上海:上海古籍出版社,1999。

42. 〔宋〕廖剛,《高峰文集》,《景印文淵閣四庫全書》第 1142 冊,臺北:臺灣商務印書館,1983。

43. 〔宋〕劉一止,《苕溪集》,《景印文淵閣四庫全書》第 1132 冊,臺北:臺灣商務印書館,1983。

44. 〔宋〕劉克莊,《後村先生大全集》,《四部叢刊初編縮本》第 69 冊,臺北:藝文印書館,1975 據上海商務印書館縮印宋刊本影印。

45. 〔宋〕劉克莊著，辛更儒校注，《劉克莊集箋校》，北京：中華書局，2011。

46. 〔宋〕劉克莊著，錢仲聯箋注，《後村詞箋注》，上海：上海古籍出版社，2012。

47. 〔宋〕歐陽修著，李逸安點校，《歐陽修全集》，北京：中華書局，2001。

48. 〔宋〕黎靖德編，《朱子語類》，北京：中華書局，1994。

49. 〔宋〕樓鑰，《攻媿集》，《景印文淵閣四庫全書》第 1152 冊，臺北：臺灣商務印書館，1983。

50. 〔宋〕韓元吉，《南澗甲乙稿》，《景印文淵閣四庫全書》第 1165 冊，臺北：臺灣商務印書館，1983。

51. 〔宋〕戴復古著，金芝山校點，《戴復古詩集》，杭州：浙江古籍出版社，1992。

52. 〔宋〕魏了翁，《鶴山集》，《景印文淵閣四庫全書》第 1172 冊，臺北：臺灣商務印書館，1983。

53. 〔宋〕蘇軾著，孔凡禮點校，《蘇軾文集》，北京：中華書局，1986。

54. 〔元〕方回，《桐江集》，《續修四庫全書》第 1322 冊，上海：上海古籍出版社，1995。

55. 〔明〕姚文蔚，《右編補》，《續修四庫全書》第 460 冊，上海：上海古籍出版社，1995。

56. 〔明〕唐順之，《荊川先生右編》，《續修四庫全書》第 460 冊，上海：上海古籍出版社，1995。

57. 〔明〕黃淮，《歷代名臣奏議》，上海：上海古籍出版社，1989。

58. 〔清〕莊仲方，《南宋文範》，收入任繼愈主編，《中華傳世文選》，吉林：吉林人民出版社，1998。

59. 〔清〕清聖祖御製，《全唐詩》，臺北：宏業書局，1977。

60. 〔清〕彭元瑞，《恩餘堂輯稿》，《清代詩文集彙編》第 374 冊，上海：上海古籍出版社，2010。

61. 〔清〕董誥等編，《全唐文》，北京：中華書局，1983。

62. 北京大學古文獻研究所編，《全宋詩》，北京：北京大學出版社，1993。

63. 高海夫主編，《唐宋八大家文鈔校注集評》，西安：三秦出版社，1998。

64. 曾棗莊、劉琳主編，《全宋文》，上海：上海辭書出版社，2006。

65. 歐陽代發、王兆鵬，《劉克莊詞新釋輯評》，北京：中國書店，2001。

（三）史籍

1. 〔漢〕司馬遷，《史記》，北京：中華書局，1959。

2. 〔漢〕班固，《漢書》，北京：中華書局，1962。

3. 〔晉〕陳壽,《三國志》,北京:中華書局,1959。

4. 〔南朝宋〕范曄撰,〔唐〕李賢等注,《後漢書》,北京:中華書局,1965。

5. 〔唐〕吳兢,《貞觀政要》,上海:上海古籍出版社,1978。

6. 〔唐〕房玄齡等,《晉史》,北京:中華書局,1974。

7. 〔唐〕魏徵、令狐德棻,《隋書》,北京:中華書局,1973。

8. 〔後晉〕劉昫等,《舊唐書》,北京:中華書局,1975。

9. 〔宋〕不著撰者,《皇宋中興兩朝聖政》,臺北:文海出版社,1965。

10. 〔宋〕李心傳,《建炎以來繫年要錄》,北京:中華書局,1988。

11. 〔宋〕李燾撰,上海師大古籍所、華東師大古籍所點校,《續資治通鑑長編》,北京:中華書局,2004。

12. 〔宋〕徐自明撰,王瑞來校補,《宋宰輔編年錄校補》,北京:中華書局,1986。

13. 〔宋〕陳騤、佚名撰,張富祥點校,《南宋館閣錄·續錄》,北京:中華書局,1998。

14. 〔宋〕彭百川,《太平治蹟統類》,《叢書集成續編·史地類》第 275 冊,臺北:新文豐出版社,1988。

15. 〔宋〕熊克,《中興小紀》,臺北:文海出版社,1968。

16. 〔宋〕歐陽修、宋祁,《新唐書》,北京:中華書局,1975。

17. 〔元〕佚名撰,王瑞來箋證,《宋季三朝政要箋證》,北京:中華書局,2010。

18. 〔元〕徐碩,《(至元)嘉禾志》,臺北:成文出版社,1983。

19. 〔元〕脫脫等,《宋史》,北京:中華書局,1977。

20. 〔元〕無名氏撰,李之亮校點,《宋史全文》,哈爾濱:黑龍江人民出版社,2005。

21. 〔明〕宋濂,《元史》,北京:中華書局,1976。

22. 〔明〕陳邦瞻,《宋史紀事本末》,北京:中華書局,1977。

23. 〔清〕畢沅,《續資治通鑑》,臺北:文光出版社,1965。

24. 苗書梅等點校,王雲海審訂,《宋會要輯稿·崇儒》,開封:河南大學出版社,2000。

(四)筆記、詩話

1. 〔宋〕李心傳撰,徐規點校,《建炎以來朝野雜記》,北京:中華書局,2000。

2. 〔宋〕周密撰,張茂鵬點校,《齊東野語》,北京:中華書局,1983。

3. 〔宋〕周密,《癸辛雜識》,北京:中華書局,1988。

4. 〔宋〕葉夢得,《石林燕語》,北京:中華書局,1984。

5. 〔宋〕羅大經撰,王瑞來點校,《鶴林玉露》,北京:中華書局,1983。

6. 〔元〕方回選評,李慶甲集評校點,《瀛奎律髓匯評》,上海:上海古籍出版社,2005。

7. 〔元〕劉壎,《隱居通議》,《叢書集成總編》第 8 冊,臺北:新文豐出版社,1985。

(五)類書與其他

1. 〔宋〕尤袤,《遂初堂書目》,上海:商務印書館,1935。

2. 〔宋〕王應麟,《玉海》,揚州:廣陵書社,2003。

3. 〔宋〕林駉,《古今源流至論續集》,《景印文淵閣四庫全書》第 942 冊,臺北:臺灣商務印書館,1983。

4. 〔宋〕謝維新編,《古今合璧事類備要》,臺北:新興出版社,1971。

5. 〔元〕馬端臨,《文獻通考》,北京:中華書局,1986。

6. 〔元〕程端禮,《程氏家塾讀書分年日程》,《叢書集成新編》第 3 冊,臺北:新文豐出版社,1985。

7. 〔明〕王圻,《續文獻通考》,《續修四庫全書》史部政書類第 761 冊,上海:上海古籍出版社,1995。

8. 〔清〕秦蕙田,《五禮通考》,《景印文淵閣四庫全書》第 139 冊,臺北:臺灣商務印書館,1983。

(六)數位資料庫

1. 「漢籍全文資料庫」,中央研究院「史語所漢籍全文資料庫計畫」製作,網址:http://hanchi.ihp.sinica.edu.tw/ihp/hanji.htm。

2. 「文淵閣四庫全書電子版」,迪志文化出版。

3. 「中國基本古籍庫」,劉俊文總纂,北京愛如生數字化技術研究中心研製。

二、劉克莊研究

(一)專書

1. 王宇,《劉克莊與南宋學術》,北京:中華書局,2007。

2. 王明見,《劉克莊與中國詩學》,成都:巴蜀書社,2004。

3. 王述堯,《劉克莊與南宋後期文學研究》,上海:東方出版中心,2008。

4. 王錫九,《劉克莊詩學研究》,合肥:黃山書社,2007。

5. 向以鮮,《超越江湖的詩人——後村研究》,成都:巴蜀書社,1995。

6. 侯體健，《劉克莊的文學世界——晚宋文學生態的一種考察》，上海：復旦大學出版社，2013。

7. 張健，《劉克莊人物詩研究》，《古典詩歌研究彙刊》第 13 輯第 13 冊，臺北：花木蘭出版社，2013。

8. 程章燦，《劉克莊年譜》，貴陽：貴州人民出版社，1993。

9. 景紅錄，《劉克莊詩歌研究》，上海：上海古籍出版社，2007。

（二）期刊等單篇論文

1. 王宇，〈標榜風氣、詩歌選本、理學語境與劉克莊詩學觀的重新解讀——以眞德秀《文章正宗》爲對照〉，《淡江中文學報》，17，2007，頁 89～119。

2. 王明建，〈劉克莊美政「記」體文及其文學史意義〉，《文學遺產》，2，2007，頁 124～126。

3. _____，〈劉克莊研究的學術價值論略〉，《甘肅社會科學》，5，2008，頁 158～161。

4. 王述堯，〈劉克莊研究綜述〉，《古典文學知識》，4，2004，頁 70～79。

5. 王達津，〈劉克莊的詩論〉，收入《古代文學理論研究叢刊》第 10 輯，上海：上海古籍出版社，1985，頁 129～140。

6. 何維剛，〈劉克莊與賈似道關係再探——兼論賈似道的評價問題〉，《中華人文社會學報》，13，2010，頁 148～165。

7. 李國庭，〈劉克莊年譜簡編〉，《福建圖書館學刊》，1，1991，頁 51～59＋46。

8. _____，〈劉克莊生平三考〉，《福建論壇》，4，1991，頁 64～69。

9. 周炫，〈近百年來劉克莊散文研究述評〉，《廣東農工商職業技術學院學報》，28.1，2012，頁 72～76。

10. _____，〈論劉克莊的史學思想〉，《飛天》，14，2012，頁 66～71。

11. _____，〈論劉克莊書畫題跋的藝術價值〉，《名作欣賞》，20，2012，頁 167～169。

12. 周炫、陳建森，〈從師友交游看劉克莊的文學及仕途〉，《學術研究》，9，2011，頁 139～145。

13. 侯體健，〈劉克莊的梅花詩與梅花詞〉，收入項楚主編，《新國學》第六輯，成都：巴蜀書社，2006，頁 245～259。

14. _____，〈國色老顏不相稱　今後村非昔後村——一百年來劉克莊研究的得與失〉，《長江學術》，4，2008，頁 43～50。

15. _____，〈劉克莊的鄉紳身份與其文學總體風貌的形成——兼及「江湖詩派」的再認識〉，《中山大學學報》（社會科學版），51.3，2011，頁 20～

28。

16. _____，〈論劉克莊晚年詩歌主流——從「效後村體」談起〉，《北京大學學報》（哲學社會科學版），4，2012，頁78～85。

17. 孫克寬，〈晚宋詩人劉克莊補傳初稿〉，《東海學報》，3.1，1961，頁73～88。

18. _____，〈劉後村的家世與交遊（上）〉，《大陸雜誌》，22.11，1961，頁1～5。

19. _____，〈劉後村的家世與交遊（下）〉，《大陸雜誌》，22.12，1961，頁17～23。

20. _____，〈晚宋政爭中之劉後村（上）——劉後村與晚宋政治之一〉，《大陸雜誌》，23.7，1961，頁206～212。

21. _____，〈晚宋政爭中之劉克莊（下）——劉克莊與晚宋政治之一〉，《大陸雜誌》，23.8，1961，頁253～258。

22. _____，〈劉後村詩學評述〉，《東海學報》，7.1，1965，頁27～40

23. _____，〈劉後村與四靈、江湖〉，《中國詩季刊》，10.3，1979，頁102～107。

24. 許山河，〈略論劉克莊政論詞和諧謔詞〉，《湘潭大學學報》（增刊），S2，1985，頁67～70。

25. 張作棟、袁虹，〈論劉克莊的駢文理論與創作〉，《河池學院學報》，32.6，2012，頁29～35。

26. 張忠綱，〈說劉克莊《詰貓賦》〉，《文史知識》，9，1995，頁29～33。

27. 張紅花、張小麗，〈論劉克莊的詠史組詩〉，《廣西社會科學》，2，2010，頁124～126。

28. 張煥玲，〈以詩論史，史論獨到——論劉克莊《雜詠》二百首〉，《民辦教育研究》，6，2010，頁31～36。

29. 張瑞君，〈略論劉克莊詩歌的藝術特色〉，《大連大學學報》，2，1992，頁59～63。

30. _____，〈劉克莊與唐詩〉，《河北大學學報》，4，1994，頁38～44。

31. _____，〈劉克莊與陸游楊萬里詩歌的繼承關係〉，《河北大學學報》，4，1995，頁51～56。

32. 崔海正、代亮，〈劉克莊詞論——從《後村詞話》看後村之詞學觀〉，收入張高評主編，《宋代文學研究叢刊》第14期，高雄：麗文文化，2007，頁197～206。

33. 程章燦，〈所謂《後村千家詩》考〉，收入蔣寅、張伯偉主編，《中國詩學》第四輯，南京：南京大學出版社，1995，頁154～161。

34. 楊海明,〈論愛國詞人劉克莊的詞〉,《福建論壇》,1,1984,頁 51～56。

35. 劉大治,〈劉克莊年譜〉,收入《文獻史料研究叢刊》第三輯,福州:地圖出版社,1991,頁 67～164。

36. 劉培,〈身閑冷看世人忙——論劉克莊的詞賦創作〉,《山東青年政治學院學報》,6,2012,頁 125～129。

37. 蔣秋華,〈劉克莊《尚書講義》析論〉,《嘉大中文學報》,2,2009,頁 97～119。

38. 〔日〕小林義廣,〈南宋時期における福建中部の地域社会と士人—劉克莊の日常的活動と行動範囲を中心に—〉,《東海史学》,36,2001,頁 1～26。

39. 〔日〕中砂明德,〈劉後村と南宋士人社會〉,《東方學報》,66,1994,頁 63～158。

40. 〔美〕Ebrey, Patricia "The Women in Liu Kezhuang's Family," *Modern China*, 10, 1983, pp. 415-440.

(三) 學位論文

1. 代亮,《劉克莊詞研究》,濟南:濟南大學碩士論文,2007。

2. 英偉,《劉克莊《後村詞》研究》,上海:上海師範大學碩士論文,2007

3. 咸賢子,《劉後村年譜及其詞研究》,臺北:國立政治大學中國文學系碩士論文,1982 年。

4. 陳彥揆,《晚宋文人的心態轉變——以劉克莊為考察中心》,花蓮:國立東華大學中國語文學系碩士論文,2012。

5. 游坤峰,《劉克莊序跋文研究》,臺北:臺北市立教育大學中國語文學系碩士論文,2011。

6. 董春偉,《劉克莊壽詞研究》,呼和浩特:內蒙古師範大學碩士論文,2009。

7. 楊淳雅,《劉克莊詩學研究》,臺北:國立政治大學中國文學系碩士論文,1997。

8. 萬露,《後村詞創作及其詞學思想整體觀》,長春:吉林大學碩士論文,2006。

9. 閻君祿,《後村詩論和詩歌創作研究》,成都:四川大學碩士論文,2004。

10. 盧雅惠,《劉克莊詞研究》,臺北:私立東吳大學中國文學系碩士論文,2005。

三、其他相關研究

(一) 專書

1. 于景祥，《中國駢文通史》，長春：吉林人民出版社，2002。

2. 王水照主編，《宋代文學通論》，開封：河南大學出版社，1997。

3. 白鋼主編，朱瑞熙著，《中國政治制度通史・宋代卷》，北京：人民出版社，1996。

4. 朱迎平，《宋文論稿》，上海：上海財經大學出版社，2003。

5. 朱瑞熙，《暘城集》，上海：華東師範大學出版社，2001。

6. 江菊松，《宋四六文研究》，臺北：華正書局，1977。

7. 沈松勤，《南宋文人與黨爭》，北京：人民出版社，2005。

8. 何忠禮，《南宋政治史》，北京：人民出版社，2008。

9. _____，《南宋全史（二）》，上海：上海古籍出版社，2011。

10. 昌彼得等編，《宋人傳記資料索引》，臺北：鼎文書局，1974。

11. 吳懷祺，《中國史學思想通史・宋遼金卷》，合肥：黃山書社，2002。

12. 胡明，《南宋詩人論》，臺北：臺灣學生書局，1990。

13. 姜鵬，《北宋經筵與宋學的興起》，上海：上海古籍出版社，2013。

14. 施懿超，《宋四六論稿》，上海：上海古籍出版社，2005。

15. 孫立堯，《宋代史論研究》，北京：中華書局，2009。

16. 袁行霈主編，《中國文學史》，臺北：五南圖書，2002。

17. 馬茂軍，《宋代散文史論》，北京：中華書局，2008。

18. 張小麗，《宋代詠史詩研究》，北京：光明日報出版社，2009。

19. 張宏生，《江湖詩派研究》，北京：中華書局，1995。

20. 張金嶺，《宋理宗研究》，北京：人民出版社，2008。

21. 張瑞君，《南宋江湖派研究》，北京：中國文聯出版社，1999。

22. 張劍、呂肖奐、周揚波著，《宋代家族與文學研究》，北京：中國社會科學出版社，2009。

23. 郭紹虞，《中國文學批評史》，北京：商務印書館，2010。

24. _____，《宋詩話考》，北京：中華書局，1979。

25. 郭預衡，《中國散文史（中）》，上海：上海古籍出版社，2000。

26. 程千帆、吳新雷，《兩宋文學史》，高雄：麗文文化，1993。

27. 單芳，《南宋辛派詞人研究》，成都：巴蜀書社，2009。

28. 粟品孝等，《南宋軍事史》，上海：上海古籍出版社，2008。

29. 游國恩等主編《中國文學史》，香港：三聯書店，1986。

30. 曾棗莊，《宋文通論》，上海：上海人民出版社，2008。

31. 楊慶存，《宋代散文研究（修訂版）》，北京：人民文學出版社，2011。

32. 葉慶炳,《中國文學史》,臺北:臺灣學生書局,1987。

33. 葉國良,《古典文學的諸面向》,臺北:大安出版社,2010。

34. 劉大杰《中國文學發展史》,臺北:華正書局,2008。

35. 劉婷婷,《宋季士風與文學》,北京:中華書局,2010。

36. 鄧小南,《祖宗之法:北宋前期政治述略》,北京:三聯書局,2006。

37. 鄧廣銘,《岳飛傳》,北京:人民出版社,1983。

38. 鄭芳祥,《政論與史論演變研究——以北宋中至南渡初期為例》,《古典文學研究輯刊》四編第 27 冊,臺北:花木蘭文化出版社,2012。

39. 錢鍾書,《宋詩選注》,北京:人民文學出版社,2000。

40. 韓酉山,《秦檜研究》,北京:人民出版社,2008。

41. 謝貴安,《宋實錄研究》,上海:上海古籍出版社,2013。

42. 羅炳良,《南宋史學史》,北京:人民出版社,2008。

43. 龔延明,《宋代官制辭典》,北京:中華書局,1997。

44. 〔日〕平田茂樹著,林松濤、朱剛等譯,《宋代政治結構研究》,上海:上海古籍出版社,2010。

45. 〔日〕斯波義信著,方鍵、何忠禮譯,《宋代江南經濟史研究》,南京:江蘇人民出版社,2009。

46. 〔美〕戴仁柱(Richard Davis)著,劉廣豐、惠冬譯,《丞相世家:南宋四明史氏家族研究》,北京:中華書局,2014。

(二)期刊等單篇論文

1. 丁義珏,〈論北宋仁宗朝的內降——制度、政治與敘事〉,《漢學研究》,30.4,2012,頁 65～92。

2. 王水照,〈南宋文學的時代特點與歷史定位〉,《文學遺產》,1,2010,頁 47～55。

3. 王瑞來,〈宋代玉牒考〉,《文獻》,4,1991,頁 153～172。

4. _____,〈佞臣如何左右皇權:以北宋「癭相」王欽若為例〉,《中國文化研究所學報》,48,2008,頁 81～122。

5. 王德毅,〈宋代的日曆和玉牒之研究〉,《國立臺灣大學歷史學系學報》,10/11,1984,頁 119～137。

6. _____,〈宋代史學的特質及其影響〉,《臺大歷史學報》,23,1999,頁 349～373。

7. _____,〈鄭清之與南宋後期的政爭〉,《大陸雜誌》,101.6,2000,頁 1～15。

8. 朱迎平,〈宋文發展整體觀及南宋散文評價〉,《復旦學報》,4,1998,頁

114～117。

9. _____，〈南宋散文的發展及其評價〉，《上海財經大學學報》，3.1，2001，頁 49～53。

10. 李越深，〈江湖詩案始末考略〉，《浙江大學學報》，2.1，1987，頁 111～115。

11. 邢義田，〈從「如故事」和「便宜從事」看漢代行政中的經常與權變〉，《秦漢史論稿》，臺北：東大圖書，1987，頁 323～409。

12. 金培懿，〈作爲帝王教科書的《論語》——宋代《論語》經筵講義探析〉，《成大中文學報》，31，2010，頁 61～63＋65～106。

13. 陳寅恪，〈馮友蘭中國哲學史上冊審查報告〉，《全明館叢稿二編》，北京：三聯書局，2001，頁 279～281。

14. 馮乾，〈近二十年來南宋江湖詩派研究綜述〉，《文史知識》，11，1998，頁 120～127。

15. 閔澤平，〈南宋散文研究的困境與出路〉，《武漢大學學報》（人文科學版），61.5，2008，頁 609～613。

16. 董文靜，〈南宋臺諫「必須經筵」政治模式的形成——以董德元爲線索的考察〉，《浙江學刊》，5，2012，頁 50～58。

17. 葉幫義、胡傳志，〈20世紀80年代以來的江湖詩派研究〉，《陰山學刊》，17.1，2004，頁 19～24。

18. 廖玉蕙，〈論宋人筆記中的秦檜〉，《中正嶺學術研究集刊》，14，1995，頁 135～164。

19. 錢穆，〈雜論唐代古文運動〉，《中國學術思想史論叢（四）》，臺北：東大圖書，1976，頁 16～69。

20. 魏彥紅，〈宋代經筵研究綜述〉，《河北師範大學學報》（教育科學版），14.10，2012，頁 90～96。

（三）學位論文

1. 吳曉榮，《兩宋經筵與學術》，南京：南京大學碩士論文，2013。

2. 楊宇勛，《南宋理宗中、晚期的政爭（A.D.1233～1264）——從史彌遠卒後之相位更替來觀察》，臺南：國立成功大學歷史語言研究所碩士論文，1990。

3. 鄔賀，《宋朝經筵制度研究》，西安：陝西師範大學博士論文，2010。

附　錄

附錄一：《全宋文》所收兩宋進故事篇章列表〔註1〕

作　者	篇　名	故事出處〔註2〕	援引史事	文本出處〔註3〕
文彥博 1006～1097	進漢唐故事奏 元祐二年 一〔註4〕	漢文帝紀贊	漢文帝不興露臺以示敦樸，以德化民者也。	《全宋文》冊30，卷649。
	二		漢武帝問東方朔化民之道，朔以文帝爲例，稱其儉樸，言當以道德、仁義使天下望風成俗。	同上。
	三		漢丞相王嘉上疏，以爲今吏人慢易，營私者多，小失意則興離叛之心。	同上。
	四		漢宣帝謂太守爲吏民之本，應多方表彰使其久任，使漢世良吏盛則能稱中興。	同上。
	五		賈誼云今富人奢華過於皇室，天下饑寒，國體已屈，獻計者猶言無動無爲，可以太息也。	同上。
	六		堯舜被諫以造漆雕俎，褚遂良評：諍臣必諫二帝於危亡之漸時，若待滿貫則無所復諫。	同上。
	七		唐太宗謂常保三鏡，可防己過，今魏徵逝，遂亡一鏡矣。	同上。
	八	唐史	魏徵與文皇討論政庶，其言根於道義，可爲萬世法。	同上。
	九		唐明皇大獵，侍中魏知古獻箴規之詩，帝嘉之。	同上。

〔註1〕此表依《全宋文》收錄順序排列。
〔註2〕故事出處保留原文引法。
〔註3〕本文所採用的進故事文本除劉克莊外，皆以《全宋文》爲底本，以下於同作者首篇進故事處標記《全宋文》收錄的冊與卷數，倘同作者的進故事篇章於《全宋文》中不屬同卷，則於分卷處增加標示。爲確切了解進故事文本的流傳與出處，本表於標記《全宋文》出處外，另以按語形式加記各作者進故事篇章的原始出處，倘同作者的進故事篇章原始來源皆相同，則於末篇進故事處統一標記；倘同作者的進故事篇章分別引自不同書目，則於各篇進故事後一一標記。
〔註4〕文彥博另有〈進故事十門奏〉，爲節錄《冊府元龜》中史事而來，觀其文意並非在進故事制度下的作品，此處不贅。

	十		崔植與唐穆宗對答，述唐朝各帝事蹟，願穆宗以無逸圖爲元龜。	同上。
	十一		景龍中盧懷慎上疏，請諸州都督、刺史、縣令等在任未經四考以上不許遷除，考核尤異者加祿或升公卿，犯貪暴者罷歸田里。	同上。 按：以上見《文潞公文集》卷 28。又見《歷代名臣奏議》卷 7。
范祖禹 1041～1098	進故事		唐太宗言應誠隋煬帝作洛陽宮苑結怨於民。	《全宋文》冊 98，卷 2146。
			漢昭帝言己通《保傅傳》、《孝經》等書，詔舉賢良文學。	同上。
			唐太宗縱死囚歸家，期以秋來就死，後皆如期自詣朝堂，遂赦之。	同上。
			唐明皇東封讚良吏。	同上。
			宋太宗言勤政憂民，帝王常事耳。不以繁華爲榮，應以民安爲安。	同上。
			仁宗召觀燈，與民同樂耳。	同上。
			漢制立春秋日制詔三公。	同上。
			唐明皇置左右教坊，張庭珪等上疏以爲當戒鄭聲游獵，上雖不能用然欲開言路，咸嘉之。	同上。
			蕭何治未央宮，以爲非令壯麗無以重威，高祖悅。	同上。
			文德皇后賀唐太宗得直諫者如魏徵。	同上。
			任延不奉漢光武帝「善事上官」詔	同上。
			諫唐太宗賞武樂甚專、文樂諦玩，態度有別。	同上。
			漢武帝微行事跡。	同上。
			唐肅宗啖潔刀之餅，明皇悅，稱其愛惜福祿。	同上。
		史記·樂書	樂動於內，禮動於外，致禮樂之道，舉而措之天下無難矣。	同上。
			唐明皇每宴，使鼓吹胡樂雜戲，安祿山悅之，既反，搜捕樂工樂器犀象等詣洛陽。	同上。
		史記·吳世家	吳楚二女爭桑致吳楚二國相攻。	同上。
			建武八年光武帝親征隗囂事。	同上。
			順帝時災異屢見，郎顗上書，其言多驗。	同上。

			賈誼與晁錯上書言皇太子輔翼，前者以仁義，後者以術數。	同上。
			〔缺。〕	同上。
			〔缺。〕	同上。 按：以上見《范太史集》卷 27。又見《歷代名臣奏議》卷 42。
陳瓘 1057～1124	進故事奏一		仁宗聽講詩，丁度以烹魚煩碎比治民煩散，由聖學可見古人求治之意。	《全宋文》冊 129，卷 2787。 按：此則見《歷代名臣奏議》卷 44。
	進故事奏二		韓琦、范仲淹並爲樞密副使。	同上。
			唐介彈宰相文彥博被貶，後復召爲殿中侍御史，論者謂天子優容言事之臣。	同上。
			老子曰：「貴以賤爲本，高以下爲基。」	同上。 按：以上三則見《歷代名臣奏議》卷 141。
	進故事奏三		仁宗嘉審刑院斷刑訟之至簡。	同上。 按：此則見《歷代名臣奏議》卷 217。
	進故事奏四		仁祖謂輔臣天譴使人君懼而修德，亦猶人君知臣下之過，先以戒飭，使得自新。	同上。 按：此則見《歷代名臣奏議》卷 304。
廖剛 1070～1143	元年十一月二十六日進故事	前漢・武帝紀	上詔令二千石舉孝廉，有司奏：「不舉孝，不奉詔，當以不敬論；不察廉，不勝任也，當免。」	《全宋文》冊 139，卷 2998。
	十二月四日進故事		唐太宗謂房喬、杜如晦若每日聞聽詞訟，則不能專任求賢要務，遂敕尚書細務屬左右丞，爲大事應奏者乃關僕射。	同上。
	十一日進故事		張玄素諫唐太宗修治洛陽宮宏侈將致亂，太宗爲之罷役。	同上。
	十六日進故事		東陽上計錢布十倍，大夫畢賀，魏文侯以爲，今田地、土民不加眾，而錢布十倍，此必取之士大夫也。下不安者，上不可居也，此非當賀者也。	同上。

	二十四日進故事	尚書	1. 孟子「一傅眾咻」事。 2. 王若謂文武時諸臣忠良，起居無不欽，施令無不藏。	同上。
	二年五月十三日進故事	前漢·杜欽傳	述女德禮制。	同上。
	五年五月初一日進故事		褚遂良答太宗，謂起居注不敢不記君惡，劉洎言倘遂良不記天下亦記之。	同上。
	五月二十二日進故事	涑水紀聞	皇祐二年詔陝西檢閱諸軍及新保捷事。	同上。
	九月十四日進故事	唐·薛收傳	薛收言人君奢侈而致禍亂。	同上。
	六月初三日進故事	三朝寶訓	太宗問何謂君子少小人多，呂蒙正答此繫時運，盛則君子道長，衰則小人在位。	同上。
	十一月二十五日進故事	涑水紀聞	仁宗與執政論朋黨事。范仲淹言自古邪正未嘗不爲黨，使君子相朋爲善於國家何害？	同上。
	六年正月二十五日進故事	三朝寶訓	至道三年，陳、潁有饑。太宗言己「爲民之心至點」，夙夜思救民防患之術，法天撫育無間然。	同上。
	九年五月初七日進故事	唐·李絳傳	李絳以爲諫官進言不易，憚不測之禍、顧身無利，陳事愈少。	同上。
	八月初三日進故事	三朝寶訓	太宗擇退材作長牀，顧念民力也。李昉稱其勤儉求理。	同上。
	九月二十三日進故事	石介唐鑑	論君主當識賢臣而用之，辨小人而去之。	同上。
	十年二月二十九日進故事	三朝寶訓	眞宗曰：「賞罰二柄乃馭臣之銜轡，不可不謹。」	同上。 按：以上見《高峰文集》卷6。
劉一止 1078～1161	故事		漢武帝問申公治亂之事，申公對曰：「爲治者不在多言，顧力行如何耳。」	《全宋文》冊152，卷3276。
			翟璜言魏文侯非仁君，文侯怒逐之。任座則以翟璜言直，讚文侯爲仁君，文侯召翟璜入，拜爲大卿。	同上。
			魏武侯謀事而當，群臣莫能逮，朝而有喜色，吳起以楚莊王語諫之。	同上。

			李克答魏文侯之問，言當以「居視其所親，富視其所與，達視其所舉，窮視其所爲，貧視其所不取」五要點擇相。	同上。
			孫叔敖謂楚莊王「君臣不合，國是無由定矣。」	同上。
			貞觀末有言張亮反者，群臣皆言當誅，獨李道裕謂其反形未具。帝時怒，仍斬亮。歲餘，以道裕爲刑部侍郎，前雖不從，今尙悔之。	同上。按：以上見《苕溪集》卷 15。又見《歷代名臣奏議》卷 48、143、156。
陳淵 1067～1145	經筵進故事箚子	前漢書·汲黯傳	武帝尊汲黯，不冠不見黯。	《全宋文》冊 153，卷 3293。按：見《默堂集》卷 14。又見《歷代名臣奏議》卷 286。
程俱 1078～1144	進故事一〔註5〕	兩朝寶訓	仁宗爲使群臣奏事德以悉引，詔前殿奏事無過五班，餘許便殿引對，仍賜食。	《全宋文》冊 155，卷 3338。按：此則見《北山小集》卷 28。
	進故事二	三朝寶訓	太宗顧念民力，以藤爲兵器、以壞油衣爲旗，以退材爲長牀；眞宗以文簿覆而書之。	同上。按：此則見《北山小集》卷 28。又見《南宋文範》卷 26。
	進故事三	春秋·左氏傳	曹劌論戰，以莊公能以情察獄乃忠之屬也，遂助莊公戰齊，齊師敗績。	同上。
		史記·齊世家	齊威王嘉即墨大夫使東方寧，烹阿大夫不知戰事與民貧。後起兵擊趙魏，齊國大治。	
	進故事四	唐書·韓休傳	韓休爲相，諫玄宗逸樂，帝言休敷陳治道多訐直，用休爲社稷耳。	同上。按：上二則見《北山小集》卷 28。又見《新安文獻志》卷 39。
	進故事五	唐書·張九齡傳	帝欲以張守珪戰功賞以侍中，張九齡以宰相有其人然後授，不可以賞功，名器不可假也諫之，遂止。	同上。按：此則見《北山小集》卷 28。
張綱 1083～1166	進故事一	前漢·魏相傳	魏相以爲古今異制，方今務在奉行故事而已。	《全宋文》冊 168，卷 3675。

[註5] 原文題下附註：「罷講日，講筵官、翰林學士、兩省官輪進。」

		唐書・李絳傳	唐憲宗以與李絳講天下事爲樂也。	同上。
		前漢・薛宣傳	谷永上疏曰:「帝王之德莫大於知人。」	同上。
		唐書・房玄齡傳	房玄齡聽唐太宗言,敕細務屬左右丞,大事關僕射。	同上。
		唐書・許孟容傳	神策軍驕恣,軍吏李昱貸富人錢八百萬不歸,孟容抗詔必捕之,帝嘉其正。	同上。
		前漢・陳平傳	漢以計使項王疑亞父。	同上。 按:以上見《華陽集》卷20。
進故事二		唐書・褚遂良傳	太宗自言有三行:監前代成敗、進善人、斥群小。	同上。
		後漢・馬援傳	馬援與隗囂論漢光武帝與漢高帝高下。	同上。
		新序	顏淵料東野馬將失。論古今有窮其下能無危者未之有也。	同上。
		唐鑑	唐太宗言人主唯有一心而攻之者眾,若少懈受其一,則危亡隨之。	同上。 按:以上見《華陽集》卷21。
進故事三		兩朝寶訓	仁宗察韓中正曾用法不當入罪,不宜任法官,劾之。王欽若等人嘆仁宗強記。	《全宋文》冊168,卷3676。
		唐書・李珏傳	宰相陳夷行答陛下自斷杜悰拜戶部尚書事,李珏以爲苟用一吏處一事皆決於上,將焉用宰相。	同上。
		唐書・李絳傳	李絳以正身屬己、擇官吏將帥、法令、教化等勉唐憲宗中興之志。	同上。
		仁宗君臣政要	仁宗與王守忠論任人,以爲任人者興王之本,自任者失道之君。	同上。
		三朝寶訓	宋太宗謂國之興衰視其威柄可知,思與宰相振紀綱致太平。	同上。 按:以上見《華陽集》卷22。
進故事四		唐鑑	太宗開直言之路,言年上封事者多詰人細事,將罪以讒人。	同上。
		唐書・李石傳	鄭覃比唐文宗如漢文宣主,李石以爲不應以文宣自安,應向堯舜看齊,如此則大業濟矣。	同上。

		三朝寶訓	太宗謂國家以民為本，百姓以食為命，故儲蓄最為急務。	同上。
		三朝寶訓	大中祥符元年，上戒京師民庶奢侈之風。	同上。 按：以上見《華陽集》卷 23。又見《南宋文範》卷 26。
張嵲 1096～1148	進故事	前漢書・楊僕傳	東越反，上欲復使將，為其伐前勞以書敕責之。	《全宋文》冊 187，卷 4110。
		後漢書・張敏傳	有子殺辱父者，肅宗免其死刑而宥之，後以此為定議，又因輕侮法駁之。	同上。
		唐書・李回傳	會昌中伐劉稹，武帝慮河朔列鎮陰相締以撓兵事云云，至未及期二日，賊平。	同上。 按：以上見《紫薇集》卷 25。
胡寅 1098～1156	左氏傳故事	左傳	鄭莊公屢縱叔段，不聽人諫。待叔段襲鄭，命二百乘軍伐之，段出奔共。	《全宋文》冊 190，卷 4178。
			石碏諫衛公子州吁有寵而好兵。	同上。
			州吁阻兵而安忍，阻兵無眾，安忍無親，眾叛親離，難以濟天。	同上。
			石碏惡其子從州吁為逆，告於陳，後殺之。	同上。
			魯隱公如棠觀魚，臧僖伯以亂政諫之。僖伯卒，隱公言其曾憾己，己弗敢忘，葬之加一等。	同上。
			述隱公四年「翬帥師」書法。	同上。
			周任曰：「為國家者，見惡如農夫之務去草焉。」	同上。
			晉始亂，封桓叔於曲沃，師服質疑晉甸侯本既弱能久乎？	同上。
			楚子伐隨，隨用少師言不用季梁請，遂致敗績。	同上。
			楚將盟貳軫，鄖將伐楚，莫敖請濟師於王，鬬廉以為師克在和不在眾，成軍以出何濟焉？	同上。 按：以上見《斐然集》卷 23。
衛博 生卒年不詳	代人進故事	後漢書	傳匈奴饑疫，臧宮欲以五千騎滅之立功。光武以「捨近謀遠勞而無功」、「國正未立」、「傳聞多失實」、「苟非其時，不如息人」等故阻之。	《全宋文》冊 192，卷 4237。

		唐書	太宗詰封德彝舉賢久無所獲，封德彝對曰：「非不盡心，但於今未有奇才。」太宗責以「君子用人如器，各取所長，應患己不能知，而不可誣一世之人」。	同上。
		資治通鑑	韓昭侯藏蔽袴，言必待有功者。	同上。
		唐書	憲宗與杜黃裳論君王勞逸得失，杜黃裳謂明主應勞於求人，逸於任人。	同上。
		資治通鑑	苟便有將材，然衛侯以其曾爲吏，賦於民且食人二雞子，故弗用。子思言聖人官人當取其所長，棄其所短。	同上。
		新序	魏武侯謀事而當，群臣莫能逮，朝而有喜色，吳起以楚莊王語諫之。	同上。
		資治通鑑	唐太宗與魏徵、房玄齡、封德彝、長孫無忌等人論教化。	同上。
		唐書	元和後數用兵，時李德裕爲相，從容裁決，休沐如令，若無事時。太和時京城訛言寇至，士民驚走。裡時在中書，言宰相位望尊重，堅坐鎮之，庶幾可定。已而果然。	同上。按：以上見《定庵類稿》卷1。
胡銓 1102～1180	上孝宗論兵書〔註6〕		隋文帝命賀若弼擒陳叔寶。先是弼請沿江防人交代必集歷陽，大列旗幟，陳人以爲大兵至。既知防人交代，其眾復散，後不復備。及是，弼以大兵濟江，陳人弗覺，遂平陳。	《全宋文》冊195，卷4300。按：此則見《胡澹庵先生文集》卷8。又見《歷代名臣奏議》卷234，《南宋文範》卷15。
	進冒頓不與東胡土地故事		東胡數向冒頓取寶馬、閼氏，群臣反對，然冒頓皆與之。東胡愈驕，再欲取二國中間棄地數里，群臣以爲棄地可與，冒頓大怒謂「地者，國之本也」，言與者皆斬之。	同上，卷4302。按：此則見《歷代名臣奏議》卷93。
	進唐服帶故事 隆慶元年		述唐朝上元時期各式服帶制度。	同上，卷4303。按：此則見《歷代名臣奏議》卷198。
史浩 1106～1194	進呈故事		唐太宗時天下大治，蠻夷君長襲衣冠帶刀宿衛。帝曰：「此魏徵勸我行仁義之效也矣。」	《全宋文》冊200，卷4415。

〔註6〕此文《歷代名臣奏議》著作〈進賀若弼用兵故事〉。

			唐文宗嘆破河北賊易，破李德裕、李宗閔朋黨難。	同上。
			唐明皇謂姚崇大事當與決，用郎吏則不該重煩，由是姚崇安，進賢退不肖而天下治。	同上。
		法言	學者審其是而已矣。視日月而知眾星之蔑也，仰聖人而知眾說之小，學之為王者事，其已久矣。	同上。 按：以上見《鄧峰真隱漫錄》卷11。
王十朋 1112～1171	經筵故事	唐書·魏徵傳	魏徵答太宗問君道何明何暗，以為君能兼聽則姦人不得壅蔽而下情通矣。	《全宋文》冊209，卷4634。
		唐書·李絳傳	李絳以正身屬己、擇官吏將帥、法令、教化等勉唐憲宗中興之志。	同上。 按：以上見《梅溪先生後集》卷27。
洪适 1117～1184	進漢置五屬國故事	漢書	匈奴渾邪王率十萬人降漢，封萬戶，為漯陰侯，用其故俗置五屬國。	《全宋文》冊213，卷4740。
	進唐宣宗面察刺史能否故事		唐宣宗詔刺史無得外徙，必令至京師面察能否然後除。令狐綯徙故人為刺史，宣宗責之。	同上。
	進漢宣帝誅韓延壽故事	漢書	漢宣帝信賞必罰，誅韓延壽。	同上。
	進周世宗斬樊愛能何徽故事	五代史	周世宗擊劉崇於晉陽，樊愛能、何徽引兵先遁，後帝參張永德對，以法斬二人及其軍。	同上。
	進仁宗皇帝久任許元故事		許元求解發運史，仁宗以為材貨調用宜得人久任，遂獎勵以盡其才，留許元久任。	同上。 按：以上見《盤州文集》卷64。
汪應辰 1118～1176	進孔穎達答唐太宗問故事		孔穎達答太宗問孔子故事，言孔子「聖人教謙」，「內有道，外若無」，此君德也。	《全宋文》冊215，卷4779。 按：此則見《歷代名臣奏議》卷3。
	進杜黃裳李德裕告君故事		唐憲宗與杜黃裳論，杜言君主勞於求人而逸於用人。 李德裕言於武宗，政理之安在於辨群臣之邪正。	同上。 按：此則見《歷代名臣奏議》卷144。
	進唐太宗訪政故事兼陳六事		唐太宗訪政，召臣子以民間疾苦及政事得失問之。	同上。 按：此則見《歷代名臣奏議》卷48。
韓元吉 1118～1187	壬辰五月進故事	國史·薛居正傳 呂蒙正傳	1. 宋太祖謂愛唐太宗受人諫疏，直抵其非而不恥。 2. 宋太宗謂呂蒙正言己不以居尊自恃，使人不敢言。	《全宋文》冊216，卷4794。

	八月進故事	唐書・魏徵傳	魏徵見太宗，言忠臣只取空名，願爲良臣。	同上。
	九月進故事	唐書・李絳傳	憲宗欲黜諫官論奏不實，問李絳，絳爲帝釋納諫之益。	同上。
	癸巳五月進故事	漢書・酈食其傳	沛公不喜儒，酈食其爲言六國縱橫攻秦事，沛公喜，賜食問計。	同上。按：以上見《南澗甲乙稿》卷 11。
	八月進故事	國史・郭從義傳	郭從義善擊毬，太祖讚其技精絕，然此非將相所當爲。	同上。按：此則見《南澗甲乙稿》卷 11。又見《歷代名臣奏議》卷 240。
	丙申五年進故事	唐書	太宗使諸衛將專習弓矢，閒時爲其師，戰時爲其將，數年間將卒悉精銳。	同上。按：此則見《南澗甲乙稿》卷 11。又見《歷代名臣奏議》卷 349。
	七月進故事	吳志・張溫傳	暨艷好清議，見郎省多非其人，賢愚異貫，彈劾百僚，率皆貶高就下，降損數等。	同上。按：此則見《南澗甲乙稿》卷 11。
	九月進故事	漢書・魏相傳	魏相以爲古今異制，方今務在奉行故事而已，上施其策。	同上。按：此則見《南澗甲乙稿》卷 11。又見《歷代名臣奏議》卷 69。
	丁酉正月進故事	後漢書鄧禹傳	光武始得一地，鄧禹言其慮天下不足，方今海內淆亂，興者在德薄厚，不在大小，帝悅。	同上。按：此則見《南澗甲乙稿》卷 11。又見《歷代名臣奏議》卷 3。
	丁酉七月進故事	唐書・王珪傳	王珪進言：使孝孫謹士教女樂，技不進而責之，是輕士也。太宗怒，珪不謝罪，後帝悔之。	同上。
	八月進故事	漢書・董仲舒傳	董仲舒以賢良對策言治道，謂三聖相受守道，亡救弊之政也。	同上。按：以上二則見《南澗甲乙稿》卷 11。
	戊戌正月進故事	唐書・杜黃裳傳	憲宗問治亂，杜黃裳對言王者之道在修己任賢，要得其大而已。帝嘉納之，中興自此啓。	同上。按：此則見《南澗甲乙稿》卷 11。又見《歷代名臣奏議》卷 146。

	戊戌七月進故事	唐書・李大亮傳	突厥亡，帝欲使李大亮懷四夷。大亮進言，以爲不應引處內地，應使居塞外，畏威懷德，永爲藩臣。河西蕭條，願停招慰。	同上。按：此則見《南澗甲乙稿》卷 11。又見《歷代名臣奏議》卷 349。
洪遵 1120～1174	進魏徵對唐太宗陳鮑叔牙祝齊桓公壽事	唐書	魏徵述鮑叔牙告齊桓公毋忘在莒故事。唐太宗對以不敢忘布衣時，願魏徵亦不忘叔牙之爲人也。	《全宋文》冊 219，卷 4860。按：此則見《歷代名臣奏議》卷 102。
	進周世宗斬敗將樊愛能等故事		周世宗親征劉旻，戰于高平。兵始交，樊愛能、何徽退走。後，世宗軍勝，大宴將士，斬樊、何等七十餘人，軍威大振。	同上。按：此則見《歷代名臣奏議》卷 188。
	進韓昭侯藏敝袴故事	通鑑	韓昭侯藏敝袴，言待有功者也。	同上。
	進漢文帝罷露臺役故事	漢書	漢文帝欲作露臺，匠計之直百金，帝思民產遂罷之。	同上。按：上二則見《歷代名臣奏議》卷 192。
	進褚遂良答唐太宗問故事	唐書	太宗問舜造漆器、堯雕其俎，何以諫者諫小物十餘不止？褚遂良對曰：此乃奢靡之始，危亡之漸也。故諫者救其源，便不得開。帝咨美之。	同上。
	進唐玄宗置屏無逸圖故事	唐書・崔植傳	玄宗即位，宋璟手寫《尚書・無逸》爲圖以獻，勸帝出入觀省自戒。後朽暗代以山水圖。	同上。按：上二則見《歷代名臣奏議》卷 195。
	進仁宗開言路故事		仁宗開言路。	同上。按：此則見《歷代名臣奏議》卷 200。
	進齊威王誅賞二大夫故事		齊威王嘉即墨大夫使東方寧，烹阿大夫不知戰事與民貧。後人人皆盡誠不敢飾非，齊大治。	同上。按：此則見《歷代名臣奏議》卷 205。
周必大 1126～1204	經筵故事十三首 紹興三十二年十一月十三日進		仁宗爲皇太子，涕泣減膳，謂當出宮不得日侍帝后左右。眞宗以「此特加恩爾，未出宮也」慰諭之，上乃悅，復膳如常。	《全宋文》冊 231，卷 5141。

	隆興元年二月二十一日進	劉向說苑	趙簡子無過而諾更，是以此爲諫也，若卻則諫者止，過無日矣。	同上。
	乾道七年五月二十五日進	唐書·魏徵傳	太宗問君道何明何暗，魏徵答以君能兼聽，則姦人不得壅蔽，而下情通矣。	同上。
	乾道七年八月十七日進	貞觀政要求諫篇	太宗謂司空裴寂，時上書奏事條數甚多，己總黏之屋壁，出入觀看，欲盡臣下之情。	同上。
	乾道八年正月十一日進	書·洪範	休徵：曰肅，時雨若；曰乂，時暘若；曰哲，時燠若；曰謀，時寒若；曰聖，時風若。	同上。
	淳熙二年某月某日進	唐書·李絳傳	憲宗寓黜諫官論奏不實，問李絳，絳爲帝釋納諫之益。	同上。
	淳熙二年九月二十一日進	前漢·張敞傳	張敞治膠東，設賞開群盜，令相補斬除罪。有功者調補縣令，尤是盜賊解散，國中遂平。	同上。
	淳熙二年閏九月二十五日進	前漢書武帝贊	「卓然罷黜百家，表彰六經」、「籌諮海內，舉其俊茂」、「號令文章，煥焉可述」，有三代之風。	同上。
	淳熙二年十一月二十九日進	三朝寶訓	齊州防禦使李漢超兼關南兵馬督監，在任十七年，政簡民愛。邊境有急，即騎赴之，胡騎畏不敢虜。太祖加官，仍兼關南巡檢。	同上。
	淳熙三年二月二十五日進	春秋左氏傳	子產言政如農功，日夜思之，思始而成終；朝夕行之，行無越思，如農之有畔，其過鮮矣。	同上。
	淳熙三年八月十七日進	資治通鑑	韓滉屢稱鹽稼未因雨有損，皆非實情；劉澡阿附亦稱境苗不損，實損三千頃。帝嘆二人不仁。	同上。按：以上見《承明集》卷3。
	經筵故事淳熙四年三月十五日進	貞觀政要	太宗以弓工之言悟己弓非良材，謂己用弧矢多矣仍失之，何況於理乎？詔官員詢訪外事，務知民利政教也。	《全宋文》冊231，卷5142。
	淳熙四年七月二十一日進	漢書·賈山傳	述人主之威若過重，則不得聞其過失之理。	同上。
	淳熙四年八月二十五日進		唐貞元二年，召任寶申等十人爲縣令、御史官。	同上。
	淳熙五年二月十五日進	三朝寶訓	眞宗問宰相張齊賢、王沔同定邊敕孰可從，呂端言利不百不變法，改革宜從眾議。乃詔集議。	同上。

	淳熙五年七月某日進		太祖問蘇澄養生，澄對以當用老子言，無爲無欲，凝神太和，昔黄帝唐堯享國永年得此道也。	同上。
	淳熙五年九月七日進	三朝寶訓	太祖詔委吏部考官員多績無失可副升擢者，具名中書門下。	同上。
	淳熙六年正月二十五日進	漢宣帝贊	孝宣之治，信賞必罰，綜核名實，士咸精其能，技藝工匠器械鮮有能及，足見吏稱職，民安業也。	同上。
	淳熙六年春進		賈琮爲刺史，移書招撫盜賊，蠲復徭役，百姓以安。 張霸爲會稽太守，移書開補，明用信賞。賊逐歸附。	同上。
	淳熙六年某月某日進	前漢‧霍去病傳	上嘗欲教霍去病孫吳兵法，對曰：「顧方略何如耳，不至學古兵法。」	同上。
	淳熙七年二月二十七日進	舜典	三載考績，三考，黜陟幽明。	同上。
	淳熙七年二月二十七日進		漢文帝詔謂農爲天下本，除田之租稅，賜天下孤寡布帛絮各有數。	同上。
	缺題		〔上文缺。〕太宗從王珪對，詔令自是宰相入內平章國計，俾使見棺隨入，有所開說必虛納之。	同上。 按：以上見《承明集》卷4。
張孝祥 1132～1169	進故事一		〔無。〕	《全宋文》冊253，卷5693。 按：此則見《于湖居士文集》卷17。
	進故事二		〔無。〕	同上。 按：此則見《于湖居士文集》卷17。又見《歷代名臣奏議》卷3。
樓鑰 1137～1213	進漢唐故事	高帝紀	高帝五日一朝太公，詔言以人之至親，莫親於父子，此人道之極也。	《全宋文》冊264，卷5965。
	進資治通鑑故事一	資治通鑑	言太宗擇賢才而用、不專用、獨私故人、依法不寬舊人四事。	同上。
	進資治通鑑故事二	同上	監察御史馬周上疏，願太宗速還朝，視膳太上皇。	同上。
	進唐鑑故事一	唐鑑	李絳對憲宗言人臣敢口鑑者無幾，若罪之則刪減愈甚。帝善其言。	同上。

	進唐鑑故事二	唐鑑	唐太宗曰：「中書門下機要之司，詔敕有不便者皆應論執。比來不聞違異，若但行文書何必擇才？」	同上。
	進三朝政要故事	三朝政要	述太宗親選通進司官員以察稽失之事。言今群臣多不舉職，官有封還之名，未聞駁正之實，蓋因循之弊也。	同上。按：以上見《攻媿集》卷50。
陳傅良 1141～1203	右史進故事 紹熙四年二月二十二日	陸贄奏議	德宗言即位後奏對論事者甚多，大多雷同，道聽塗說，試加質問即詞窮，故近不多取次對人。陸贄上奏勸德宗不可。	《全宋文》冊268，卷6053。按：見《止齋先生文集》卷28。
袁說友 1140～1204	進講故事		李石謂陛下當以齊堯舜爲目標，不應以齊文、宣而自安，如此則大業濟矣。	《全宋文》冊274，卷6209。
			今將出師西夏，賈昌朝謂此固不足慮，而國家用度素廣，儲蓄不厚，民力頗困，是則可憂。	同上。
			馮唐言漢文帝法太明，賞太輕，罰太重，雖得廉頗、李牧亦不能用。是日文帝復魏尚爲雲中守，拜唐爲車騎都尉。	同上。
			慶曆時仁宗言：「人臣雖以才適用，要當以德行爲本。」	同上。按：以上見《東塘集》卷11。
彭龜年 1142～1206	進故事		「戴盈之曰什一去關市之征」章。	《全宋文》冊278，卷6308。按：見《止堂集》卷8。又見《歷代名臣奏議》卷259，《南宋文範》卷26。
葉適 1150～1223	進故事		孔子對答定公問「一言興邦」、「一言喪邦」章。	《全宋文》冊286，卷6488。按：見《水心文集》卷29。又見《水心題跋》卷1。
衛涇 1159～1226	進故事一 寧宗時		漢文帝嘗欲自征匈奴，不成。後與匈奴和親，言單于計社稷之安，便萬民之利，二方俱棄細過，偕之大道，以全天下。	《全宋文》冊292，卷6638。按：此則見《歷代名臣奏議》卷350。

	進故事二 寧宗時		李絳對唐憲宗言，若能正身勵己，尊道德，遠邪佞，進忠直，則可與祖宗合德，離中興不遠矣。	同上。 按：此則見《歷代名臣奏議》卷190。
	進故事三 寧宗時		周世宗高平之役，時樊愛能、何徽先遁。至是，世宗欲誅樊等以肅軍政，猶豫未決，後以張永德言依法斬之。又，世宗以何徽前有戰功，欲免之，既而以法不可廢，遂并誅之。自是將卒始知所懼，不行姑息之政矣。	同上。
	進故事四 寧宗時		王師伐蜀，宋太祖感西征將帥衝犯霜露之寒，解貂裘，遣使賜王全斌，仍諭諸將以不徧及也。	同上。 按：上二則見《歷代名臣奏議》卷235。
	進故事五 寧宗時		天聖時有蝗南來，真宗慮郡奏損害不實，謂輔臣遣官按視，速補壅以聞。	同上。 按：此則見《歷代名臣奏議》卷309。
程珌 1164～1242	進故事一		魏惠王言己國雖小，上有徑寸之珠十枚可照車前後十二乘為寶。問齊威王有寶乎？齊王對曰：國有四臣可照千里，豈特十二乘哉？	《全宋文》冊298，卷6786。
	進故事二		隆興初北方歸附日眾，宰執議請於諸州立關隘，封王侯，許其世襲，貢賦悉茲用，賞殺並召勅令施行。遇有警急，更相應授，義同一體，以圖久遠之利。	同上。
	進故事三		高宗、蘇軾稱讚仁宗涵養人才。	同上。
	進故事四		唐大曆十二年秋大霖損稼，韓滉、劉澡奏報不實，上嘆不仁，貶澡官。	同上。
	進故事五	孝宗皇帝聖政	孝宗令樞密院責問葉宏，軍中郭剛刻剝軍人虛實，並命諸軍凡有刻剝等事，須即以實奏聞。	同上。
	進故事六		高宗建炎元年與三年下詔寬民納稅。	同上。 按：以上見《洺水集》卷4。
許應龍 1169～1249	進故事論君德		1. 《答邇英聖問》序言，求治之主無不欲興理道，安邦國，納忠正，退姦邪，廣聰明，致功業。行此數事在明與剛斷爾。 2. 司馬光言人君大德有三：仁、明、武。武即「斷之不疑」也。	《全宋文》冊303，卷6928。 按：此則見《歷代名臣奏議》卷5。

	進抑奔競故事		1. 慶曆間，輔臣奏朝廷應該辨明而進退人才，賞實效清節、責貪冒趨附，如此多士知勸，各生廉退之心。 2. 皇祐間常患縉紳奔競，仁宗諭：「恬退守道者旌擢，則躁求者自當知恥。」於是宰相乞進韓維。	同上。 按：此則見《歷代名臣奏議》卷117。
	論量材進故事		1. 太宗曰：「致治之道，全在任人，苟得其人，何患不理。」 2. 孝宗御製《用人論》言人君以任使百官爲事，「用得其宜則百職舉而庶事立，用失其宜則百職廢而庶事墮。」	同上。
	進故事論名實		1. 眞宗時，王旦有識略，用人不以名譽，必求其實。 2. 仁宗朝，司馬光言治之道在任官，夫以名行賞，則天下飾名以求功。	同上。 按：上二則見《歷代名臣奏議》卷151。
	進司馬光歐陽修范鎭論兵故事		1. 司馬光上書，言兵務精不務多。 2. 歐陽修言兵不在多，當以計取。 3. 范鎭言兵不在眾，在練之如何耳。	同上。 按：此則見《歷代名臣奏議》卷224。
	進劉安世故事論應天以實不以文		劉安世言明主所以惡文而尚質，與其爲祈禱之小數，不若圖銷變之大方。願陛下下詔罪己，並許中外極言政事缺失，專委近臣考求其當，以施有政。	同上。
	進眞宗高宗故事論天變		1. 眞宗時日蝕。帝曰：「此非朕德所致，但喜分野之民不被其災耳。」 2. 高宗時有黑子。帝曰：「應天之道以實不以文，君臣相盡心，行安民利物之事，庶幾天變不至爲災。」	《全宋文》冊303，卷6929。 按：上二則見《歷代名臣奏議》卷313。
	進慶曆六年故事論禦邊		慶曆六年二詔言西北事。	同上。
	進太祖故事論御邊		1. 藝祖命李漢超等人分守各邊關十餘年，期間無西北之虞。 2. 錢若水進奏論今日所患在戰守不同心。	同上。 按：上二則見《歷代名臣奏議》卷339。
洪咨夔 1176～1236	進高宗投珠汴水故事		高宗時曾有珠玉二囊來上，上投之汴水。黃潛善惜之。上謂甚慕太古之時，摘玉毀珠而息盜，願學之。	《全宋文》冊307，卷7006。

	進謝安用三桓故事		謝安用三桓分據三州，使各得所任，其經遠無競類皆如此。	同上。 按：上二則見《平齋集》卷29。
	進漢高祖省賦及武帝贍兵故事		1. 漢高祖詔省賦。 2. 漢武帝贍兵故事。	同上。 按：上二則見《平齋集》卷29。又見《歷代名臣奏議》卷109。
	進高宗選宗子故事		高宗選宗子，謂前日所選宗子，資相皆非歧嶷，且令歸家。	同上。 按：此則見《平齋集》卷29。
	進蜀先主唐太宗東征故事		1. 蜀先主東征，不從群臣諫而敗。諸葛亮嘆法孝不在無法制之。 2. 唐太宗征高麗，不聽群臣諫而不能成功。上悔之，嘆魏徵若在將未有是行也。	同上。 按：此則見《平齋集》卷29。又見《歷代名臣奏議》卷207。
	進兩漢求賢故事		1. 兩漢多得賢者，如枚生、衛青之類，是以興造功業，制度遺文，後世莫及。 2. 順帝知能任使，故賢士皆企旌車之招矣。若廟堂能納諸士高謀，國將大盛矣。	同上。 按：此則見《平齋集》卷29。又見《歷代名臣奏議》卷153。
	進晉元帝興不急之務故事		晉元帝建武元年，置史官，立太學。太興元年，帝親雩，初置諫鼓，謗木，新作聽訟觀。二年，置博士員。四年，帝親覽庶獄。	《全宋文》冊307，卷7007。 按：此則見《平齋集》卷29。又見《歷代名臣奏議》卷98。
	進周武王書銘自警故事		錄周武王書銘自警之銘文。	同上。 按：此則見《平齋集》卷29。又見《歷代名臣奏議》卷5。
	進初稅畝故事		宣公時書「初稅畝」是書法，實乃譏「始履畝而稅也」之義。	同上。 按：此則見《平齋集》卷29。
	進漢收梁冀家財充王府減租稅故事		梁冀在位二十餘年，窮極滿盛。收冀財貨，縣官斥賣合三十餘萬萬，用減天下租稅之半以業窮民。	同上。 按：此則見《平齋集》卷29。又見《歷代名臣奏議》卷273。

	進李承進答太祖問故事		太祖問李承進何以莊宗享國不久。成進答曰莊宗務姑息將士，威令不行，賞賚無節也。上嘆之，言今士卒故不吝賞，苟犯法，惟有劍耳。	同上。 按：此則見《平齋集》卷 29。又見《歷代名臣奏議》卷 189。
	進唐憲宗暑日留宰相論道故事		唐憲宗暑日留宰相與之論道，以共談爲理之要爲樂，不知倦也。	同上。 按：此則見《平齋集》卷 29。又見《歷代名臣奏議》卷 190。
	進熙寧策士故事		熙寧以策問策士，時韓維、呂惠卿初考，策阿時者多在高等，訐直者多在下等。	同上。 按：此則見《平齋集》卷 29。又見《歷代名臣奏議》卷 170。
	進唐太宗論蕭瑀故事		唐太宗言己少好弓矢，得良弓十數，弓工言其木心不直皆非良材。帝始悟向者辨之未精。	同上。 按：此則見《平齋集》卷 29。又見《歷代名臣奏議》卷 9。
	進孝宗審狀故事		孝宗宣諭宰臣，諭令宰執進呈退，將得旨文字再具熟狀進入，帝再行審閱批出，然後施行。既免專擅，且無遷令之患。	同上。
	進孝宗作掌記故事		孝宗作掌記，待三省密院奏畢，即視所記，一一宣諭。	同上。 按：上二則見《平齋集》卷 29。
	進明道治平除台諫官故事		1. 明道中，上謂曰：「祖宗法，台諫官須出宸選。若大臣自除，則過失無敢言者。」 2. 治平二年，內出范純仁、呂大防姓名爲台諫官。	同上。 按：此則見《平齋集》卷 29。又見《歷代名臣奏議》卷 151。
	進陸贄奏論藩鎮故事		先是，李萬榮未奉旨逐節度使劉士寧，上欲以其爲留後。陸贄奏此是徒長亂之道、開謀逆之端以爲不可。上不從，仍立萬榮。	同上。 按：此則見《平齋集》卷 29。
	進曹丕伐吳故事		曹丕伐吳，時江水盛，帝嘆未可圖也。後遇暴風幾至覆沒，乃旋師。	同上。
	進周世宗斬樊愛能何徽故事		周世宗時高平之役，樊愛能、何徽引兵先遁。帝從張永德言，以軍法當立之故，斬二人與其軍。自是將卒知懼，不行姑息之政矣。	同上。 按：上二則見《平齋集》卷 29。又見《歷代名臣奏議》卷 235。

	進神宗富弼君臣相戒故事		時久旱，富弼奏請徹樂，即日而雨，後又上疏願益畏天戒，遠奸佞，近忠良。神宗嘉之。	同上。 按：此則見《平齋集》卷29。
魏了翁 1178～1237	進故事論儲蓄人才 十月十三日		慶曆時余靖上疏，言朝廷屢用杜杞，速移其職，政策未盡施設，是使杜有奔命之勞，朝廷有乏賢之嘆也。願朝廷博采天下賢才。	《全宋文》冊310，卷7093。 按：此則見《鶴山先生大全文集》卷22。又見《歷代名臣奏議》卷153。
	進故事論夷狄叛服無常力圖自治之實		陸贄〈興元賀吐蕃尚結贊抽軍回歸狀〉謂戎心難知，不宜待戎夷助我戰，失將士之情也。	同上。 按：此則見《鶴山先生大全文集》卷22。又見《歷代名臣奏議》卷339。
	進故事論感民莫先詔令當如唐德宗痛自咎責		1. 陸贄嘗為帝言：「今盜徧天下，宜痛自咎悔，以感人心。」帝從之，故人觀制書，無不感動流涕。議者謂興元戡難功，贄有助焉。 2. 錄奉天改元詔內文。	同上。 按：此則見《鶴山先生大全文集》卷22。又見《歷代名臣奏議》卷214。
	進故事論襄黃二帥 閏月一日		寇恂與賈復有隙，帝同召二人，分之，後極歡結交而去。	同上。 按：此則見《鶴山先生大全文集》卷22。又見《歷代名臣奏議》卷241。
	進故事論乞詔諸帥任責處將附安反側 八月一十日		〔缺。〕	同上。 按：此則見《鶴山先生大全文集》卷22。又見《歷代名臣奏議》卷98。
	進故事論黃陂叛卒 八月二十五日		唐憲宗時，裴度上疏。淮西盪定，河北厎寧，承宗斂手削地，韓弘興疾討賊，豈朝廷之力能制其命哉？直以處置得宜，能服其心耳。	同上。 按：此則見《鶴山先生大全文集》卷22。
眞德秀 1178～1235	故事一 嘉定六年七月二十一日	高宗日曆	建炎時久陰霖雨不止，高宗謂霖雨者人怨所致，恐失其當，以召天變。	《全宋文》冊313，卷7176。
	故事二 嘉定六年八月十七日	通鑑·唐德宗紀	安史亂後府庫耗竭。劉晏以為理財當以養民為先，出入斂散有其法，使民安居樂業，戶口蕃息，財賦稅入增數倍。	同上。 按：上二則見《西山文集》卷5。

	故事三 嘉定七年三月七日		司馬光等言王者設官分職，上者治其大，下者治其詳，紀綱立也。今尚書省事無大小皆絕於僕射，非朝廷所以責宰相之事業也。	同上。 按：此則見正德本《西山先生眞文忠公文集》卷5。
	故事四 嘉定七年七月十一日		漢宣帝詔曰：曾遣使者巡行郡國，問民疾苦。今年郡國頻被水災，眾庶重困，減天下鹽賈。	同上。 按：此則見《西山文集》卷5。
	故事五 嘉定七年八月十七日		1. 慶曆三年，元昊遣使來請十一事。諫官歐陽修言此大事當集百官廷議。 2. 慶曆四年，田況意虜蓄姦謀，年予外族歲幣使民疲弊，謂當余燕間詔執政大臣於便殿，賜坐訪政，專以虜患爲急。	同上。 按：此則見正德本《西山先生眞文忠公文集》卷5。
	故事六 端平二年十一月二十四日	國語	吳王夫差伐越，越王句踐用大夫種謀請與吳和。吳王將許之，申胥諫越非忠心好吳也，使四方歸之越王待日而戰吳，將若何？吳王仍許越王以和成。	同上。
	故事七 十二月一日	孝宗皇帝聖政	1. 孝宗賞射鐵簾諸君鼓躍奮勵，周必大等奏兵久不用將氣惰，陛下以此激勸，當使人人戮力事藝，皆勝兵矣。 2. 留正等謂：孝宗時無事仍不忘武備，凡可厲士氣者無不爲之，豈嘗一日而忘國恥？	同上。 按：上二則見《西山文集》卷14。
方大琮 1183～1247	端平三年十月上進故事		1. 宋太宗言己讀〈賈誼傳〉不知倦。嘆問李惟清今朝廷是否有如誼明國體、激切指論時事者也？ 2. 宋孝宗言甚慕唐太宗事，於經筵時謂講讀官若遇己有失，當有所規諫，否則僅備位矣。	《全宋文》冊322，卷7397。
	十一月上進故事	李德裕傳	1. 漢元鼎時石慶爲宰相，時中國多事，桑弘羊、王溫舒、倪寬各治財政、峻法、文學，九卿更進用事，事不關於慶，慶醇謹而已。 2. 李德裕爲門下侍郎同中書門下平章事，入謝即戒帝當以忠材者任輔相，亟進罷宰相，使政在中書，誠治本矣。	同上。
	十二月上進故事	前漢·西域傳 通鑑	1. 漢武帝時初通西域、軍旅連出，海內虛耗，帝下詔深陳既往擾勞天下之悔。	同上。

			2. 唐德宗從陸贄言下罪己詔書與赦文，其文悔過之意深，引咎之辭盡，士卒感泣。	
	嘉熙元年正月上進故事		1. 景德元年，上定議北征契丹，群臣有以幸金陵之謀告者，寇準批其懦弱無知，惟可進以勵士氣。後撻覽死，大挫虜。 2. 紹興時虜主亮欲渝盟犯塞，求淮漢之地。帝欲親征，時人有請遣使緩虜來者，曾幾上書力阻。是月，亮敗於采石，被殺。	同上。
	三月進故事		1. 曹丕遣邢正策孫權爲吳王，吳人以爲不當受封，徐盛憤忿涕泣以同盟爲辱。正聞之，以爲吳非久下人者，後劉曄亦稱不可制也。 2. 時符堅欲伐晉，王猛、權翼皆言晉內外同心，不可圖也。	同上。
	四月上進故事	通鑑	1. 晉謀伐吳，時作船木枊蔽江而下。吳將勸上言晉將攻吳，當增兵。吳主不從。 2. 陳受蕭巖等降，隋主怒，命大作戰船。陳主不爲深備。	同上。
	七月三日上進故事		1. 仁宗立儲，曰：「此決自朕懷，非由大臣之言也。」 2. 高宗立儲，曰：「此事出自朕意，非因臣下建明。」	同上。
	七月二十三日上進故事		1. 魏相因許伯奏封事，言宜奪其權；復因許伯白去副封，以防壅蔽。後，魏相代爲宰相，時匈奴入寇，諫難以動兵，願陛下與許伯等有識者議之，上從而止。 2. 柳宗元初善王叔文等人，後以此被貶，致書許孟容言初謂可以共立仁義教化，不知愚陋不可以強。	同上。 按：以上見《鐵庵集》卷4。
袁甫 生卒年不詳	經筵進講故事一		齊威王嘉即墨大夫使東方寧，烹阿大夫不知戰事與民貧。於是群臣莫敢飾詐勿盡其情，齊國大治。	《全宋文》冊324，卷7437。 按：此則見《蒙齋集》卷1。
	經筵進講故事二		漢永光時，太子少傅匡衡上疏論：治亂安危之機，在乎審所用心，當戒太察、壅蔽、太暴、無斷、後時、遺忘。	同上。 按：此則見《蒙齋集》卷1。又見《歷代名臣奏議》卷5。

	經筵進講故事三	前漢·元帝紀贊	漢元帝少而好儒，及即位，徵用儒生，委之以政，貢、薛、韋、匡迭爲宰相，而帝牽制文義，優游不斷，孝宣之業衰焉。	同上。 按：此則見《蒙齋集》卷1。
	經筵進講故事四		唐太宗謂房喬、杜如晦若每日聞聽詞訟不能佐以求賢，遂敕尚書細務屬左右丞，爲大事應奏者乃關僕射。	同上。 按：此則見《蒙齋集》卷1。又見《歷代名臣奏議》卷153。
	經筵進講故事五		唐太宗常匿佳鷂於懷，魏徵奏事久，鷂死。嘗納廬江王瑗之姬，王珪諫之，上悅。	同上。 按：此則見《蒙齋集》卷1。又見《歷代名臣奏議》卷195。
	經筵進講故事六		唐時元載、王縉秉政，四方賄求官者多。及常衮爲相，杜絕僥倖，奏請不與，賢愚同滯。崔祐甫代之，欲收時望，推薦引拔者復盛。德宗以其多用親顧問之，祐甫對以「此諳才而用也」。	同上。 按：此則見《蒙齋集》卷1。
	經筵進講故事七		富弼立法簡便周至，救災民五十萬人。	同上。 按：此則見《蒙齋集》卷1。又見《歷代名臣奏議》卷248。
	經筵進講故事八		司馬光與呂公著、韓維論選任監司。韓維以爲升擢人才不應拘於資格。	同上。 按：此則見《蒙齋集》卷1。又見《歷代名臣奏議》卷150。
劉克莊 1187～1269	進故事一 丙午九月二十日	陸賈傳	呂太后時諸呂擅權，宰相陳平納陸賈言與太尉周勃相結交驩，呂氏謀益壞。	《全宋文》冊330，卷7594。
	進故事二 丙午十二月初六	實錄檜傳	述紹興年間秦檜數次起廢過程與任官。	同上。 按：上二則見《後村先生大全集》卷86。
	進故事三 辛亥六月九日	國史杜衍本傳	杜衍爲相，尤抑絕僥倖，凡內降與恩澤者一切不與，上以爲其助多矣。	同上。 按：此則見《後村先生大全集》卷86。又見《歷代名臣奏議》卷151。

進故事四 辛亥七月初十日	長編 高宗聖政	1. 宋太祖曰：「下愚之民，不分菽麥，若藩侯不爲撫養，務型苛虐，朕斷不容之。」 2. 高宗曰：「朕深不欲以外戚任朝廷之事，使有過，治之則傷恩，釋之則廢法，但可加以爵祿奉祠。」	同上。 按：此則見《後村先生大全集》卷86。又見《右編》卷14，《歷代名臣奏議》卷289。
進故事五 辛亥九月二十日	長編	元祐時，以李常爲戶部尚書，鮮于侁爲京東漕。	同上。 按：此則見《後村先生大全集》卷86。又見《歷代名臣奏議》卷273。
進故事六 辛亥閏月初一日	晉書	石虎死，蔡謨曰：「胡滅實爲大慶，然度德量力，非時賢所及。」殷浩北伐，王羲之曰：「區區江左，營綜如此，識者寒心。」桓溫謀遷洛，孫綽曰：「趨死之憂促，返舊之樂賒。」	同上。
進故事七 辛酉正月二十八日	唐書·李絳傳	李錡誅，憲宗將羣取其貲，李絳諫當以其財賜本道，代貧民租稅。制可。	同上。
進故事八 辛酉三月十八日	孝宗實錄	乾道二年，鄂州都統制趙撙根刷告敕、宣箚、綾紙、文帖共三萬五千九百餘件，繳申朝挺毀抹，上嘉之。	同上。 按：上三則見《後村先生大全集》卷86。
進故事九 辛酉六月初九日	前漢·五行志	簡宗廟，逆天時，則水不潤下。又曰：水失其性則霧水出，百川溢，淫雨傷稼穡。	同上。
進故事十 辛酉七月十五日	曾鞏 救災議	河北水災，議者以爲遇非常之變必有非常之恩，當下詔貸粟一百萬石，使支兩月，不妨其營生，而勿日給。	《全宋文》冊330，卷7595。
進故事十一 辛酉八月二十日	孝宗實錄	乾道二年詔免和糴一年，宰執等奏不可遽減。上言甚慕仁宗有此舉，今既未可行，有餘則糴，不足則減。	同上。
進故事十二 辛酉十月廿九日	通鑑長編	慶曆二年文彥博知秦州。余靖以爲彥博新進，恩信未治，兵或不用其命，羌賊輕之。	同上。
進故事十三 壬戌寅月初十日	國史	貶崖州司戶參軍丁謂量移光州。	同上。

	進故事 十四 壬戌三月初 三日	左傳	惟聖人能內外無患，自非聖人，外 寧必有內憂。	同上。
	進故事 十五 壬戌七月初 六日	左傳 晉書· 殷浩傳	1. 晉文公敗楚師於城濮。 2. 晉廢中軍將軍殷浩爲庶人。	同上。 按：以上見《後村 先生大全集》卷 87。
徐鹿卿 1170～1249	己巳進故 事箚子	通鑑	唐貞元五年李泌告德宗君相不言 命故事。	《全宋文》冊 333，卷7670。
	三月壬辰 進故事箚 子		杜衍抑內降故事。	同上。
	己卯進故 事箚子		賈誼積儲故事。	同上。
	壬寅進故 事箚子	漢書	李尋對災異故事。	同上。
	丁酉進故 事箚子		朱熹論君子小人故事。	同上。
	丙辰進故 事箚子		孝宗宣諭水旱故事。	同上。
	己亥進故 事箚子		〔缺。〕	同上。
	同日進故 事箚子	長編	建隆二年上擢用臣下故事。	同上。 按：以上見《清正 存稿》卷2。
徐元杰 1196～1246	甲辰六月 二十五日 上進故事		皇祐二年，仁宗下詔禁內降。	《全宋文》冊 336，卷7755。 按：此則見《楳埜 集》卷2。又見《歷 代名臣奏議》卷 214。
	七月三十 日上進故 事	楊雄 將作大匠箴	錄〈將作大匠箴〉內文：「開閉將 作，經治宮室。……昔在帝王，茅 茨土階。夏卑宮室，在彼溝池。」	同上。 按：此則見《楳埜 集》卷2。又見《歷 代名臣奏議》卷 192。
	十一月初 一日上進 故事	禮記·坊記	錄《禮記·坊記》內文：「子云：『上 酌民言，則下天上施。上不酌民 言，則犯也；下不天上施，則亂 也。』」	同上。 按：此則見《楳埜 集》卷2。又見《歷 代名臣奏議》卷 207。

	乙巳正月十五日上進故事	高宗皇帝聖政	建炎時，高帝以二次雷聲非時思施政是否缺失。	同上。 按：此則見《煤埭集》卷2。又見《歷代名臣奏議》卷310。
	三月二十日上進故事	杜如晦傳	如晦長於斷、房玄齡善於謀，兩人深相知，故能同心濟謀以佐佑帝。當時語良相，必曰房、杜。	同上。 按：此則見《煤埭集》卷2。又見《歷代名臣奏議》卷151。
	四月一日上進故事	陸贄論淮西事宜狀	克敵之要在乎將得其人，馭將之方在乎操得其柄。	同上。 按：此則見《煤埭集》卷2。又見《歷代名臣奏議》卷241，《南宋文範》卷26。
牟澥 生卒年不詳	進王嚴叟論爲君之難故事		王嚴叟論爲君之難四事，以爲國之要在能察忠信而主之。	《全宋文》冊337，卷7777。 按：此則見《歷代名臣奏議》卷5。又見《宋代蜀文輯存》卷93。
	進程顥上神宗箚子故事		昔程顥上神宗箚子，言「君志定而天下之治成矣」。	同上。 按：此則見《歷代名臣奏議》卷9。又見《南宋文範》卷26，《宋代蜀文輯存》卷93。
	進司馬光上英宗論經筵故事		司馬光上英宗論學者帝王之首務，不可循近例以寒暑爲辭，當日開經筵。	同上。 按：此則見《歷代名臣奏議》卷9。又見《宋代蜀文輯存》卷93。
	進司馬光上仁宗皇帝故事		司馬光以《易》、《詩》等言明主當於未危時思保邦之道。	同上。 按：此則見《歷代名臣奏議》卷64。又見《宋代蜀文輯存》卷93。
	進王嚴叟上哲宗論求賢故事度宗時		王嚴叟上哲宗論求賢。	同上。 按：此則見《歷代名臣奏議》卷153。又見《宋代蜀文輯存》卷93。

	進乾道故事		乾道元年，帝以久雨避殿減膳，蠲災傷州縣身丁錢絹，決繫囚。二年淫雨，詔講究刑政所宜。	同上。 按：此則見《歷代名臣奏議》卷314。又見《宋代蜀文輯存》卷93。
孫夢觀 1200～1257	故事一 仁宗皇帝聖訓先盡大臣之慮	皇朝備要	韓琦對言天子當睿斷。仁宗以爲先盡大臣之慮，可防己之所慮未中理，倘有司奉行則害加於人。	《全宋文》冊343，卷7913。
	高宗皇帝詔籍記贓吏姓名	繫年錄	建炎二年詔：「犯法自盜者，令中書省記姓名。罪至徒者，永不敍用；按察失舉劾，並取旨科罪。」	同上。
	司馬光謂衆言紛紛乃朝廷好事王安石謂公議爲流俗	三朝名臣言行錄	司馬光謂衆言紛紛乃朝廷好事；王安石謂公議爲流俗。	同上。
	仁宗皇帝罷左藏月進助縣官	仁宗皇帝長編	仁宗皇帝罷左藏月進助縣官。	同上。
	呂蒙正言都城外饑寒死者甚衆願親近及遠	皇朝備要	呂蒙正言都城外饑寒死者甚衆，願親近及遠。	同上。
	孝宗皇帝抑僥倖	孝宗聖政	乾道九年八月，上曰：「僥倖之門，蓋在上者多自啓之，故人生覬覦心。」	同上。
	故事二 漢賈山言人主威勢	通鑑	漢賈山言人主威勢之重，無有不被摧折者。如此則人主不得聞其過，社稷危矣。	《全宋文》冊343，卷7914。
	眞宗皇帝戒舉人他途進取	五朝寶訓	咸平中，李德明表獻水磑之利，上曰：「舉人當修本業，以俟科舉，他途進取，尤多躁競。」即詔勒出舉場。	同上。
	唐杜正倫謹言語		唐太宗自言在朝不敢言，必利於民乃出諸口。杜正倫時知起居注曰：「帝一言失非止損民，且筆之書，千載累德。」帝悅。	同上。
	孔子對季康子問盜		季康子患盜，問於孔子，孔子對曰：「苟子之不欲，雖賞之不竊。」	同上。
	富弼願不以同異爲喜怒不以喜惡爲用捨	三朝名臣言行錄	富弼上疏曰：「願陛下待群臣不以同異爲喜怒，不以喜怒爲用捨。」	同上。
	歐陽修言朝廷有懼敵之色無憂敵之心	皇朝編年備要	歐陽修曰：「憂之與懼，名近而實殊。憂者深思極慮，不敢暫忘；懼者臨事惶惑，莫知所措。今邊防之事多失其機，是懼意過深。」	同上。

	趙簡子使尹鐸保障		趙簡子使尹鐸爲晉陽，請曰：「以爲繭絲乎？爲保障乎？」曰：「保障哉！」	同上。
	歐陽修乞重斷邊將贓污	慶曆三年奏疏	歐陽修因葛宗古等人贓汙事發，乞重斷邊將貪汙。	同上。
	漢李尋言王道公正修明則百川理	前漢·李尋傳	李尋曰：「水爲準平。王道公正修明，則百川理，落脈通；偏黨失綱，則湧溢爲敗。」	同上。
	董仲舒乞限民名田	前漢·食貨志	董仲舒乞限民名田，以爲今當塞兼併之路然後可善治也。	同上。
	唐高鍇中詞科知貢舉	唐書本傳	高鍇連中進士、宏詞科，開成元年，權知貢舉。	同上。
	吳育言西北邊事甫定未可恃以爲安	仁宗皇帝長編	慶曆四年，時西北邊事甫定，吳育因上言：「今夏人納欵，契丹講盟，朝廷爲息肩之計則可，未可恃以爲安也。」	同上。 按：以上見《雪窗集，卷2》。
高斯得 1201~？	五月初二日進故事〔註7〕	前漢書·杜欽傳	后妃有貞淑之行，則繼嗣有聖賢之君，制度有威儀之節，則人君有壽考之福。	《全宋文》冊344，卷7949 按：此則見《恥堂存稿》卷2。
	七月二十三日進故事	三朝名臣言行錄	宰相李沆屢奏不美之事，上不悅。沆謂同列曰：「人主豈可一日不之憂懼也？若不之憂懼，則無所不至矣。」	同上。 按：此則見《恥堂存稿》卷2。又見《歷代名臣奏議》卷313。
	七月二十八日進故事	孝宗皇帝實錄	趙師揆乞除閩漕，孝宗憂其兄弟貪瀆占州，擬以高爵厚祿使之就閒。然趙雄等仍主除閩漕，上從之。後中書以其轉輸一路財富、害民謀利奏，詔使主管崇道觀。	同上。
	七月二十九日進故事	前漢書·楊雄傳	上方郊祀甘泉、泰時，召楊雄待召承明之庭。正月，從幸甘泉，奏〈甘泉賦〉以諷。	同上。 按：此則見《恥堂存稿》卷2。又見《歷代名臣奏議》卷22。
	八月十三日進故事	五朝長編	錄歐陽修〈朋黨論〉內文。	同上。 按：此則見《恥堂存稿》卷2。

〔註7〕題下原註：「咸淳八年三月除起居舍人，盡九年十月除工部侍郎。」

	九月初三日進故事	前漢·鮑宣傳 後漢·李固傳	1. 官爵乃天下之官，今陛下任用非人，而望天悅民服，難矣。前以小不忍退何武等，應召回委任之。 2. 順帝時李固上疏言，今見諸侍並年少，無一宿儒大人可供顧問，誠可嘆也，當召還楊厚等人。	同上。 按：此則見《恥堂存稿》卷2。又見《歷代名臣奏議》卷151。
	九月二十三日進故事	第七朝長編	紹聖時，右正言孫諤言楊畏論議屢變，詔落寶文閣待制，依舊何中府。	同上。 按：此則見《恥堂存稿》卷2。又見《歷代名臣奏議》卷185。
	十月十三日進故事	國朝名臣言行錄	錢若水見帝以爲去位者皆寂寞涕泣，自念此是因未有秉節高邁、不貪名勢能全進退之道以感動人主者，遂貽上之輕鄙。錢若水後草章求解。	同上。 按：此則見《恥堂存稿》卷2。
	十月二十三日進故事	孝宗皇帝實錄	李燾上奏：四朝正史未成，乞展限明年春季；修諸臣列傳當考舊本，但求信而有證；史官必久居其任，少兼他職，乃可責成。	同上。 按：此則見《恥堂存稿》卷2。又見《歷代名臣奏議》卷277。
	十月二十日進故事	前漢書·文帝紀	文帝十二年詔言，今民有饑色，是吏未加務也，賜農民今年租稅減半。	《全宋文》冊344，卷7950。 按：此則見《恥堂存稿》卷2。又見《歷代名臣奏議》卷109。
	咸淳九年正月十五日進故事	前漢書·韓王信傳 前漢書·李廣傳	1. 韓信欲向匈奴求和，武帝責曰微將當「專死不勇，專生不任。」 2. 李廣爲將軍，敗之，後脫至漢，吏當廣亡失多當斬，贖爲庶人。	同上。
	四月二十一日進故事	前漢書·食貨志	食貨乃生民之本。農具教而天下食足，爲市可易天下之貨，貨通然後國實民富而教化成。	同上。
	五月十九日進故事	春秋左氏傳·莊公十年	曹劌曰：「夫戰，勇氣也，一鼓作氣，再而衰，三而竭，彼竭我盈，故克之。」	同上。 按：以上見《恥堂存稿》卷2。
	八月十五日進故事	前漢書·董仲舒傳	仲舒治國，以《春秋》災異之變惟陰陽所以錯行，故求雨閉諸陽，縱諸陰，其止雨反是。行之一國，未嘗不得所欲。	同上。 按：此則見《恥堂存稿》卷2。又見《歷代名臣奏議》卷114。

附錄二：進故事未收錄於《全宋文》的作者列表〔註8〕

作　者	所據資料
曾肇 1046～1107	楊時〈曾文昭公行述〉:「公以文學擅名,自結主知,朝廷每修一書,必以公爲選首。自仁宗至哲宗四朝大典,公悉與焉。有《曲阜集》四十卷、外集十卷、奏議十二卷、《邇英殿故事》一卷、〔註9〕《元祐外制集》十二卷、《庚辰外制集》三卷、《內制集》五卷、《尚書講義》八卷、《曾氏譜圖》一卷。」〔註10〕
胡交脩 1078～1142	孫覿〈宋故端明殿學士左朝散大夫致仕安定郡開國侯食邑一千戶賜紫金魚袋贈左中大夫胡公行狀〉:「將相議大舉,料兵算食,戒師期矣。會公進故事,遂摘漢婁欽語以諷曰:「高帝引四十萬眾攻匈奴,而遣十使爲間,皆謂可擊。欽獨不然,以爲兩國交兵,宜夸矜見所長,而壯士健馬皆匿不見。此必欲見短,伏奇兵以爭利,不可擊也。」〔註11〕
張闡 1091～1164	周必大〈龍圖閣學士左通奉大夫致仕贈少師諡忠簡張公闡神道碑〉:「平生行事悉筆於冊,五十餘年不少廢。文體粹然,詩尤清遠,鄉人子弟多求公紀其父兄行實。諸子類成文集若干卷,《藩邸聖德事迹》十卷、《經筵講議〔義〕故事》若干篇、奏議若干卷,並藏於家。」〔註12〕
李燾 1115～1184	周必大〈淳熙癸卯生日御筆跋〉:「先是夏旱,七月十一日,侍講李燾進故事,乞避殿損膳求直言。十二日,上諭三省,令降旨如故事。丞相奏:「恐合降詔,臣等亦欲待罪郊外。」上令召學士院官趙彥中草詔,仍許侍從等實封言事。」〔註13〕
汪大猷 1120～1200	樓鑰〈敷文閣學士宣奉大夫致仕贈特進汪公行狀〉:「其造卻啓沃之際,若講義、進故事,論治道之要,具有遺編,亦或銷藥而不傳,惟見於事功之實者,僅書之。」〔註14〕

〔註8〕 此表由筆者先以「中國基本古籍庫」、「漢籍全文資料庫」、「文淵閣四庫全書電子版」等資料庫初步就關鍵字搜尋後,再對參紙本出版書籍的結果。大部分資料來自別集所收錄的進故事篇章、正史傳記、碑誌、行狀等資料,然由於兩宋文集時有亡佚、散缺等情形,加以史傳等資料在提及進故事時未必以「進故事」、「故事」等語稱之,礙於時間與學力等限制,考察上仍有未盡之處。此表僅收錄當前可考、資料較明確的進故事作者,不足之處,尚祈見諒。上表據作者可能活動時間的先後順序排列。

〔註9〕 《邇英殿故事》於《四庫全書》所收《曲阜集》與集前提要中作「邇英進故事」。

〔註10〕 〔宋〕楊時,〈曾文昭公行述〉,收入《全宋文》冊125,卷2694,頁32。

〔註11〕 〔宋〕孫覿,〈宋故端明殿學士左朝散大夫致仕安定郡開國侯食邑一千戶賜紫金魚袋贈左中大夫胡公行狀〉,收入《全宋文》冊160,卷3485,頁446～447。

〔註12〕 〔宋〕周必大,〈龍圖閣學士左通奉大夫致仕贈少師諡忠簡張公闡神道碑〉,收入《全宋文》冊232,卷5178,頁328。

〔註13〕 〔宋〕周必大,〈淳熙癸卯生日御筆跋〉,收入《全宋文》冊230,卷5122,頁225。

〔註14〕 〔宋〕樓鑰,〈敷文閣學士宣奉大夫致仕贈特進汪公行狀〉,收入《全宋文》

范成大 1126～1193	周必大〈資政殿大學士贈銀青光祿大夫范公成大神道碑〉：「上勵精政事，患風俗委靡，書崔寔《政論》賜輔臣。公講《禮記》「天子不合圍，諸侯不掩羣」，上曰：「此成湯祝網意也。」公遂奏：「德莫大於好生，陛下得之矣。乃者御書《政論》，意在飭紀綱，振積弊，而近日大理議刑遽加一等，此非以嚴致平，乃酷也。」上大喜曰：「卿知言，聞臨安已觀望行事矣。」講退，侍講張君栻謂公深得納約自牖之義，右史莫君濟曰：「當書之記注。」後數日，公進故事，復申其說。〔註15〕
黃疇若 1153～1222	劉克莊〈煥學尚書黃公神道碑〉：「公有《竹坡集》四十卷、《奏議》三十卷、《講學》十卷、《進故事》十二卷。」〔註16〕
傅伯成 1142～1226	劉克莊〈龍學竹隱傅公行狀〉：「經筵進故事，引夏侯勝燕見宣帝，乞用儒臣出入禁中，應對顧問。」〔註17〕
林機 1145年 正奏名進士	《建炎以來繫年要錄》：「〔按：紹興二十二年十一月〕丁巳，秦檜進呈，起居舍人林機輪進故事，不務論思獻納，專懷怨望，詔與外任，乃以機知信州。」〔註18〕
劉度 1145年進士	《建炎以來朝野雜記・臺諫給舍論龍曾事始末》：「七日戊戌，汝一〔按：劉度字〕進故事，因論京房指謂石顯，元帝亦自知之而不能用，蓋不能以公義勝私欲耳。反復數百言，尤爲切至。」〔註19〕
施師點 1124～1192	葉適〈故知樞密院事資政殿大學士施公墓誌銘〉：「余讀公講筵故事，審時所急，能因時正救而納之於道；東宮故事，擇義所明，能先事豫防而引之於善；及前後章奏累百數，大抵權實兼舉，雅俗並伸，切而不偪，廣而不緩。」〔註20〕
楊王休 1134～1200	樓鑰〈文華閣待制楊公行狀〉：「六年，進故事論：『監司廣朝廷之耳目，攷州縣之否臧，以惠安斯民者也。若罷軟不擇，癈耄兼容，徇苟且而略風節，尙資歷而混賢否，亦何取于外臺之寄哉？』因歷陳高宗、孝宗聖訓，願深詔大臣，除授之際，雖不可廢資歷，一當先擇風力強濟，材具精敏之人，使充此選，則一路可以蒙福矣。」〔註21〕

冊265，卷5980，頁176。

〔註15〕〔宋〕周必大，〈資政殿大學士贈銀青光祿大夫范公成大神道碑〉，收入《全宋文》冊232，卷5179，頁334。

〔註16〕〔宋〕劉克莊，《劉克莊集》，卷142，〈煥學尚書黃公神道碑〉，頁5652。

〔註17〕同前註，卷167，〈龍學竹隱傅公行狀〉，頁6483。

〔註18〕〔宋〕李心傳，《建炎以來繫年要錄》，卷163，紹興二十二年十一月丁巳，頁2673。

〔註19〕〔宋〕李心傳，《建炎以來朝野雜記》，乙集卷6，〈臺諫給舍論龍曾事始末〉，頁603～604。

〔註20〕〔宋〕葉適，〈故知樞密院事資政殿大學士施公墓誌銘〉，收入《全宋文》冊287，卷6514，頁22。

〔註21〕〔宋〕樓鑰，〈文華閣待制楊公行狀〉，收入《全宋文》冊265，卷5983，頁229。

劉爚 1143～1276	眞德秀〈劉文簡公神道碑〉：「平生論著有《奏議》、《史藁》、《經筵故事》、《東宮詩解》、《禮記解》、《講堂故事》若干卷、《雲莊外藁》若干卷，藏于家。」〔註22〕
劉彌正 1156～1213	劉克莊〈退齋遺稿跋〉：「某去仕江西，先君始擢二奉常，歷起居郎、舍人，遷吏侍，凡舉按官吏奏疏已見，<u>進故事</u>之類，某遠官皆不及知。」〔註23〕
趙性夫 1175～1252	劉克莊〈寶學趙尚書神道碑〉：「爲從橐，所<u>進故事</u>切中時病。」〔註24〕
杜範 1182～1245	《宋史·杜範傳》：「其所著述，有古律詩歌詞五卷，雜文六卷，奏稿十卷，外制三卷，<u>進故事</u>五卷，經筵講義三卷。」〔註25〕
程公許 1182～？	《宋史·程公許傳》：「所著有塵缶文集、內外制、奏議、奏常擬諡、掖垣繳奏、金革講義、<u>進故事</u>行世。」〔註26〕
趙以夫 1188～1256	劉克莊〈虛齋資政趙公神道碑〉：「公有《易通》、《詩書傳》、《莊子解》、奏議、<u>進故事</u>、《易疏義》、雜著各若干卷。」〔註27〕
林彬之 1184～1261	林希逸〈工部侍郎寶章閣待制林公行狀〉：「新寺之役，眾諍莫回。公乃以韓魏公諫大悲殿、蔡端明諫開寶塔爲奏，且曰：『邊境多虞，國力已困，何不留此費、積此財，以爲練兵遣間、繕甲治械之用？』是又因<u>進故事</u>而言者，人或未之知也。」〔註28〕
鄭寀 1187～1249	《宋史全文》：「三月庚子，以殿中侍御史鄭寀上<u>進故事</u>施行溫大雅等罪，仍降詔申警中外，詔曰：「時方多事，念未能蠲租減賦，而吏之不良，乃肆貪虐，或有前期預借，或抑配重催，或斛面取贏，或厚價抑納，朘毒吾民，朕深憫焉。可令監司常切覺察，多蘇疾苦而銷愁歎，倘隱而不問，公論所指，必罰無赦。」〔註29〕
洪天錫 1202～1267	《宋史·洪天錫傳》：「天錫言動有準繩，居官清介，臨事是非不可回折。所著奏議、經筵講義、<u>進故事</u>、通祀輯略、味言發墨、陽巖文集。」〔註30〕
常楙 ？～1282	《宋史·常楙傳》：「上<u>進故事</u>，首論雷雪非時之變，帝意不悅。」〔註31〕

〔註22〕 〔宋〕眞德秀，〈劉文簡公神道碑〉，收入《全宋文》冊314，卷7189，頁70。
〔註23〕 〔宋〕劉克莊，《劉克莊集》，卷107，〈題跋·退齋遺稿〉，頁4472。
〔註24〕 同前註，卷142，〈寶學趙尚書神道碑〉，頁5644。
〔註25〕 〔元〕脫脫等，《宋史》，卷407，〈杜範傳〉，頁12289。
〔註26〕 同前註，卷415，〈程公許傳〉，頁12459。
〔註27〕 〔宋〕劉克莊，《劉克莊集》，卷142，〈虛齋資政趙公神道碑〉，頁5666。
〔註28〕 〔宋〕林希逸，〈工部侍郎寶章閣待制林公行狀〉，收入《全宋文》冊336，卷7740，頁54。
〔註29〕 〔元〕無名氏，《宋史全文》，卷34，頁2266。
〔註30〕 〔元〕脫脫等，《宋史》，卷424，〈洪天錫傳〉，頁12657。
〔註31〕 同前註，卷421，〈常楙傳〉，頁12597。

曹東畎 生卒年不詳	劉克莊〈曹東畎集序〉:「故待制文恭東畎曹公既歿,余得其奏疏、講義、進故事、申省狀、雜著、古律詩若干卷於其長子延平通守怡老,請余序之。」〔註32〕
邵澤 1238年 正奏名進士	《宋史全文》:「甲戌,槐奏:『近觀邵澤進故事,舉藝祖買薰籠一節,此正人主示以不得專恣之意,庶後人有所遵守。』元鳳奏:『湯之制心,非但爲一身計,乃所以爲後人計。』上皆然之。」〔註33〕
焦炳炎 1240年進士	徐碩《(至元)嘉禾志》:「時宰主括田之議,遠近騷動,遂痛述其害,反覆面奏亦無慮千言。上雖爲之愀然,而括田未即寢,繼進故事辨論愈力。時宰語人曰:『非攻田事,是攻我也。』尋除太常少卿。命下,遂具疏辭免。」〔註34〕
劉良貴 1241年進士	王圻《續文獻通考》:「〔按:度宗咸淳〕七年八月,檢正權侍郎劉良貴上進故事,令諸路告稔去處收成,正州郡開場受納之時,乞申飭州縣寬折納之,令庶幾兵食足,國之元氣不虧。上令戶部照所奏事理遍牒諸路州軍遵守施行。」〔註35〕

〔註32〕 〔宋〕劉克莊,《劉克莊集》,卷98,〈曹東畎集序〉,頁4119。
〔註33〕 〔元〕無名氏,《宋史全文》,卷35,頁2326。
〔註34〕 〔元〕徐碩,《(至元)嘉禾志》(臺北:成文出版社,1983),卷13,〈冢墓〉,頁7466。
〔註35〕 〔明〕王圻,《續文獻通考》,《續修四庫全書》史部政書類第761冊(上海:上海古籍出版社,1995),卷4,〈田賦考·支移折變〉,頁593。

附錄三：劉克莊〈進故事〉書影〔註36〕

後村先生大全集 卷八十七　　七四四

進故事

辛酉六月初九日

簡宗廟逆天時則水不潤下又曰水失其性則霧水
出百川溢淫雨傷稼據出前漢五行志

臣竊見自夏至後霖雨兼旬六軍兆姓寒心於浙
西一路今惟吳門災不至甚湖秀歲事大可寒心
乃李夏乙未臣執經繼熙親聞王音焦勞天表囊
歛若無所容走群望大發錢粟求民瘼雪
獄寬所以順水之性而欲其潤下者至矣是日又
有遏殿減膳撤樂之詔謹退兩意高濃峨而陰霾
掃蕩溜絕夕始見月明日而暘烏出又明日而潦縮
恭惟吾君之所以動天與天之所以應吾君者何
其迷也既拜手歸美於上又考之經史來撫前世
大水董仲舒劉向以為諸侯伐魯伏尸流血所致
美文帝後元三年火水兩夜不絕三十五日史
臣謂是時勾奴驕侵犯北邊毅略萬計今房雖自
去春一大舉劍然戰士未解甲卿城攵不下得非
毅氣致沴而未能召和乎毋亦遺養持晦乎董仲

統無重臣兵財屬大將得非邊民長戚而未懷惠
乎毋莊用文武乎並公二十四年又明年大水劉
歛以為嚴飾宗廟丹擭刻捅所致得非令乎元帝永
有本正施之傳官乎毋亦省其不急者乎元帝永
光二年夏秋大水史臣以為石顯用事所懷覆出乎北
司馬熙矣得非所省屏遠者有陰懷覆出乎
毋亦熙矣絕之乎成帝時黃霧四塞誄大夫楊興
博士駟勝以為同日拜五侯所致今左遷蕭誄矣
得非猶有已高滿而不思危溢者乎毋亦為之限
劑乎夫大水也黃霧也示變者也兵革也
夷狄也土木也官寺也威呪也數變者也皆陛
下意講而智闇者臣願陛下非苟知之亦勉之
兩暘在天恁對在我欲弭是變當先去其所以致
是變者澤水微克雲漢美宣臣以裒朽三侍攝夏
敢誦所聞以獻惟陛下裁章取進止

辛酉七月十五日

河北水災百姓暴露之食有司建請發廩以者人曰
二升勾者人日一升謀者以為水災所毀致者其眾
可謂非常之變非常之變者亦必有非常之恩使
之食之民相率以待二升之未則其勢不暇救他為

〔註36〕此書影出自〔宋〕劉克莊，《後村先生大全集》，《四部叢刊初編縮本》第 69
冊（臺北：藝文印書館，1975，據上海商務印書館縮印宋刊本影印），卷 87，
〈進故事〉，頁 744。